吳其昌文存

吳其昌◎原著
蔡登山◎主編

千古文章未盡才——吳其昌及其《文存》

蔡登山

吳其昌（1904—1944）字子馨，號正厂，浙江嘉興海寧縣硤石鎮人。著名歷史學家。其弟吳世昌是著名紅學家。吳其昌「五歲知書，十歲能文，鄉里稱為神童」，十二歲喪母，十六歲喪父，生活艱困，刻苦好學，家愈貧而學愈力。一九二一年，十七歲的吳其昌進入無錫國學專修館，師從唐文治，研治經學及宋明理學，由此開始其學術生涯。以才思敏捷，與王蘧常、唐蘭合稱「國專三傑」。每值休假，必懷炊餅進入各公私圖書館，終日不出，三年如一日。在無錫國專時，慨國事日非，曾上書政府，洋洋數千言。唐文治大為激賞，改杜甫詩讚之曰：「吳生拔劍斫地歌莫哀，我能拔爾鬱塞磊落之奇才。」一九二三年十月，在《學衡》雜誌二十二期發表第一篇學術論文〈朱子傳經史略〉，約二萬字，時年才十九歲。同年在廣西容縣中學任教，並扶助弟妹求學。後轉至天津周家做西席。

一九二五年，清華學校研究院首次招生，此次招生共錄取學生三十三名，吳其昌以第二名考入為第一屆研究生，第一名是劉盼遂。其間梁啟超負責諸子、中國佛教史、宋元明學術史、清代學術史與中國文學諸學科。而吳其昌此前已撰成《明道程子年譜》、《伊川程子年譜》、《朱子著述考》、《朱子全集輯佚》等初稿，故擇定「宋代學術史」為研究題目，由梁啟超擔任指導教授。於專題研究之外，吳其昌也選修了王國維先後開設的「古史新證」、《尚書》、「古金文字」等課程，從王國維治甲骨文、金文及古史，從梁啟超治文化學術史及宋史。鑽研不輟，時有著作發表，深得王、梁兩先生器重。在一九二六年秋季開始的新學年中，梁啟超講授了「歷史研究法」與「儒家哲學」兩門課，另外又在燕京大學以「古書真偽及其年代」為題做專門講演，吳其昌參與了後一講稿的記錄工作。王國維則在清華研究院教授《儀禮》與《說文》練習，吳於前課也撰有〈講授記〉。其間吳其昌還和幾位同學共同發起組織了「實學社」，並創辦《實學》月刊，以「發皇學術，整理國故」為宗旨，該刊共出版六期，每期都有吳其昌的文章。

後來梁啟超邀吳其昌去天津協助辦理文案，自此時起，吳其昌一直追隨梁啟超左右，直至梁啟超易簀。同時在一九二八年，因梁啟超的舉薦，吳其昌受聘南開大學，在預科教授文史，由此走上高等學府的講壇。一九二九年一月，梁啟超病逝，吳其昌代表清華大學研究院全體同學在墓前致辭。出自其手的祭文滿含對導師遽爾去世的悲痛，深情憶述了往日師弟間其樂融融的問學情景。一九三〇年吳其昌即離開南開，轉任清華大學歷史系講師，講授中國文化史等課。一九三一年「九一八」事變，當國難日深之際，吳其昌抱著書生救國、義無反顧的決心，毅然於一九三一年十一月廿日，與其妻子諸湘和在燕京大學求學的弟弟吳世昌一同絕食，要求抗日。而「合門絕食」「名傾天下」的吳其昌，卻很快被清華大學解聘了。

一九三二年起，吳其昌轉任武漢大學歷史系教授，後兼任系主任。在武大所開課程有「古代文字學」、「商周史」、「中國通史」、「中國文化史」以及「宋元明清學術史」，同樣能夠見出王國維、梁啟超兩位導師的學術流脈。一九三六年八月考入武大史學系的馬同勳回憶吳其昌授課的情景說：「先生每次講課都是一篇完整的學術專題講演，主題鮮明，邏輯嚴謹，語言考究，又不失風趣。古代文字學、宋明理學、佛教與禪宗均為義理難解的課程，經過先生通俗易懂、深入淺出的講解，旁徵博引、風趣幽默的闡述，不知不覺間把我們引回歷史長河，大有親臨其境之感，至今記憶猶新。聽先生授業真是比沐浴春風而有過之。」

抗戰軍興，吳其昌隨校遷至四川樂山，旋兼歷史系主任，繁忙的工作，清貧的生活，當地氣候又潮濕，吳其昌的身體完全垮了，從一九三九年起，即斷續咯血。但仍白天扶杖上課，深夜支頭撰文。一九四四年因肺癆咯血病逝。臨終前一月，應約著手寫《梁啟超傳》，僅完成上卷而卒，年僅四十歲。

吳其昌一生愛國，一九二六年參加「三一八」學運大遊行，扛著大旗走在隊伍前面。慘案發生時，槍彈從他耳旁飛過，當即撲倒在地，方免於難。「九一八」事變後，與夫人諸湘、弟吳世昌乘車南下，謁中山陵痛哭，通電絕食，要求抗日，朝野震動，傳為愛國壯舉。抗戰開始，其昌患肺病、咯血，仍以國難當頭為念，堅持講課、寫作不輟。

讀書治學，吳其昌的風骨同樣為人欽敬。他在〈治學的態度和救國的態度〉一文中表示：治學要有貢獻生命的誠懇。他說：「我以為『誠懇』，是一切學問的根本態度。無論哪一種學問，我都情願用我的生命去換這種學問，我就把我整個『身』和『心』貢獻給一種學問，我就拼命做這一種學問，我就真用我的生命去換這一種學問。」吳其昌在國學上的成就為學界共認，兩百萬字的著述造詣極深，幾近金字塔之巔。

吳其昌在甲骨、金文等方面頗有建樹，當時國內學界最有希望傳承王國維學術命脈的就是吳其昌了，他的〈卜辭所見殷先公先王三續考〉是繼王國維考證的基礎上，揭示了王先生未發現的許多問題，其中有龜契與經典傳說密合，而王未及勘者；有龜契所著殷先公之名，經典早佚，王補未全者；有經典中殷先公先王名號，王未發現者。吳其昌也認定經典中某些人名號係卜辭誤文，對王已考定之名號而未明其故者，亦有補考。吳其昌主張在新出土之彝器文物上，重建中國古史統系。因此，他做了大量的疏證工作。從甲骨龜片、出土彝器的文字考釋，如《殷墟書契解詁》、〈矢彝考釋〉；旁及上古音韻學的探求，如〈說據樍聲例〉、〈先秦入聲的收聲問題〉、〈來紐明紐古複輔音通轉考〉；進而考察殷周時代的社會、文化、制度狀況。更進一步專為金文做系列的疏證，包括曆朔疏證，氏族疏證，名象疏證，方國疏證等。這是一個多麼龐大的工程！

一九三六年，日本漢學家橋川時雄在所編《中國文化界人物總鑑》中曾為他立傳。他生平著述頗豐，治學範圍廣博，除前所述外，於訓詁、音韻、校勘、農田制度等亦有研究。主要著作有《朱子著述考》、《殷墟書契解詁》、《宋元明清學術史》、《金文世族譜》、《三統曆簡譜》、《北宋以前中國田制史》以及時論、雜文集《子馨文存》等。

二〇〇九年由吳其昌之女吳令華主編的皇皇五卷本《吳其昌文集》由三晉出版社出版發行。卷一《殷墟書契解詁》、卷二《金文名象疏證・兵器篇》為影印版，卷三《史學論叢上》、卷四《史學論叢下》、卷五《詩詞文在》為排印版。因其中都是專書，非一般讀者所能閱讀，因此我根據《子馨文存》刪去有關時事方面的文章，再增補一些較具可讀性而具史料價值的，而編成《吳其昌文存》一書。

《吳其昌文存》書中開卷收錄〈梁任公先生別錄拾遺〉、〈梁任公先生晚年言行記〉、〈祭梁啟超先生文〉、〈王國維先生生平及其學說〉為其追隨梁、王二師所記，他們的言傳身教猶如春風化雨，潤物無聲，卻長久地存留在吳其昌的記憶中，甚至形塑了其一生品格。其祭文滿含對任公遽爾去世的悲痛！所謂「師家北苑，門植繁李。率爾叩門，必蒙召趨。垂誨殷拳，近何所為？有何心得，復有何疑？斆治考證，得證凡幾？」師生情深，躍然紙上。而在王國維自沉頤和園昆明湖的前夜，吳其昌和趙萬里還在王國維家中敘談，豈知第二天卻聞噩耗，吳其昌是最早趕赴頤和園的，當時他「不禁大慟」，與相繼趕來的清華師生相互「唏噓不置」。此後在王國維逝世的周年，他還撰寫了〈王觀堂先生學述〉、〈王觀堂先生《尚書》講授記〉等文。十餘年後，他在〈王國維先生生平及其學說〉的演講中，充滿感情地追憶這一段師生情緣，至今讀來仍令人神往：「時梁任公先生在野，從事學術工作，執教於南開、東南兩大學。清華研究院院務本是請梁任公先生主持的。梁先生雖應約前來，同時卻深自謙抑，向校方推薦先生（按：指王國維）為首席導師，自願退居先生之後。……」。對於清華國學院的這兩位導師，吳其昌是永難忘懷的，十年後他還寫有清華園過梁、王二先師故宅詩：「三年請業此淹留，二老凋零忽十秋，感激深於羊別駕，哀歌隕涕過西洲。」師門恩義，可以想見。

而〈清華學校研究院同學剪影〉一文，乃是一九二七年夏，學生會籌印《清華同學錄》，由時任學生會副幹事之吳其昌主編。除刊有師長、同學之照片、地址外，每位學生有一篇小傳，多倩同學為之，亦有自述或知心代筆者。其中由吳其昌執筆者十三篇，分別是：劉盼遂、程憬、王庸、周傳儒、方壯猷、聞惕、汪吟龍、侯堮、陳邦煒、戴家祥、顏虛心、陶國賢、杜綱百的小傳，並在劉節、鄭宗棨、吳金鼎、全哲四篇小傳後加上跋語，而這些「同學少年多不賤」，日後在各自不同的領域上都各有建樹。吳其昌在《清華同學錄》的〈跋〉中說：「竊念本院諸教授皆海內之大師，諸同學皆海內之英才。」而「今天下方洶洶，一旦如雲霧之散，必有求記姓名而不可得者。」因此這些小傳，在今日視之，竟是不可多得之珍貴史料，何況其文筆粲然，栩栩如生者！

吳其昌另一個重點是對宋明哲學史，作了大量的史料考證，王蘧常嘗笑他：「理學而尚考據，自君始」，有的他考定著作年代，有的考定後人纂合情況，有的考證朱熹思想發展及治學情況，並對朱熹的學說作出評價，指出其「格物窮理」之說，具有實驗的精神，是中國稚弱的原始的科學思想之種子，對朱的治學方法從態度與方法也作了全面的論述。在本書中特別收錄〈朱子之根本精神——即物窮理〉和〈朱子治學方法考〉可說是其代表性的論文。而〈諸子今箋序〉一文是吳其昌在一九三三年為研究院同學高亨的《諸子今箋》所寫的序，序中指出：「中華民族近古一千年來先哲學風之因革轉變之動力是『求真』。」常有學者認為中國缺乏「為學術而學術」的「求真」精神，甚至以為這是中國未能產生近代科學的主因，吳其昌的看法則剛好相反。他闡述中國學術「求真」的優良傳統，看來乃是學術史研究的要務。

〈趙望雲先生畫理序〉、〈關山月先生灕江圖長卷跋〉、〈繪畫三昧說〉凸顯吳其昌在繪畫收藏及鑑賞上有其極高的品味，他說：「昔在故都，流連低徊於故宮博物院之鍾粹宮內，得熟覽晉唐五代宋元明珍奇神品，此外歐美日本平津滬港所影印之自晉以來名蹟，寒齋所藏，截至元畫為止，亦有近二千幀。」「望雲先生人物衣褶，皆用『鐵線褶』，此復興唐初風也。自吳道子創為『芹帶褶』後，『鐵線褶』之作風遂浸衰浸微，明以後遂絕跡於中國之畫壇。」「望雲先生功力已足以重振之，而更能讀萬卷書，行萬里路，以培植其胸之素養與實學，且運搗其天才而吐為創造。民族復興，藝術亦必復興以應之，余對於趙望雲、徐悲鴻、張大千三先生尤致其欽仰焉。」「關君展是卷於嘉州，僕往觀焉而始驚歎，以為三百年來所未曾有。圖大凡長八十餘尺，寫灕水自導源以迄桂江咸備。丹巘翠嶽，作風與宋朱銳《赤壁圖》卷為近（然朱卷甚短促）。使僕昔所夢遊而未得者，今乃眴目而盡之。」這再再都非空泛之言，而是行家之語！

吳其昌是徐志摩的表弟，他說：「志摩，本名章垿，字幼申，『志摩』是他自己不經父母同意而『亂取』的別號。『算不得數的』。我們硤石人的經典，凡是不經父母同意，而小官自己亂來的，都是算不得數的——這就叫做『嘸淘成』。幼申和陸小妹（硤石人永不知道陸小曼）結婚，那真是『嘸淘成』極了，當然更算不得數。」當徐志摩空中罹難後，他正在絕食中，哀痛不已，寫了〈志摩在家鄉〉一文以念。「中華民國二十年十一月二十二日上午十時十分，車過濟南黨家莊開山腳下，憑吊志摩表兄殉難處，時全家三人絕食第四十六小時。其昌記。這一行歪歪斜斜的藍色字，到現在還記在一張破敝的《大公報》報沿上。我們相信這一行字，長長久久不致於磨滅。」

吳其昌晚年，他的研究轉向結合抗戰形勢，「以史為鑒」，側重於邊政史及東亞史，民族的融合演變，為了加強這方面的研究，他還呼籲大學歷史系設「東亞史」課程，並籌畫成立東亞史研究會。民國以前早已有籌邊的政論文章，但無研究邊政的專門學問。九一八事變後，學者們開始注意邊疆問題的研究，並向國人介紹邊疆情況，來喚醒國人的民族危機感。抗戰爆發後，政府西遷，對於邊疆研究尤其重視。二十世紀四〇年代，一門研究邊疆政治的新學科——邊政學應運而生。一九四一年九月廿九日，中國邊政學會在重慶召開成立大會，到會者有邊政學會會員及有關機構的代表六十餘人參加。一九四一年成立到一九四七年間，一直由吳忠信擔任理事長，學會大量發展會員，蒙藏委員會的職員全部入會，聲勢頗為興盛。民族學家、社會學家徐益棠、凌純聲、吳澤霖、顧頡剛、芮逸夫、衛惠林、馬長壽、吳文藻、周昆田、張廷休、張中微等都是邊政學會的重要成員。一九四一年八月十日，邊政學會創辦了《邊政公論》。《邊政公論》研究的範圍主要是邊疆和民族兩部分，每月出版一期，至一九四八年十二月停刊，共發行了七卷四期，是當時較有影響的邊政研究刊物。吳其昌在《邊政公論》創刊號發表〈秦以前華族與邊裔民族關係的借鑑〉一文開始，先後在該刊又發表〈兩漢邊政的借鑑〉、〈魏晉六朝邊政的借鑑〉和〈隋唐邊政之借鑑〉諸文。吳其昌原本是要寫成《歷代邊政借鑑》一書的，上述這四篇論文，都是其中重要的內容，可惜後來因吳氏逝世而未竟全功！

吳其昌對於邊政的理解，是指「靖邊或治邊之政策」，主要是指中原族群政治力量或王朝對邊疆民族的政策，尤其側重民族關係的觀察。他把歷代邊政發展脈絡進行縱向的梳理，體現了歷代邊政實踐、認識的延續與嬗變。他將地理、政治、經濟、文化、血緣、生活方式、心理多維因素進行立體式的綜合分析。學者段金明在研究吳其昌邊疆民族的觀點上總結說：「吳其昌的學術轉向及其關於歷代邊政認識、政策的探討，雖然或許在內容的表向上呈現得並不豐厚，但其研究所蘊藏的歷史意涵卻較於久遠。緣於在甲骨文、訓詁及文獻等多方面的深厚積累，吳其昌對相關問題的探討深刻、精煉，對歷代邊政的總結自樹一幟，值得深入探討。吳其昌關於邊疆民族研究所體現出的貫通與整體視野，亦是今天邊疆民族研究重要的治學路徑。」

上世紀二十年代末，陳寅恪曾向輔仁大學校長陳垣推薦吳其昌任教，推薦信曰：「吳君其昌，清華研究院高才生。……吳君學問必能勝任教職，如其不能勝任，則寅恪甘坐濫保之罪。」以清華國學院四大導師之一，被稱為「教授中之教授」的陳寅恪都如此讚許，可見其學識之一斑！

而其女兒吳令華在總結吳其昌的學術成就說：「以他短短不滿四十年的生命，從十九歲發表第一篇學術論文算起，治學生涯最多二十一年，後七年又值國家危難關頭，個人疾病纏身，而堅持完成了古文字、古音韻、上古社會政治、田制史、歷代邊政、地理、宋元明清哲學史等論著一百八十餘萬字，抗日救國文章數十萬字。其勤其力，可以想見。」確是不凡！

目次 CONTENTS

梁任公先生別錄拾遺

其昌以海陬稚學，幸得侍我先師暮年講席，以逮於易簀。往來清華園及天津馬哥保羅路寓宅者頗久，嘗夏夜侍坐庭中，先師縷述變法之役及護國之役身所經歷者，往往至子丑交，一夕竟至東方之黎明。其大端，世人所已知，亦頗有世所未知，可為「野史亭」中真實之史料者，今濡筆追錄，以應曉峰先生督令拾遺之命。惜乎，丁此貞元絕續之際，中興開國之大業方艱，先師乃長齎「報國後時」之痛以歿，不獲再振其南海之潮音，龍象之怒吼，以號復我國魂！此則為弟子者言微而聲弱，文章報國，作戰不力，既有負於國家，亦愧對我師訓！固不獨望「西洲」而興哀，思橋公而腹痛也。

先師曰：「余在護國之役略前，腦海中絕無反日之種子，不但不反日而已，但覺日人之可愛可欽。護國一役以後，始驚訝發現日人之可畏可怖而可恨。『僧日』、『惡日』與『戒備日』之念，由微末種子培長滋大而布滿全腦。戊戌亡命日本時，親見一新邦之興起，如呼吸凌晨之曉風，腦清神爽。親見彼邦朝野卿士大夫以至百工，人人樂觀活躍，勤奮勵進之朝氣，居然使千古無聞之小國，獻身於新世紀文明之舞臺。回視祖國滿清政府之老大腐朽，疲癃殘疾，骯髒邋蹋，相形之下，愈覺日人之可愛可敬。狄平子詩『恰憐小妹深閨坐，短短眉彎自畫成！』即詠此境況也。

「當時日人甚愛我助我，嘗謂彼亦誠心希望中國之復興，與日本併立為強國，為黃帝後裔兩柱石，余亦深信彼等之語不虛也。故愈覺日人之可親。但有賀長雄既慫恿袁氏盜國稱帝，始覺日人之可惡，然而尚未十分深惡也。二十一條之提出，始深惡日人之幸災樂禍，損人利己，賣友打劫。然而知日本之『凶』，而尚未知日本之『毒』也。感覺日人之可恨可惡，而未知日人之可怖也。松坡既行，袁氏日夜派便警邏守吾門，余買通街頭膠皮車夫，與之易服夜逃。甫離津，袁氏已覺，殺其便警。嚴命其滬上邏犬捕予，期在必得，『務獲梁啟超，就地正法』之『上諭』已布，上連相片，較清廷尤密。予惴惴不知死在何處，但暗中如有天神護衛，化險為夷，逢凶為吉。獨自無僇，癡思妄想，豈真國運未絕，有天神呵護耶？則又啞然自笑。

「自是由津而滬而港，此疑謎終不能破。至港，日人始明目張膽助予，始恍然暗中護衛我者，非天神也，乃日本人也。由港至越，日本動員其官、軍、商、居留民、間諜、浪人全力以助余，雖孝子慈孫之事其父祖，不能過也。夫日人果何愛於余，何求於余，而奉我如此乎？在越南道中思之，不覺毛骨俱悚，不寒而戰。遂轉覺每個日人，皆陰森可怖！吾乃知擬日人以猛虎貪狼，猶未盡也，乃神祕之魔鬼也。我此後遂生一恍惚暗影，他日欲亡我國，滅我種者，恐不為白色鬼，或竟為矮人也。然吾乃永遠持『中國不亡論』著稱於世者，特我人戒備之對象，當在彼不在此。……」

先師之語尚繁，談徹通夕不寐者，即此事也。時為十六年新秋，濟南慘案尚未發生也。先師夏間家居，必脫襪，赤足，拖鞋。而日人官吏、新聞記者拜訪頻數。閽者報東客來，必蹙連呼「討厭討厭，又來保衛我了；可怕可怕」，每次必然，乃冠帶見客。東客去，急跣足如故。

戊戌之役，夜話時，亦不倦縷述，大體與世所聞者不殊，袁世凱賣主求官，鬻黨媚后，人人所習知。然寫近百年史者，以為袁氏之與聞康事，乃出於譚嗣同夜半之劫持，則不深悉曲折也。據先師所親述：「袁氏變法維新之見解，實出於自動，擁德宗以武力行政之計畫，實亦發動於袁氏，而絕非壯飛（譚氏字）所強迫。事後細思，乃知戊戌之際，袁氏即已潛伏取清廷而代帝之心矣。其用心深長細遠，吾輩純白書生，盡為所欺，至十餘年之久，真一世之奸雄也。袁氏初從吳忠壯公（長慶）於朝鮮，豪爽奔放，以一時人傑自命。時與馬相伯（良）、眉叔（建忠）、張季直（謇）……等新進名流，上下其議論，故欲強中國，革腐政之心，袁氏實不在人後，又眼見朝鮮為日人從其手中奪去，經此刺激，其愛國之心，實亦強烈而真摯，並不由於壯飛一席之語所啟發。

「惟自始至終，一『私』字橫亙於胸，必須將中國移為其袁氏之私產以後，乃極力整頓使成為富強；此所以身敗名裂，貽禍中國無窮也。南海先生（先師所稱）未變政時，袁氏深恐中國即刻亡，乃協謀變政。及變政略有端緒，又恐中國之強由翁、康、梁、譚，而已則為褊裨，故賣主而告密。及變政既已失敗，又恐大權在裕祿，而已則仍為褊裨，乃復推行新政於直魯，培實力而博民心，俟良機以倒清廷。事後推尋其線索，其稱帝之念，固已潛蓄於戊戌以前，一貫而未嘗變也。」

先師於生平死友中，最欽重瀏陽譚先生嗣同。述其赴義時忠烈之軼事，聞之眼濕。「大禍既迫，德宗央英使館護南海先生出京。然未央日使館也。時日人初行新政，一顰一笑，惟歐洲是效，以為歐洲之文明政治，有保護他國政治犯之舉也，亦欲在中國有所樹為，一以誇耀文明於歐人，一以樹勢力於中國政黨。時日駐京公使為林權助，事先已奉有相機保護政治犯之密令，至是乃自獻殷勤，戮力營救。先以綠呢大轎接壯飛至館。繼以綠呢騾車迎余。——時京中即在公使館亦尚未具有新式馬車也。——壯飛與余處日使館二日，日夜計畫營救皇上之策，及計算南海先生之行蹤。壯飛忽如有所省，一人入房中，闔戶甚久，出乃以一文件，命公使館役往投某衙門。笑謂余曰：『還須告他一狀！』余茫然不知所謂。壯飛終不肯言。事後都下忽甚傳譚某告發其子嗣同忤逆不孝，斷絕父子情誼，因得獲免連累。度當日之所為，即此事也。血熱而心細，身殉祖國，而老父獲全，未有如壯飛之壯烈也。

「日使林權助，飾其夫人之車，強余與壯飛離京，壯飛堅辭謝曰：『聞之西史，革命則無不流血者。中國革命之流血，請自嗣同始！』居使館三日，脫奔清廷自首，曰：『嗣同請以頸血洗滌中國之腐政！』遂斬於菜市。六君子成仁之日，予尚居東交民巷日使館，悲驚暈絕，又數日，林使強納余於其所預飾之夫人車中，外坐婢媼，衛士呵殿，揚言日本欽差大臣家眷回國，遂出京至津，直坐其兵輪赴日。」

先師遂連類而涉及富順劉先生光弟（第），曰「裴村，亦一至可歌泣之人也。裴村講朱子學，學黃山谷詩，皆深造。其持身精嚴清苦，為京官十餘年，寄居西直門外一小廟中，至死未嘗賃屋於城內。余與裴村非故交，疏往還，不知其身世之詳。因新政，始略與接觸。然每見之，肅然敬其為人。裴村一子亦至孝，臨斬，哭奔菜市，向監刑官稽首號慟，乞以身代父死，叩頭流血。不許。抱父首大哭，嘔血，不久亦以毀卒。孤臣孽子，哀動鬼神！」先師曰：「此事至今思之，猶酸我鼻。中國有如此志士仁人而不興，非天理也。」

先師述：「袁項城拒諫飾非，作偽術之巧妙，登峰造極，古今無可倫比。時帝制論已塵囂全國，馮華甫（國璋）自南京來津，邀余同往作最後之諫諍。華甫曰：『我之辯說遠不如子，子之實力亦不如我。必我與子同往，子反覆予以開道，而我隱示以力為子後盾，庶幾千鈞一髮危機可挽。』余諾之。乃盡一日夜之力，密草諫說綱要，至數十條，竭盡腦汁，凡可成為理由者，無不備舉，欲為垂絕之國運，億萬之生靈，打最後之一針。及二人聯翩至新華宮，項城聞吾等至，喜動顏色，酒酣，余正欲起立陳述，項城先笑曰：『二公此來，吾知之甚稔，乃欲諫我不做皇帝也。我反問二公，袁某欲作皇帝者，究思作一代皇帝而絕種乎？抑思作萬代皇帝而無窮乎？』

「余與馮愕然未答，袁又笑曰：『除非癡人，自然欲作萬代天子！』乃喟然歎曰：『我有豚犬二十餘人，我將盡數呼出，立於二公之前。任公！君最善知人，我即託任公代我選擇一子，可以繼立為皇帝者，可以不敗我帝業，不致連累掘我祖墳者，任公，待君選出以後，我再決定稱帝。如是或可稱帝二代！』余與馮四目相視，嗒然如傷，懷中萬言書，竟一字不出。袁諸子環立侍宴，幼小者乳媼繈褓侍，袁忽變作悲痛之容曰：『我如許豚犬，無一克肖，無一非庸懦紈絝，然父之於子，孰不疼愛，我雖怒此輩不肖，然仍不願因我造孽，他日為別人作魚肉烹殺也。我百年後，敬託二公善護之。』余與馮迄辭出，竟不能一提『帝制』字。」

因之而述及蔡將軍鍔，先師曰：「松坡，長沙時務學堂中齒最稚之學生也。時務學堂封，學生絡繹東渡，靜生（范源濂）與松坡家最貧，時我輩亡命客亦窮甚，無大力周濟，所以援之者至菲薄，松坡與靜生常衣囊中只剩日幣三數有孔銅圓，忍受數週至數月。靜生立志教育報國，余甚嘉之。松坡最瘦小，體極弱，必欲學陸軍，余百方規勸不肯聽，不得已任之。庚子漢口革命之役，佛塵（唐才常）已回鄂發動，余亦祕密返滬。時務學堂高材生林圭、李海寰……諸君，已隨佛塵在漢實際工作，久之不得佳耗，松坡隨余在滬，焦惶不安，請於余，親至漢探助，至漢，佛塵命返湘，乞助於黃澤生將軍。黃，老成練達材也。得松坡，即留之不放行；且大詬：『梁任公、唐佛塵無故犧牲有用青年。』松坡憤極，與之高聲抗辯，黃充耳不聞，強留之。余又不得松坡行跡，愈惶急，決親身赴漢。船票已辦就。因亡命不敢逗街埠，準時而往，則此船以貨少，早半小時啟錠矣。余大怒，頓足而罵。無何，漢口事發，張之洞淫戮我民族之志士，唐佛塵率其弟子林圭、李海寰等五人繼戊戌六君子之碧血，擲頭顱以貢獻其祖國，即世所稱庚子六君子者也。松坡以黃將軍之留，余以船期之誤，皆幸得免死。」先師又言曰：「唐瀏陽與譚瀏陽，血性之熱烈同，性格之卞急同，學問之幽隱僻奧同。《覺顛冥齋內言》與《仁學》，固有甚相似之點也。」

其昌於同門諸先進，尤欽服范靜生先生，真可謂「溫溫恭人」、「溫其如玉」者，每與范先生晤對，不覺鄙吝都消，有秋月冰壺，映徹照人之概。舉以告先生，先生笑曰：「汝以范靜生比黃叔度，良是，汝亦知靜生少時之況乎？雖謂之『小乞丐』不過也。繈褓喪父，與其弟旭東（范銳）由太夫人撫養，家赤貧如洗，弟兄拾野柴為生。以聰慧故，得入時務學堂，乃反以膏火哺母弟。當時已感動吾輩。靜生後矢志以教育救國。旭東矢志以實業救國。兄弟艱苦奮鬥，數十年如一，至今俱卓然有成。非偶然也。」

（原載一九四二年八月《思想與時代》十三期）

梁任公先生晚年言行記

中華民國三十一年十月三日，國民政府頒布褒揚先師梁任公先生明令。讀竟，泫然流涕。不見我先師音容，十五年矣。中原板蕩，神州瘡痍，我先師地下有知，必將縱橫走其老淚！幸而元戎神武，朝野同奮，中興大業，發軔方半，晨旭初升，炎靈在望，不待家祭之告，九原有知，又必且血湧神王，奮興無已，抱望無窮，長歌浩詠以鼓舞此偉績也。昔吾亡友張素癡（蔭麟）先生，以中樞未褒揚梁先生為遺憾，此在先師無遺憾也，其昌侍先師之日久，親見先師每飯未嘗忘國，其愛群忠國之懷，出於天性，非有所責報也。今中樞不忘前修，誦德報功，並且出於委員長蔣公萬機之餘所親提，海內忠賢之士，必更將聞風而興起。昔光武尊節義，敦名實，而東漢一代民族道德水準之高，為各朝冠，其效亦可以睹矣。曩吾在張曉峰先生（其昀），曾誇其昌撰〈梁任公別錄拾遺〉，當時促促，未竟所記，先生晚年之嘉言懿行，頗為外間所未盡知，其昌見聞真切，懼其日久而遂湮，長夜寥寂，濡筆而存之，倘足以警頑而立懦乎？

曉峰先生曾述及國父與先師合作，南海乃不肯與國父合作事，其昌亦曾從容舉此事以詢：「世俗所傳云云，究可信乎？」先師親答曰：「不然，中山（先師如此稱）與我甚厚，在橫濱，有一短時間，每宵共榻，此世人頗有知之者。外傳南悔輕視中山不恤與之合作，皆奸人挑撥之詞也，最初，南海不甚了解中山，確係事實，後經日人平山周、宮崎寅藏、頭山滿……輩之奔走疏通，尤其犬養木堂（毅）之解釋為最有力，犬養翁漢學甚深，道德甚高，為南海與中山二人所共欽。經彼之解釋介紹，二人俱已渙然互信。其後不斷有奸人兩面挑撥，破壞合作。吾頗疑此種宵小，來自清廷，特南海環遊世界，而我蟄居日本，無由委曲詳盡進言耳。康孫最後破裂，聞在馬尼剌。孫屈己謁康，康亦欣然出迎，聞下至樓梯之半，有人阻康云：孫攜有兇器，此來實行刺也。康驚駭上樓，孫大怒而出。此事我非目睹，亦得之傳聞，大體或不謬也。犬養木堂聞此訊長歎，況在吾輩！然康實無輕視孫之意也。」

先師雖不及交蔣委員長，然對蔣委員長實中心欽慕愛護，此非其昌妄說，有一事可資確實證明也。十六年新秋，先師病體初健，甚喜。先師住宅右鄰，為中原煤礦公司，其屋乃先生之婿周國賢氏所有。先生興發，散步至公司庭中，其昌與廷燦兄（先生之侄）從。三人在花架下共坐一長籐椅，忽王搏沙先生匆遽入門（以下特用白話記），見先生，脫帽，搔其光禿之頭，大呼曰：「好戲！」先生笑曰：「什麼好戲？」、「蔣介石下野了！」、「真的嗎？」梁大驚，擲其半枝雪茄突然起立以足怒踏之。「這還能假！」王隨答隨摸菸盒，以一雪茄授梁，以一自抽。梁頹然坐，王亦對坐。「這還了得！這不得了！真不得了！」梁皺眉蹙額，連連諮嗟。

「敢問先生，有何不得了處？」王故作滑稽，以戲中人聲調相問。先生不答。少頃，歎一長氣，

「唉！中國真要亂到幾時呢？我這一生，還能眼見中國太平嗎？還能眼見中國再興嗎？我望了幾十年，想中國再興，現在看來，中國再興的時候，我決然已死了！」王此時面貌亦肅然，「先生病剛好，怎麼這樣悲觀。早知如此，不告訴你。」梁仍不答，一人自歎自說：「共產黨笑我不徹底。我自己知道，誠然不徹底。我只望國家早日地「再興」。國家的元氣，再不能斫喪了，人民的苦痛，再不能不解除了！內戰決須要停止；統一決須要實現。先頭，我甚至於癡癡的希望吳子玉，好，給你們趕跑了。現在你們又要鬧翻姓蔣的！你們與中國究竟有什麼樣的深怨死仇，一定不讓它統一再興！」

王窘極，以滑稽語調作答：「先生息怒，我姓王的不要鬧翻別人。」梁不自然地微笑：「對不起，自然不是說你們——你和子馨、廷燦。我有點憤激，好像在罵你們——其實，蔣某人我沒見過一面，不過凡是少年英雄（當時華北盛傳蔣總司令為「少年英雄」，故先生云云），我總覺得是可愛的。我愛少年。我為繼起有人而喜。搏沙！正經請你講講這經過的詳細。到底哪裡得來的消息？不要又上了東洋人造謠的當。」

王於是略述蔣總司令那時下野赴日本的經過。先生聞蔣赴日本，突又起立厲聲說：「老天！危險透頂！松坡不到日本絕不送命！松坡有統一中國的資格。天知道，東洋醫生給他打了什麼藥的針，就一命嗚呼！蔣到日本幹嘛！糊塗！沒有人提醒他一聲。糟透！糟透！」先生面如土色。其昌乃起立曰：「先生的見解實在是對的。但我永遠有一種迷信，天佑中國，一定會有賢者起而統一。蔣總司令應該就是。先生可休息了，我和燦哥出去打聽確實消息報告。」

因與燦兄扶先生歸臥，先生回時足疲須扶，當夜便血復發。醫生大驚，明明已痊癒，何以復發如此速而且猛！又臥床不起者近兩月。據此事，先生心中愛護蔣公之真誠，於不知不覺間畢露矣。

國民革命軍近京畿，其昌適返杭，為五妹締婚，故濟南慘案時，先師悲痛之狀，不獲親見之。傳聞先生有再度出國避難之說，即北上謁見，告以「先生如出國，其昌將再赴廣西」。先生曰：「余對祖國，可告無罪。國人如諒余，余絕不離祖國懷抱。如一時真不見諒，余無力赴美，將暫赴朝鮮隱居，汝能從我乎？」其昌答：「友人邀回廣西任省視學。然朝鮮崔致遠之文章，李退溪之理學，亦何異乎中華，慕之久矣。且先生有命，自當隨侍。」先生曰：「然。余至朝鮮，擬作朝鮮理學史，或朝鮮學案，汝可助我。」無何，先師病篤，七百年來朝鮮理學之淵源，遂任其若存若亡，國人雖通學，亦無有肯注意之者矣。惜哉！使先師而老壽，其功績絕不在黃太沖（宗羲）之下也。

先師急公忘私之德行甚高，非弟子阿諛，有一事實，述之足為末俗所師效。十五年夏，教部聘先生任京師圖書館館長，而經費涓滴全無。初時挪用昔年館中儲積寒微之小款，先生捐館長薪不取以維持。至冬，此餘瀝亦乾，館中無煤升火，無紙糊窗，余入之，冷風颼颼，乃如殯舍（時尚在方家胡同）。先生亦不裕，乃慨然將其本人五萬元之人壽保險單，向銀行押借、發薪、生火、糊紙，館中人皆騰歡，暖如挾纊。此事徐森玉（鴻寶）先生亦常常對人稱頌先生以私濟公之美德。以私人生命之代價，濟國家公共之文化，余至三十八歲，尚僅見先生一人而已。故特表而出之。污官墨吏聞此事，良心亦有所感動否乎？

先生建設國家文化事業之熱心，乃出於天性。可為吾輩之模範。北平圖書館充實完備，莊嚴矞皇，得呈今日之偉觀者，大半出於先生之苦心擘劃，經營創始，並由於任用袁守和（同禮）先生之得人。此世人所周知也。將其平生積聚之圖書金石十餘萬件，悉數交呈國家，今陳列於北平圖書館，此亦世人所周知也。有一事，關係民族文化甚巨，先生苦心努力作成之，私心者因私破壞之，而最後卒告失敗，遺恨無窮。然世從未有知者，余特以董狐直筆揭破之。

聊城楊氏海源閣之宋刊書，此國家之文化重寶也。使在日本，即價值較此低十倍者，亦早經政府指定為「國寶」矣。乃北洋軍閥，昏瞶不知，二次兵匪滋擾，使楊氏較次之善本，若元刊明鈔，損失不少。其宋刊精華，由一年老之夫人，死力維護，得以救出，攜之天津，邀索高價。廠肆書估有藻玉堂王某者，密得風聲，渴思成此買賣以收大額傭金。此估素走先師門牆，乃報告先師。先師大喜，欲為國家永保此國寶。一面獎勵王估，使其效力，一面邀集京津名流，共襄盛舉。楊氏老夫人索價二十餘萬元，往返折衝，舌敝唇焦，又勉以「愛國」大義，最後始講定七萬元成交，包括宋刊四經四史，及宋刊《莊子》、《王右丞集》等約數十種，全部在內。此價實不稱貴。

但北平圖書館部門弘大，每一部門購書之費遂不能不嚴受時間限制。「善本書」一部門，不能立時提出七萬元之鉅款，時葉譽虎（恭綽）先生亦極熱心公眾文化，乃與先師共同宴客於梁宅，當時商定分為十股，各人認借，由北平圖書館按期攤還。北平圖書館先認二股，先生認一股，譽虎先生認一股，傅沅叔（增湘）先生認一股，周叔弢（暹）先生認一股。時北府首相潘復，欲求歡士林，自告奮勇，願認三股或四股，託葉公轉告，事垂成矣。越二日，會中某巨公愛古成癖，不能忘情於宋刊《王右丞集》，喚王估來，密告以欲將王集除外另售，王估難之。某公遂倡言：「梁任公、葉譽虎皆好好先生，不懂市價，易受人欺，如此批書價，何至值七萬金之巨耶。即四萬金可了，已微貴矣！」楊氏老夫人聞之，憤極，遂解約。

王估乃哀訴巨公：「為此事，往來京津舟車旅店費，已賠三百金矣。商小民，非諸大人比，無錢補貼！」某公斥其癡，曰：「若持《王右丞集》來，此區區三百金，吝不賞汝耶！」後聞《王右丞集》，竟歸於某公，恐今又歸日人矣。楊老夫人空抱遺書，善價難沽。越數年，聞以十八萬金售於張漢卿（學良）將軍，而九一八烽火踵至，又不果成。使此國族重寶，不得歸於國家永保者，某巨公「私」之一念之所賜也。

先師好獎揚人善，而自處謙卑，於弟子輩如此，於同時友輩亦如此。教授清華研究院時，先生之齒，實長於觀堂先師（王國維），褒然為全院祭酒，然事無巨細，悉自處於觀堂先師之下。此外對於陳寅恪師、趙元任師、李濟之師、梁漱溟師，亦皆自持撝約請教之態度。寅恪師稱先生為「世丈」，而先師推重陳師，不在觀堂先師下也。觀堂先師從屈原遊，先生為之請於當局者至再，終至見格。先師益吒無聊，命其昌輩推舉良師。其昌代達諸同學意，推章太炎（炳麟）先生、羅叔言（振玉）先生。先師歡然曰：「二公，皆吾之好友也。」

先生尤惓念章先生，嘗一人負手，盤走室中，忽顧予曰：「子馨，汝提起太炎，好極！使我回憶二十年前在日本時，吾二人友誼，固極厚也。太炎而今亦老矣，如肯來，當大樂！因汝一提，使我此二三日來，恒念太炎。」其昌因奉校命，北走大連，謁羅先生於魯詩堂。南走滬，謁章先生於同孚里第。章、羅二先生固昔嘗請業問學，特未展弟子之贄耳。初時羅、章二先生均有允意，章先生撚其稀疏之鬚而笑：「任公尚念我乎！」且有親筆函至浙，報「可」。然後皆不果，羅先生致余書，自比於「爰居入海」，章先生致余書，有「衰年懷土」之語（二書憶尚保有於北平）。

其後校中聘馬叔平（衡）先生、林宰平（志鈞）先生，則先師已歿矣。先是余每至滬，必謁章先生，至津，先生必問：「在滬見菊生（張元濟）、太炎乎？太炎與汝談何學？」其昌答：「菊生先生之德性、太炎先生之學問，皆使其昌終身不能忘。章先生偶與其昌談及《易・說卦》『其於人也為宣發』，其昌言『宣發即寡發，王伯申《經義述聞》曾言之。』章先生謂『此說是。證據在《北齊書》。』即背誦《北齊書》某人傳如流。前輩讀書之博而且精如此，雖欲不衷心欽服不能也。某次，與章先生談及明清思想源流，章先生曰：『戴東原思想，出於明之羅整庵。』其昌大驚，此非將《整庵存稿》、《困知記》、《原善》、《孟子字義疏證》等書釀熟胸中，而透視其背，絕不能出此語也。故其昌對靜安、太炎二先生之學問，乃衷心佩服，非震其名也。」先師為之首肯者久之。

先師養疴津門，故舊往來最密者，丁在君先生（文江）、范靜生先生（源濂）、胡石青先生（汝麟）、江翊雲先生（庸）、余樾園先生（紹宋）、熊秉三先生（希齡）、張伯苓先生（彭年）、林宰平先生（志鈞），次則張君勱先生（嘉森）、蔣百里先生（方震）、胡適之先生（適）、徐君勉先生（勤）。此四先生常在海外，返國始見。若葉譽虎先生（恭綽）、周季梅先生（貽春）、藍志先先生（公武）等，則有事始至，不常來（人甚多，已不記憶）。曾慕韓先生（琦）亦曾來問疾。

其昌於上述諸名公，除胡適之先生，先已請謁外，其餘皆因侍先師，始得捧手請益者也。百里先生，我同里，且吾先姑丈之遠族弟兄行也。然未嘗見一面，直至在先生家始識。志摩表兄本與先師最密，彼時在印度，故僅一至。弟子侍者，其昌及興國姚顯微（名達）、永嘉劉子植（節）。此諸名公，或在或逝，其風采言論，有足為世表率，傳嘉話，培良風，因述先師而連類記之。

今之文藝作者，揚惡而隱善，務訐人之醜而掩人之美，以毒罵痛詆挖苦揶揄為能事，建文藝之基礎於糞穢上以自豪。病態乎，健康態乎，非余所知也。餘則略記本人當時之印象：丁在君先生威儀修飾，捲鬚膏髮，衣折整挺，儼然英格蘭之卿大夫也。崇科學，尊理智，講條理，重分析，是其長也。在君先生語余，其少時亦曾讀宋明理學書，此為世人所絕不知也。且親語余：「對於『無鬼論』之概念，不信『靈魂不滅』之說，最初自宋儒，後學科學，而此種信念乃得證實。」先師述：「在君為淞滬商埠督辦時，薦函數百封，不任用，亦不拒絕。但將函中所述各人技能專長，分類分組保存，遇某事需人，依其技能，按類分組索閱，再行徵求。其無處不玩『科學把戲』，至於如此。」

一夕，在君先生戲問予曰：「請問專家：郭沫若將《大學》『苟日新，又日新，日日新』，改為『兄日辛，父日辛，且日辛』。此說，子以為然否？」余曰：「此至確不易之說也。郭此文投《燕京學報》，燕京託予審查，予讚歎絕倫，極力推薦。刊時即由予代校。」丁先生笑曰：「我於金文甲骨，全為外行，然此說亦知其然也。」張君勱先生，誠懇忠厚，熱情磅礴，終身以斐希忒自命，鼓吹復興不倦；又為德哲人奧伊鏗弟子，而對於宋明先賢學說，熱烈服膺提倡者。范靜生先生德性淡泊寧遠，恬靜和易，態度極溫，語言極寡。喜生物學，即在先生家中，亦最喜至院庭中細觀花木草樹姿態生意，把玩研味。熊秉三先生天真，雖長鬚垂胸，而開口大笑時，尚有孩子遺態。胡石青先生敏銳而透切。江翊雲先生靜穆。其尊公叔海先生（瀚），余屢嘗請謁於方家胡同。豪爽闊達，老而彌壯，高談放歌，聲震梁塵，與吾輩少年情緒投合。翊雲先生與父風固殊焉。

張伯苓先生開廣而又堅毅。蔣百里先生深刻而沉鬱。徐君勉先生真摯而誠懇。余樾園先生與吾輩最稔，在先生家往往解衣磅礴，揮毫作畫。寫巨松圖，長二三丈，元氣充沛，以贈先師，先師題以長歌，以自厲晚節焉。又各贈吾輩以畫幀畫扇，遍及諸弟妹，人人歡舞叫笑，極人世至樂。自今觀之，樾園先生之畫，骨種神雋，與南宋浙派之馬（遠）、夏（圭）殊，與明代浙派之戴（進）、朱（端）殊，與清代浙派之鹿床（戴熙）、鶴齋（趙之謙）更殊，殆得力於黃大癡（公望），而又發揮其俊朗明爽之個性者歟？

樾園先生，吾浙派畫苑之別子亢宗也。亦時時以其所珍藏，請先師題跋，余尚記有黃石齋（道周）潑墨山水，蔣山傭（即顧炎武）手書詩卷等。又有粵人羅原覺，常攜唐宋珍貴名跡來共賞。今日本影印流傳之北宋武宗元筆《朝元仙仗圖》長卷真跡，余早在梁宅羅氏攜來時見之，真感覺有「五聖聯龍袞，千官列雁行，冕旒俱秀發，旌旆盡飛揚」之氣象。余對於中國寶繪欣賞之興趣，最初即培基於此時。

先師《飲冰室全集》，除各種專著外，即單以文體言，包含之廣，體例之雜，真古今罕見。先師嘗自言：「吾笑俞蔭甫（樾）《曲園全集》體例之雜，乃下至楹聯、燈謎、牙牌、酒令……都吝不肯芟。吾他日之集，毋乃類此。」故今日宰平師所編之《飲冰室合集》楹聯以下盡刪不錄。然先師挽靜安先師聯；及壽南海先生七十聯，則具昌不敢忘也。記之以為文集拾遺。挽王靜安先師聯云：「其學以通方知類為宗，不僅奇字譯鞮，創通龜契；一死明行已有恥之義，莫將凡情恩怨，猜意鵷雛。」上聯能見王師學問之真價值所在。下聯曲折表達王師純潔之節操。真王師地下知己也。羅叔言先生誤認為其昌代作，擊節稱歎不已。其實此聯乃出先師自作也。壽南海先生七十聯云：「述先聖之玄意，整百家之不齊，入此歲來，已七十矣；奉觴豆於國叟，介眉壽於春酒，親受業者，蓋三千焉。」全聯均集《史記》、《漢書》，及《鄭康成集》原文而成，又切合於康先生之學問及地位，工穩妥帖適合如此，真難能可貴也。

其後，康先生卒於青島，北京學界開追悼會於松筠庵（明楊椒山先生故宅，康氏第一次上書變法之集合地）。其昌集經典成語為輓聯云：「大道之行，天下為公，有王者必來取法；群言淆亂，折衷諸聖，微斯人吾誰與歸。」以篆文書之。先師遍獎於京中，譽為所有輓聯第一。且謂余曰：「惟我之壽聯，略堪與汝聯抗衡！」先師自居約而獎飭後學之熱情，至有如此者。先師易簀，其昌悲痛過分，幾至不能為文聯，後乃節取先師詩句，不敢更易，裁成為聯云：「報國惟恐後時，獻身作的，天下自任；著論誓移舊俗，新知牖學，百世之師。」庶幾先師以身殉國，不辭矢的之犧牲熱情，以及開拓新知，文章革命之豐功偉烈，得萬一之表見焉。

獻身甘作萬矢的，著論求為百世師。
誓起民權移舊俗，更將哲理牖新知。
十年以後當思我，舉國如狂欲語誰。
世界無窮願無盡，海天寥廓立多時。

平生惡作牢騷語，作態呻吟苦語誰。
萬事禍兮福所倚，百年力與命相持。
立身豈患無餘地，報國惟恐或後時。
未學英雄先學道，肯將榮悴校群兒。

此先師三十餘歲，亡命日本時所作律詩二首，中華民國十五年夏，手書之，以賜其昌者也。犧牲悲壯之熱情，救世愛國之弘願，高尚純潔之懷抱，清醒鮮新之頭腦，勇邁前進之精神，少年激昂之沸血，湧溢楮墨間。今日背憶誦之，猶不自禁熱淚之奪眶也。弟子不敏，請事斯語矣。

祭梁啓超先生文

維中華民國十有八年九月九日，實我夫子大人新會梁先生永安窀穸之期也。國立清華大學研究院全體學生哀念先師音容之日遠，將臨闕宮一訣而永別也。謹以芳糈清醴之奠，再拜昭告於我先師不寐之靈曰：

嗟乎，吾師遂永訣矣！捧手三年，如一日耳。而此眴忽，變化萬起。沈陸憂天，擲時如水。一念音容，轉深自悲。請垂慈督，敢訴一二：憶我初來，稚態未薙。如拾土芥，視天下事。撥濬疾書，一文萬字。古傑自儕，時賢如沫。讀未盈卷，丟卷思嬉。清華芳樹，故解人媚。況有晚風，往往動袂。華鐙初上，新月流睇。呼其朋雔，三四為隊。師家北苑，門植繁李。率爾叩門，必蒙召趨。垂誨殷拳，近何所為？有何心得？復有何疑？斆治考證，得證凡幾？群囂雜對，如儈呼市。畫地指天，語無倫次。師未嘗慍，一一溫慰。亦頗有時，伸手拈髭。師居慈母，親我驕兒。雖未成材，顧而樂之。此一時也，而如隔世。晨露浸簾，（此處似缺二字）夢寐，師宅猶昔，惟不見師。能不令人，腹痛成痗。自師薨謝，大非昔比。年日過往，氣轉頹悴。舉步便礙，觸眼可咨。以此腐心，長復尔尔。重負我師，諄諄誘誨。惶恐觳觫，惟懇師宥。至於國難，更深於海。今者北虜，如虺如鬼。虔我邊陲，飲我血脂。匪言可盡，轉喉成戾。九原可作，猶當切齒。不敢悉告，恐師零涕。嗟乎我師，遂永訣矣。所欲稟者，大略如此。不見師顏，亦既易歲。更於何所，面命耳提。每一念及，長號何已！想師天上，康寧有憙。苦難都消，痼疾永棄。西山湯湯，終古晴翠。巘深壑靜，泉冽潭泚。芬芳高偉，宜是師儷。師歸於茲，萬祀無曩。日月恒明，江河不廢。嗟乎，吾師遂永訣矣。臨訣一語，可以自誓。誓不自暴，覊竟師志。伏惟靈爽，鑒此微意。嗚呼哀哉！尚饗。

王國維先生生平及其學說

我作這次演講，內心感慨萬端。先生的去世，是在民國十六年，我離開先生算來已十多年了，深懼學殖容有荒疏，無以仰對先生生前的提攜與教誨。回想音容，實不勝感傷。

剛才主席提到各位對先生的景慕，恨不及親炙其聲音笑貌。從外貌看來，中年以後的先生，膚色黧黑，頷上留兩撇八字髫鬚，禿頂，腦後拖著一條小辮髮，說話時露出長長的兩個門牙，其餘牙齒脫掉很多，經常穿一件長袍，外面套上馬褂。初次看到這位享大名的學人，是不免使人感到失望的。我沒有入清華以前，在上海哈同花園第一次見到先生。過後有人問起我印象如何，我譬喻他如一古鼎。入清華後，受教於課堂，先生滿口海寧土話，當年同學諸君中，能完全把先生的話聽懂的，只有我一人，這因為我也是海寧人。

平時先生寡言笑，狀似冷漠，極乏趣味，醇湛的襟度，現出他學人的本色，暗示著先生治學的冷靜嚴肅和實事求是的精神。其實，早年的先生並不如此。在那些年歲中的文學創作和論文裏，風華瞻麗的吐屬，曾留下了才人舊日的夢痕，然而時世的推移，影響及於先生，遂造成他此後畸形的發展，造成我所親眼看到的先生的暮年。

先生是科學的古史研究的奠基者，生於清同治十三年（一八七四）。在先生幼年時，左宗棠戡平回亂，班師東旋，洪楊亂事既平，隨著又拓地萬里，西洋諸國，都以為中國從此或將走上復興的道路，一時有中興之目。不幸事實上國力卻日趨衰弱。到先生二十一歲的那年，甲午一戰，海軍全遭覆沒，屈辱求和，聲威盡墜。先生的少年期，就在這黯淡的局面下度過，當我們回溯著他多缺陷的身世，很容易聯想起東羅馬帝國衰亡期的那些學者們的坎坷的命運。

先生的先世，雖有念過書的，但到先生的祖輩父輩，已經改營商業。先生的父親是當舖的朝奉先生。十八歲時，先生中了秀才，此後應試都總是失敗。二十三歲時先生任上海《時務報》館的書記。《時務報》是汪康年、汪穰年兩先生辦的鼓吹維新的報紙，當時由梁任公先生任主筆。所以梁先生和王先生早年晚年都曾共過事。但早年時代，梁先生是主筆，王先生是書記；梁先生當時已是維新運動中的健將，而王先生還度著他早年黯淡的生涯。因為地位的懸隔，所以彼此也難得接近，但到晚年，梁先生、王先生又同任教職於清華研究院。梁先生尊王先生為首席導師，對之推崇備至。這固然是王先生的學問才華，足以使梁先生傾倒，而同時我們於此也可見梁先生的謙虛。

在《時務報》任職時代，王先生雖未為梁先生所知，卻因一個特殊的機緣，而為羅振玉賞識了。羅振玉在光緒間也是一個維新志士，辦「農學社」於上海，並發刊《農學報》，聘日人譯農書，提倡以農立國，因此當時羅振玉與汪康年、梁任公諸先生也有往來。某日羅振玉往訪汪康年先生不值，候於門房，隨手拿了一把破扇子揮汗，卻在上面發現了一首詩。末兩句是：「千秋壯觀君知否？黑海西頭望大秦。」後面署著海寧王國維。這是咏班超遣甘英使羅馬（當時我們稱之為大秦）而未果的事的。大概那時候王先生很崇拜左宗棠，而自己也油然有功名之志，所以不期然的寫出這樣雄偉的詩句。這種佼然不凡的吐屬，震動了羅振玉，因詢問侍者王國維先生是何許人，侍者只知道他是報館裏的一個書記。羅振玉乃囑託侍者請王先生回館後到他私寓裏去訪他。先生訪羅振玉後感其知遇之誠，乃辭去《時務報》館的職務，轉入「農學社」服務。這一次訪問，是先生生命史上的一個大關鍵，這是先生受知於人之始，更決定了先生此後生活的趨向，羅振玉以為那時一個青年人，應該接受一點新思潮，所以勸先生學習英文。當時藤田豐八——後來的東西交通史、南洋史的權威，初在帝大歷史系畢業，正受羅之聘在「農學社」譯書。先生乃從藤田學英文，此後先生終其生俱師事藤田，即在清華研究院任導師的時代，和藤田通信，還是以師弟相稱。

先生與劉鶚相識，大概也在此時。劉鶚是甲骨的收藏家，對羅振玉和王先生之研究甲骨文，均有影響。所以在此地我們要提及劉鶚，同時更要說一說甲骨文發現的經過。

光緒二十四年戊戌變起，梁康亡命海外。明年，安陽殷虛甲骨發現。後者在學術史上的意義與前者在政治史上的意義相等，都是中國近代史上的重要節目。其實安陽的甲骨早經發現，鄉人無知，稱牠為龍骨，常用來治病。同時鄉人有種傳說，以為沒有字的治病才有效，所以藥鋪得到有字的甲骨，往往把牠磨平以便出售。當時京師有三種最時髦的學問：康有為提倡「公羊學」，替維新運動在中國古代的經典中找理論的根據；俄人對我國西北邊疆的覬覦，和左宗棠拓邊政策的成功，更引起中國人研究西北地理的興趣；而埃及、巴比倫的地下史料的探究，也使中國人對於周金文的研究，在當時的京師蔚為風氣。北京的古董商人本常到安陽搜羅古物，大古董商范某發現甲骨上刻有線紋，疑其或具有相當價值，乃請教於名鑒賞家王懿榮（周金的收藏家，時任國子監祭酒）。王懿榮知道牠具有學術上的價值，囑古董商替他收羅，甲骨之被重視自此始。

又明年，八國聯軍入京師。王懿榮殉難。劉鶚當時正在京津間活動，王懿榮所收藏的甲骨完全為劉鶚所收買。後來有人告發劉鶚在庚子之亂時曾通款於外人，以糧米資敵。劉鶚因此充軍新疆，他所藏的甲骨至此幾全歸羅振玉。羅振玉拓印後，又把它轉售予日本人。

然而當時先生正沈淫於叔本華、尼采的哲學。國事的蜩螗和早年生活的陰黯，使先生很自然的成為叔本華的崇拜者，對人生世相的觀察，充滿了悲觀的色彩。甲骨文尚未為他研究的對象。二十九歲先生至張季直故里南通師範學校任教師，並常常寫文投到《教育雜誌》去發表，《紅樓夢評論》即作於此時。同時，《宋元戲曲史》也開始在《東方雜誌》連載。《國粹學報》在當時是一個鼓吹革命的刊物，但先生當時對革命並無興趣，投刊於《國粹學報》的是先生另一種整理戲曲目錄的纂述——《曲錄》。次年（也就是我的生年），羅振玉任蘇州師範學校校長，先生也隨羅振玉到蘇師任教。蘇州山水秀麗，徘徊光景，創作益豐。由三十一歲到三十三歲這三年，先生的《靜安文集》、《人間詞話》、《苕華詞》、《宋元戲曲史》陸續出版。在《人間詞話》裏先生提出境界之說，名言妙理，如一串串晶瑩的智珠。這時先生似已自甘將自己封鎖在藝術的象牙塔裏，世事的風雪似已不能在先生古潭似的心境裏盪起漣漪。藝術與宗教可以使人擺脫生存慾的困擾，在宗教的世界裏，人們可以遠離塵世的悲歡擾攘，而達於涅槃的境界；在藝術的世界裏，人們可以暫時忘卻「生」給予他的痛苦，而得到片刻的安息；這是叔本華的宗教觀與藝術觀，也是先生當年所崇奉的說素。先生既沈淫於這樣的世界，所以雖和劉鶚認識，而羅振玉更是先生最初的知已，但對甲骨文的研究，殊無意趣。光緒三十二年，英人斯坦因赴新疆考古，「敦煌學」因以大顯於時，而先生對之，亦復冷漠。

宣統元年，先生三十六歲，在先生治學的生涯中，這一年有特殊的意義，因為先生治學的興趣，在這一年完全轉變了。這以前，先生是詞人，是文學史家，是文藝批評家，是叔本華的崇拜者；這以後，先生卻盡棄其所學，埋頭在中國古史這一新處女地，從事拓荒奠基的工作，而以古史家播譽於世界史壇。這一年，張之洞由湖廣總督調任學部尚書，羅振玉北上任學部參事，先生隨行。那時張之洞創立京師圖書館，繆荃蓀任館長，先生由羅振玉介紹，入館任編輯。次年，《國學叢刊》出版，先生起草宣言，倡言「學術無新舊之分，無中外之分，無有用無用之分。」所以不能以空間觀念、時間觀念、功利觀念來作學術的繩尺。這種為學術而學術的觀念，當然極易導先生入於史學研究的途徑。這時先生開始為羅整理《殷虛書契前編》，其中一部分曾分載於《國學叢刊》。宣統三年，辛亥革命起，清室退位，對這一劃時代的歷史事件，羅振玉卻毫無理解，他仍衡之以舊日士大夫的傳統觀念，斥武昌起義為「盜起武昌」。清帝遜位後，羅振玉逃往日本，先生也隨羅東渡。先生的辮髮本早已剪去，且平居西裝革履，儼然是一新少年，如今清社已覆，因羅振玉以遺老自居，先生擺脫不了他的影響，又重新蓄髮辮，服馬褂長袍，儼然是一遺少了。

先生東渡後，乃完全沈潛於中國古史的探索。先從事金文拓片調查的工作，成《宋代金文著錄表》一卷，《國朝金文著錄表》六卷，這是企圖將中國古史系統化科學化的基本準備工作。同時，並為《殷虛書契前編》作考釋。民國元年，《殷虛書契前編》、《殷虛書契菁華》在日本出版。那時日本的小林忠太郎剛在德國學玻璃版印刷，學成回國，看到《殷虛書契前編》刊載於《國學叢刊》的印得太糟。民國三年，《殷虛書契考釋》也用羅振玉的名義出版[1]，羅振玉並因此得到法國國家學院的學位，乃贈以斯坦因及伯希和在敦煌所得的《流沙墜簡》影印本，所以《流沙墜簡考釋》也在同年刊行，第一卷第三卷署先生名，第二卷署羅振玉名。這是先生以古史學者知名於國際學術界之始。

先生研究甲骨文，除與認識羅振玉、劉鶚有關外，哈同與先生的關係也應該在此提及。這位猶太籍的巨商愛好古玩珍物，所以與珠寶商姬覺彌頗有往還。後來這兩家關係更日益密切，情若通家。民國五年，張勳復辟失敗，遺老蝟集滬濱，姬覺彌雖是一個商人，但也頗想附弄風雅，以文飾他的鄙陋，供養著一大批遺老。同時他又信佛，嘗迎名山大廟僧眾設壇講經，並刊行頻伽精舍《大藏經》

1 注：《殷虛書契考釋》對「爽」字曾有精詳考釋。後「矢彝」發現，羅得拓片，爲之作簡略的考釋，文載《支那學雜誌》。彝中有「爽」字，羅曰未詳。知該書不僅非羅所著，羅且未曾仔細閱讀一過也。

八千餘卷。這類事情攬膩了，他又捐資集漢學家宣講小學，更創辦「倉聖明智大學」及「廣倉學宭」，聘鄒景叔（安）及先生為教授。先生自辛亥渡日，轉瞬已過了六個年頭。客居異域，當然不免有對故國的懷想，所以欣然應聘歸國。倉聖明智大學及廣倉學宭的學生幾同哈同家奴，本談不上學術的研究；但先生卻得利用這個環境，對古史作更深邃的探求。《殷虛書契後編》，就是在這一年出版的。劉鶚所藏的龜片，十九雖已歸羅，但他的家屬還保有一部分材料，加以整理，於民國八年刊刻《戩壽堂所藏殷契文字》、《戩壽堂所藏殷契文字考釋》。前者用姬佛佗（即覺彌）的名義，後者則由先生自己署名。

自民國五年至民國十二年，先生四十三歲至五十歲，這八年是先生學術生涯中的黃金時代。哈同供給先生一個便於研究學術的環境（哈同私人藏書之富，在中國實無其匹。《四庫全書》，哈同那裏都有全抄本）。而先生自己也正當年富力強，生活的安定，使先生不致為瑣屑而勞心，因得致其全力於甲骨文、金文的探討。故先生在學術上的成就，以這一階段最為輝煌。重要著作多刊行於此時，古史論文的結集——《觀堂集林》的出版，結束了這一階段的學術生涯。

到民國十二年，這時「五四」的狂潮已經過去。為著適應新形勢下文化建設的要求，學術界喊出「整理國故」的口號。國內北京大學研究院成立後，以先生的古史研究，久已獲國際聲譽，擬聘往講學，但因為北大在「五四」時，是新文化運動的大本營，革命空氣一向濃厚，先生忠於清室，不願應聘，僅僅答應了擔任校外的特約通信導師。

不久，蟄居故宮稱制自娛的溥儀，忽召先生入南書房行走。先生自省以諸生蒙特達之知，驚為殊恩曠典，急束裝北上，這一幕悲喜劇，使先生再到北平，而終於在北平了結了自己的生命。

翌年，溥儀為馮玉祥驅逐出宮，出走天津，先生失職。同年，國立清華大學創辦研究院。這以前，清華是留美生的預備學校，因此校中風氣受西洋習慣感染特甚，不免有過當的地方，曾惹起社會上一班的不滿的批評，就是當日清華的學生中，也有不以本校的作風為然的。記得張蔭麟君曾對我感慨地談起：「我們同學進城，別人都拿特別的眼光看待，彷彿誰額角上刻了『國文不通』四個大字似的。」這雖不過說笑，卻也暴露了部分的真象，指出弊病的所在。適校方受當時新學術趨尚的影響，決定停止留美部招生，創設大學部，並成立研究院，校風為之一變。

時梁任公先生在野，從事學術工作，執教於南開、東南兩大學。清華研究院院務本是請梁任公先生主持的。梁先生雖應約前來，同時卻深自謙抑，向校方推薦先生為首席導師，自願退居先生之後。這兒發生了一次小小的波折：原來，梁先生因為曾贊襄段祺瑞馬廠起義之役，素為遺老們所切齒，羅振玉嫉視他更甚。先生是遺老群中的一個，與羅私交又頗密切。這事既由梁先生推薦，羅因力阻實現。先生頗感進退為難。正當躊躇未決的時候，梁先生轉托莊士敦（一個中國籍的英國人，溥儀的英文教師）代為在溥儀面前疏通，結果經溥儀贊同，當某次先生上天津去請「聖安」的時候，面諭講學不比做官，大可不必推辭等語。於是先生乃「奉旨講學」，應聘遷居清華園，羅振玉無話可說，只好擱在心裏不樂意了。

先生應聘的第二年春間，研究院正式開學。這時的盛況是使人回憶的：除了先生和梁先生外，同任導師及講師的有陳寅恪先生和趙元任先生及李濟、馬衡、梁漱溟、林宰平四先生。陳先生那時曾經寫過一副開玩笑的對聯給我們，文曰：「南海聖人，再傳弟子；大清皇帝，同學少年。」這是暗指梁、王二先生以嘲弄我們的。平常每一個禮拜在水木清華廳上，總有一次師生同樂的晚會舉行。談論完畢，餘興節目舉行時，梁先生喜唱《桃花扇》中〈哀江南〉，先生往往誦八股文助興。如今，聲音好像仍在耳邊，而先生卻已遠了。

在研究院先生所開的課程，有（一）古史新證（二）尚書研究和（三）古金文研究三種。不過講授的雖還是古文字史方面的東西，而先生自己的研究工作，則早在兩年前（民十二）校《水經注》時，即更換了趨向，作為先生第三期學術工作的對象的是遼金史、蒙古史和西北地理。這幾年陸續發表了許多有價值的著作。我現在撮述重要的書名和篇名如下：

一、《蒙韃備錄校注》，二、《黑韃事略校注》，三、《聖武親征錄校注》，四、《長春真人西遊記校注》，五、《阻卜考》，六、《黑車子室韋考》，七、《金界壕考》，八、《遼金時蒙古考》，九、《韃靼考》、《韃靼年表》，十、《南宋時所傳蒙古史料考》，十一、《元秘史之主因亦兒堅考》，十二、《蒙古札記》。

清華園的山光水色，校方的優裕的供奉，給這位冷於世事，懶於應付的學人以安寧和休憩，似乎儘可以頤養他的餘年了。誰知世事的劇變，使先生仍不能平靜地活下去。新的事物帶來太多的刺激，北伐軍興，大局震盪，北京城裏滿浮著謠言，暗示著軍閥統治的掙扎、無力和行將崩潰的前途。葉德輝在湖南被殺後，謠傳著一個新的消息，說是南兵見有辮子的人便殺；又傳聞一旦北伐軍北上將極不利於溥儀。先生既久已和外界隔絕，判斷力減退，對大局趨向莫明，在盛熾的謠言世界裏，既為一己的安全擔憂，又恐溥儀萬一將有不測。因此，面對著亟變的世局，先生有著極度的憤恨和憎厭，心境極為淒苦。當時，有同學曾婉轉進言，請先生將辮髮剪掉。其實呢，對於這，先生也並不怎樣固執。他曾說過：「倘是出其不意的被人剪了，也就算了！」不過要讓自己來剪，則老年人的情懷覺得有點難堪，不願如此做罷了。這些時，有一次我見到先生。他問我說：「前年有一天晚上，我曾看見一顆大星流墜，隨後就聽說孫中山死了。前兩夜，我又看到了同樣的異兆，你看吳佩孚怎樣，會不會輪到他死呢？」在我們看來，這自然是令人發笑的，但也說明了先生那時的憂心惶惶不可終日的浮動的情緒。果然，不久先生就以自殺聞了。

先生自殺的經過是這樣的：

這年五月裏一個風日和暖的日子，頤和園裏的魚藻軒前，發現一位老先生投水死在昆明池裏，這就是眾所周知的王先生。據守衛園內的人說：先生入園後徘徊於池邊，曾見他點燃一支捲煙。正午十二時，忽而傳來「撲」的一聲，循聲前往，知道有人死在水裏，待救將起來，人已氣絕了。我們聞訊趕至，除了一瞻遺容外，已一無補益。呵，這一代大師的淒涼的死！

事後據人談起先生在前些日子和人談及頤和園的風物，尚慨歎自己在北平這樣久，園中卻一次沒有去過，不料這名園竟成了他葬送生命的處所，他的第一次遊園，也就是最後的一次了。

先生遺囑略曰：「五十之年，惟欠一死。經此大變，義無再辱。我死後，遺著可托陳、吳二先生整理。」（陳指寅恪先生，吳指吳宓先生）這證明了先生之死，是因為在那時候，先生已不願再活下去，所以自願了結他自己的生命。

先生自戕消息傳來，梁任公先生正臥病於德國醫院，趕忙抱病出院。後事料理初畢時，溥儀優恤的諭旨已下，發給治喪費三千元，偽謚「忠慤」。梁先生為請求北洋政府褒揚事，曾往訪當時的國務總理顧少川（維鈞）先生。顧允提出閣議，結果因為多數閣員根本不識「王國維」其人名姓，未被通過。這誠無損於先生的盛譽，然而一代學術宗師，譽滿中外，退位困居的遜清帝廷尚知議恤頒謚，而北洋政府卻不聞不問，其腐敗昏庸，是可以想見的了。

總結先生的一生，以才人始，是學人終。而治學的科學精神及其結論的準確性，在學術史上，只有王念孫堪相伯仲。在私生活和事功上，先生是畢世坎坷的：年青時屈居下位，壯歲碌碌依人，甚至個人辛勤的著作，都寫著旁人的名氏，晚年雖聲名鵲起，而孤獨鬱結，不得終其天年。在友朋中，先生受羅振玉影響極大，偏巧這影響又是和時代的潮流相背的。但在學術上先生的成就，實有不可磨滅的光輝。他治學的初、中、晚三期——第一期哲學、文學、文藝理論，第二期的古史、古文字學，第三期的西北地理、遼金蒙古史——均有可貴的遺產留給後來的人。我們紀念先生，景慕先生，想學習先生，便應該從這些地方入手。

科學的進步無止境。前人播下種子；辛勤的操作給後人預備下來日的收穫。而我們亦當為自己的下一代留下更豐盛的果實。王先生的貢獻是永遠的，值得尊敬的；但在理論上講起來，我們應該超越他，再讓我們的後輩再來超越我們。——這才是學術進步的徵象。

景芹筆記

（原載《風土雜誌》創刊號，一九四三年）

《陳龍川年譜》序——一千年來民族文化盛衰之癥結

我中華民族一千年來，國家機制，社會型態，以下迄個人身心，人生概念，舉莫不受宋賢所孕毓，所範鑄，所改造，至今日而始革其命焉。大命既傾，好惡隨泯；門戶云圮，功罪斯彰。吾曹始得為之導溯淵源，綜貫流派；而達觀其本末得失之故焉。

蓋嘗論之：自巨唐弘忍、慧能崛起，華嚴唯識，中邊百論，乃至毗菩沙、足發智之學，一切俱廢，唯餘五宗禪悅，涵蓋東土。禪學之影響於中華，其利五而弊亦五：「性善」之說，創於孟子，而告、郇、楊、韓俱致誹訾。慧能立旨：「始以性善，終以性善。」（柳宗元文集）卷六〈曹溪六祖大鑑禪師碑〉）於是近二千年所聚訟不決之說，一旦得以根株確立，此功之首也。由是而「自我解放」，浸假「人格平等」「人性大同」之說，得以因緣樹立，故曰：「蠢動含靈，皆具佛性。」是上符孟子「人皆可為堯舜」之旨，而下啟姚江「滿街都是聖人」之教也。此功之二也。「諸佛妙理，匪關文字。」「字即不識，經即能講。」（《景德傳燈錄．六祖傳》）以是學術之枷鎖解脫，俚俗而平民化，陋淺而大眾化；使貴僧紫師，不復能奇貨自居，劫持剸制，此功之三也。由是而膺及文學，語文合流之風漸興：

白太傅參坐於如滿（南嶽派馬祖大師之弟子），故長慶之集，老嫗都解。韓吏部從遊於大顛（青原派石頭和尚之弟子），而散文基礎，於焉永奠。此功之四也。皓首窮經，牖下老死；於儒則有陸元朗、孔沖遠之辛勤，於釋則有玄應、慧琳、希麟之巨業，然而於教育之方法言，則為「注入」；於性質言，則為「繁瑣」。至若「覓心」「安心」之指點，「風動」「幡動」之提覺，「淨水在瓶」，「野鵝上天」；此後宋儒「環境教育」「體認教育」「生活教育」，咸肇基於此，則功之五也。

然而其弊則有不可勝言，言之痛疚徹心者，其害之小者三而大者二：空疏、浮躁、陋妄、愚鄙學風之養成。吾嘗謂「慧能固可敬而亦可偽，慧琳雖無可敬而絕不可偽」，罪一。誇狂，驕恣之惡習漸滋，柳州有言：「空愚失惑，縱傲自我者，皆誣禪以亂其教，冒於嚚昏，放於淫荒。」（柳集〈龍安海禪師碑〉）罪二。躐蹋、骯髒、詐偽、瘋癇之徒，混跡以入。以穢丐為神僧，以瘡痂為仙果，以夢囈為靈示，以癡談為正覺。（至於宋代市巷猥語，乃至產生所謂「濟顛活佛」，其人者釋氏流品之汙下，至斯極矣！禪學未發達以前，無此現象。）罪三矣。至其害之大者，則禪宗大盛以後，驅四民而盡入；既已度牒如山，而益以居士如林。生產驟落，遊手激增。「農之家一而食粟之家六，工之家一而用器之家六，奈之何民不貧且盜也！」（韓愈〈原道〉）由是而產銷見絀，供求相迮，經濟機能之毀滅破壞，日益顯露。有如所謂襄陽龐居士者：「有男不婚，有女不嫁，大家團圞坐，共說無生話。」（《五燈會元》）此真國賊民蠹，治法所必誅，而反播為美談，習為群尚！民族危機，朽索峻坂，黃巢、尚讓一呼，而舉天下人食人矣！下至北宋，國族元氣，歷百年而未復，此毒氛之中於物質者。其大罪一也。禪定之說昌，人人習其教而始麻木、死腐，如蠶僵眠，如蚓冬伏，不生不死，半鬼半人，「形如槁木，心如死灰」，徹底消滅民族之活力，驅使墮落於退嬰、靜止、萎縮、枯槁、冷寂……之邱墓！自貞觀、開元以來少壯民族，好勇喜動，活潑前進，豪邁無畏……之童心稚態，彈指變化，而成為佝僂嗆咳，疲癃癱瘓，仰臥棺蓋之朽骨！此真千劫百世猶有餘痛者也。此毒氛之中於吾民族之精神者，其大罪二矣，最言其凡：則禪學之興，有大功一，「性善」說之再確立也。有大罪二，斲喪國家之元氣，消滅民族之活力是也。

及宋學之中興，其於舶來之禪學，頗能承受其菁華，而糾正其謬誤。然而其謬誤，實未能盡糾正，而酷於罌粟之遺毒，其已先天滲入於骨髓者，宋儒亦未能自覺，而時一流露；至明儒而且及春大發，至清儒而猶深漬膏肓也。

所謂承襲其菁華者何也？則「性善」之旨，自李翱、陸參以後，遂確認而奉戴為正宗。宋賢初祖，必推始於濂溪；而濂溪又以習之為層冰，以二程為巨流。李之言曰：「性，無有不善。」（《復性書》中篇）周子遂立宗教人：「誠者，聖人之本；各正性命，誠斯立焉，純粹至善者也。」（《通書》第一章）直抵今世，「性善」鑄成國是，已千餘年而未艾。其勢或將更傳於今後矣。所謂糾正其謬誤者何也？禪徒以出世離人為高，以團坐無生為業，驅生人而自入於餓鬼。雖李氏猶未能洞燭其罪。至周子始堅決明白，大聲弘播，以詔於人曰：「志伊尹之所志，學顏子之所學。」至二程而始萬語千言，以「通經致治」「內聖外王」「有體有用」為教，（參觀河南《程氏遺書》卷四，游酢記；卷五，呂大臨記。又《伊川文集，遺金閑志》）深斥「買櫝還珠」「玩物喪志」之謬。（參觀《上蔡語錄》及《近思錄》引伊川《與方元寀帖》）故伊川流派，一衍而為永嘉九子，再衍而為鄭（伯熊）、薛（季宣）、陳（傅良）、葉（適），乃至務致用而遺體焉。

自宋迄清，下逮顧（炎武）、朱（之瑜）、黃（宗羲）、王（夫之），凡不老守佔畢，死殉蠹簡，為社會之先驅，作三生民之喉舌，站政治之前浪，殿國族之後勁者，殆皆理學者流也。古人有言：「儒無益於人國」（《荀子・儒效篇》），濂溪以後，此恥或可少雪爾。所謂糾繆未盡時一流露者何也？則元公「主靜」之教也。吾嘗深惟寤歎，思易太極圖說之語曰：「聖人定之以中正仁義而主動，立人極焉」，不亦可乎？而萬古遺憾，元公乃以「主靜」為立人極之本。西來魔劑，甘之如飴；至明而謬種廣傳，毒苗蔓圖；「定修」「靜悟」，捉影捕風！蘭芷不芳，生人僵死。而隆、萬以還，正歐西文藝復新，宗教革舊，稍後而科學繁興，生產革命。而東亞老帝，輿櫬待盡！遂致凌遲剮割，慘極人寰。百世追憶，猶將切齒於天竺之造疫，而中華之飲酖也。

吾浙永康陳同甫先生（亮），語其學，實未盡臻於醇粹，晦翁譏其「合金銀銅鐵於一爐而共冶，致使金、鐵各失其原用」者（《晦庵集・答陳同甫書》大意），亦未嘗不中其窾竅。然曷亦試觀其天性乎，則固終其身為一「主動」而反「主靜」之健者也。則固終其身為一髦士青年而未嘗「老」者也。精力彌滿，天真爛熳，一世之英雄盡俯，萬古之心胸遂拓。悲歌流涕，晝夜六時，思所以雪祖宗戴天之仇，復中原陸沈之士；其心雄，其志哀，其學風生而動，其義趣活潑而前進，其態度是今而非古，主進化而誹倒退。菩提達摩之鐐銬桎梏，至陳子而始碎為微塵齏粉焉！姑舍其餘，第使陳子此旨而得顯，則吾震旦之妖霧盡蕩，天日重朗，當不俟諸他日矣。

蓋後世嘗有自號治龍川之學者，夷考其實，於此旨都不明，而反嗜其未醇粹為晦翁所戒者，是乃掩其美瑜而彰其疵瑕也。此旨之明，殆自吾友台山顏先生希深始。希深昔從先師新會梁先生於清華，董理宋明先哲之遺業；粵人也，而年又少，其天性固惟與龍川合爾。於是具創年譜，為長編，都十餘卷，往往視余。余時創《二程年譜》，亦發視於希深。迨先師薨逝，希深亦漫遊於歐西，往來巴黎、羅馬間，轉其學於彼邦之史蹟。余之學亦轉而傾注於殷周，二程譜稿二十餘萬言，扃篋衍而未啟。今希深已從海外歸，《龍川年譜》，經十年之修討，定本既成，殺青行有日矣。余獨竊悲往歲以還，窮寇憑陵，宗邦孔棘，南渡重演於中華，東胡再汙於上國。啟居不遑，室家靡鹽；而余與希深，操觚成習，執戈未能；徒懍匹夫有責之大義，彌增壯夫不為之深恥。余流離川蜀，播越西州，歐血廢居於大渡河上。聞希深亦臥疾於香港，念之甚勞。乃者，忽接其巨稿，且投函求序；愧憙交集，強起自慰，不啻杜林之獲漆書也。因撮陳十世紀來，學術思想之波應影響於國家民族者，綜其利害，核其種果，綴著成篇；以就正我希深，以弁諸陳氏年譜之首，以警覺自今以往，有講學之責者，慎毋再蹈身毒主靜之覆轍，而自召環鄰蠻族之吞噬也。

中華民國二十八年五月海寧吳其昌。

（原載《圖書季刊》新一卷四號。）

讀詞

昨天晚上，無意中翻閱六弟北平寄來的《滂喜齋叢書》，翻到一冊陽湖周濟的《宋四家詞選》，不禁又勾起七年以前的舊緒。想起這冊書，和「榆園叢刊」中的納蘭《飲水詞》，是我當日寂寞惆悵中密隨的友侶，而今呢，漸漸地走近「壯年」，襟抱全非，這二位故友，疏之已久了。垂燈重對，簷雨浪浪，如逢寤寐，增我悲欷。

七年以前，那時是二十四歲——二十四歲，好像還不能算頂老：至少，自己覺得。那時候迥非今比，還是滿腔子充著「少年情緒」。人，誰都是經過少年來的。「少年情緒」，那味兒怎樣的，你試向你的內心深處，去細嚼一下，就會知道，只要你不是超人。那時候住在惡俗不堪的天津的唯一清涼境界八里台百樹村中，煙水環繞，兼葭彌望。最好的時令是二月裏，春水新生，丁香初綠：常常一個人倚在溪邊小森林中一枝彎腰照水的老柳樹上，看那柳綿飛颺到綠波上面而蹙起來的皺紋；坐在繁花茂叢中的石塊上，靜靜地，讓全身浸在晚霞明滅，淡紫淺黃交織著的光縷中；支著下腮，從撩亂扶疏的花蔓影裏，望那羞澀俜停，初生的華月。或者站在低低曲曲的碧色欄干旁邊，閑數那綴圍於花枝梢頭，晶潔明媚的露珠。讀詞——在這一時期中，覺得人生之對於「讀詞」，或者自己「填詞」，其功用，不見得一定在「吃飯」之下，至少，是等於吃酒。人生總有青春，青春總須發酵！回味起來，自此以前，自此以後，無論何時，要我像那時候讀詞一樣的可以撩撥、沈浸、陶醉你心絃的事情，怕不容易！一腳踏到「壯年」以後，便要埋頭猛幹你的事業去了。所以古人說：少年的韶華，應該努力像黃金一般的珍惜，真是名言。

隨便打開那本薄薄兒的詞卷，觸眼看見卷首有一節小跋：「……『詞為小道』，古今人盡同此說。至張皋文先生而詞始尊嚴化，芳潔化。至周止菴先生而詞始真摯化，誠懇化。以誠懇真摯之心聲，抒芳潔尊嚴之情緒，而詞始神，詞始聖。如更能以熱烈噴薄之血性出之，身心性命之代價易之：則詞殆為人生無上至高至美之冠冕矣。回視中魔墮障之詞匠文匄，以堆砌古典之酸風，運輕佻儇滑之浮調，寫挾妓宿倡之罪行，做旦貼淨丑之臉態者，而亦儼然自居於『詞』而不疑，真堪令人切齒痛心者也。」

幾乎使我不相信了，這難道竟是我的話嗎？可不是，清清楚楚，自己親筆寫的，還署著年月姓名，抵賴不了。然則，只有謝罪：通人君子，博學鴻碩，求你們不加苛責，請你們曲賜原諒，原諒我那時還是個初涉人間的「少年」，所以說話全不通世故人情，不識輕重忌諱，死罪死罪！不過，假使你們考我，現在你對於詞的見解怎麼樣呢？慚愧得很，我不說一句謊話，七年以來，一絲一毫沒有進步，依舊和上面小跋上的前半段，一孔之見相同。

我所以愛讀納蘭容若的詞，和別人愛讀納蘭的詞，意見不必一樣。有一種人，很賞識他詩句「自把紅窗開一扇，放他明月枕邊看。」以為名貴得過韓冬郎。這類見解所代表的人似乎不是少數。不錯，容若小令的名貴矜持，莊嚴端麗，我並不否認。但我之愛容若，全不在此。我愛他這人有「真肝膽」，有「真性情」，「真」得叫人千載下讀了，還能感動下淚。一個從不曾見面的吳槎客，他救了以後還說：「……絕塞生還吳季子，算眼前此外皆閒事！……」一位江南的流浪詩人顧梁汾，他認為唯一的知己，「知我者，梁汾耳」。他會對他說這樣的話：「……一日心期千劫在，後生緣恐結他生裏！……」他用一生一死的賭咒，來表示他的真情，他恨不得用刀挖出心來，給梁汾一看。

一位滿臉鬍鬚，滿身寒酸，窮途落魄，闇人見他扭轉脖子的嚴蓀友，他送他南歸，說：「……浮生如此，別多會少，不如莫遇。……」他對嚴蓀友的感情，竟如別人之對其愛妻。姜西溟說聲：我要走了，他難受得語帶悲憤：「誰復留君住！歎人生幾番離合，便成遲暮！……」這好似春閨少婦，送她的征夫上沙場，生離死別的語調。他的愛朋友，或者勝過普通一般人之愛他的愛妻——他們似乎只知道用綾羅來裹他的愛妻——然則他愛他的愛妻的真情，真可以說是天地間最純潔神聖的情感了。所以容若有關他亡妻的詞，無論低念、默訴、哀歌、慟哭、長號，有情無情，咸被感動。

佔據在人人口頭心上的詞，我都不舉。單舉一首人人以為不好，只有我這個癡人不以為不好，而反常常諷誦的〈眼兒媚〉。題目的意思是中元節，手寫佛經來招薦他的亡妻，而向她默訴的：「手寫香臺金字經，惟願結來生。蓮花漏轉，楊枝露滴，想鑒微誠。欲知奉倩神傷極，憑訴與秋檠。西風不管，一池萍水，幾點荷燈。」這詞樸質無華到了極點，思想愚笨得和老太太們一樣。這正告訴我們他實在哀得人間無告了，只有請求觀音菩薩，鑒他真摯的微誠。他淒涼得人間無伴，只有一盞孤檠，做了他的知己，向他低訴。正是因為「真」情到了十二分以上，所以辭藻風格，一切都犧牲了，融蛻了，出落得這樣拙樸質陋。容若，可以說是世間的「節夫」。

「……若似月輪長皎潔，不辭冰雪為卿熱。……」

「……葉乾絲未盡，未死只顰眉。……」

「未死只顰眉」，他用「死」，來殉他的情。他用「死」，來換他的詞。杜甫也曾說：「語不驚人死不休！」他們都是用他們的生命去換他們的作品，他們都是捐軀的壯士；當然和其他以詩詞為「小玩意兒」的人們，隔成兩個世界了。

我前說：「真摯，誠懇，而以熱烈噴薄之血性出之，身心性命之代價易之。」納蘭容若，便是我理想的模範了。

我在四年以前，曾和我的朋友張惠衣先生，在西直門萬壽寺附近，整整花了一天功夫，餓著肚子，找容若的墳墓，始終不得，一路歎息進城。「容若若是活著，為之執鞭，所欣慕焉。」我對張惠衣說。

有真血性的胸膈，然後有真感人的吐屬。所謂「詞」，在我個人所下的界說，就不過是這類吐屬之施以習用而能嫻熟的格律，和諧而能悅耳的音節去稍稍調劑之而已。我無以名之，名之曰「詞的情操」。

既然叫它為「情操」，那它就不能不尊嚴神聖，不能不芬芳浩潔，不能不誠懇真摯，不能不熱烈壯偉。這「情操」本應該就是人生一切的種子。因有種子，便能開一切花，結一切果。「詞」，就應該是這個人間一切花蔓中的一朵花蔓。這裏所要研討者，不過欲明瞭這種子究將如何衍化而透生花蔓，這「情操」究將如何表現而或其為「詞」而已。

人，想誰都曾經欣賞過花？一樣的蘊著美妙的種子，而具著各個不同的性格，孕育在各個不同的環境的懷裏，因而陶冶同異，而汰孵出一種最合適的表現方式來表現各種不同而同一美妙的花蔓。當我們欣賞那花的時候，又由我們感官所接觸的任何一種的美妙，引起我們內心本來蘊著的一種相同的情緒：那麼這一棵花的表現，可以說是成功了。「行人繫纜月初墮，門外野風開白蓮。」當你一葉扁舟，繫在那「湖雲祠樹碧於煙」的湖邊，正在殘月未墮，曉寒襲抱的時候，瞥見一朵白蓮花，輕盈初放，斜眄在如鏡如練的湖波上，你的胸襟在這一剎那，將起何種的感覺？豈不是一種「恬靜」、「安閒」、「坦白」、「逸適」的情緒？對了，這「恬靜」、「安閒」、「坦白」、「逸適」，正就是白蓮花所具現的美德。一切有情，都視此類。

這類表現的外形，王靜安先生名之曰「境界」。先師的意見，以為這「詞的境界」，是詞的第一義諦。但私意頗不敢妄同，我以為「詞的情操」，才是詞之第一義諦；而「詞的境界」，應該退為第二義諦。理由是很淺顯的：因為「情操」才是種子，才是生機，才是活力的泉源；而「境界」呢，乃是這種子這生機這活力所表現出來的一種莊嚴。先後因果，原極分明，不煩多言的。

張皐文、周止菴諸君，隱隱約約，似乎也明瞭詞應該具有「情操」，所謂詞至張、周而托體始尊。但他們對於選擇表現方式的微旨，完全錯誤，他們以謂香草美人，必隱托以忠君愛國，而始可尊。不知香草美人，本身就是「美」「善」的泉源。愛香草愛美人者，此其人必不肯恝然置君國於懷外。而香草在匊，美人靜對的時候，此其心必不致奔放於殺人放火，謀財害命之勾當也。是故，香草美人，她的香，她的美，就足以滌蕩你靈魂的污玷而有餘，而「不愛江山愛美人」的福王呢，正乃是一名作踐香草，唐突美人的罪犯囚徒罷了。所以我對於選擇詞的表現方式的意見，恰與張、周相反，但求走到香草美人而止，不必更超一步而牽涉到君國。不過，你真能有香草美人的情緒，而能表達出一種境界來，這也已經是很不容易的事。

要把我的「情操」，憑著短短的幾行有格律音節的吐屬，去打動別人的情緒，洗滌人我兩忘的靈魂，這種表現法——所謂「詞的境界」，經過夢窗吳文英、草窗周密以後，很難再遇到了。然而在北宋，則旦暮遇之。

我來考你：假如你有一位佔據你全部內心的戀人，一別經年，你坐臥不寧地苦念他，你將用什麼話來表達你心頭難說難言的滋味？

「……無奈繞堤芳草，還向舊痕生。……」——晏幾道〈相思兒令〉

從表面上粗看，這二句和相思、戀愛，全無一毫關係。可是，你仔細一遍一遍去細嚼，那一千年以前戀人蘊藏在心頭的滋味，甜酸苦辣，還可以在一千年以後，你的心頭作怪。

同例的：

「……年年陌上生秋草，日日樓中到夕陽。……」——晏幾道〈鷓鴣天〉

反一面，如果你舊地重經，再到你印象深刻至死不忘的一個地點，然而人去樓空，使你溫夢一般的低徊惆悵，你預備說那幾句話來記述這時的情況？

「……兔葵燕麥，向斜陽影與人齊。……」——周邦彥〈夜飛鵲〉

夠了，難吐之情，難狀之景，都表現得具足無遺了。

再換一面，你一個人正在那兒端端地出神，出的什麼神？只有你自己知道。你要寫這個出神，並且要帶寫那時候的背景，你怎樣寫法？

「……落花人獨立，微雨燕雙飛。……」——晏幾道〈臨江仙〉

這裏並不說明你在出神，可是清清楚楚你在出神。並且不但那時的背景如畫，一併連你在那兒出的是什麼神，這深藏的秘密，也不言而喻了。

再換一面，你不能不夙夜從公，你不能因沈耽熱戀，而忘了你的事業。當你匹馬天涯，責任心戰勝了你的熱戀以後，因這情緒仍然起來反抗的緣故而引起你無名的悲哀，你將怎樣訴哀呢？

「……今宵酒醒何處？楊柳岸曉風殘月。……」——柳永〈雨霖鈴〉

情欲給理性征服以後，那虛空、孤伶、淒寂、委曲，所織成的那個境界，就湧現在目前了。再說：

「……一棹碧濤春水路，過盡曉鶯啼處。……」——晏幾道〈清平樂〉

我勸你閉目一想，這竟是何等境界？沐浴在這境界的人們，他的人格，該如何美善高尚？使你而處在這個境界，你如何能不被陶醉。

不過，話得兩面都說。這上面到底都是北宋的人們的詞。「北宋」，到底還算是一個統一而小康的局面。那時的文人，上帝還允許他們偷度一些熙熙攘攘的生活。在小資產階級的經濟基礎上面，還允許你從容地歌誦「惟美」。霹靂一吼，而有靖康，東北方面的一隻暴獸，把我們漢家的一位藝術皇帝唧嚼去了！到了南宋，「美神」已被踐踏而成為糞土。剩下來的，只有淒慘，憤怒和悲涼。所以南宋的詞，和北宋截然是兩個局面。

南宋的詞，我只推許一位牢騷英雄辛棄疾將軍。因為只有他，有真肝膽，有真血性，是一個男兒，是一個丈夫。他的詞，永遠膾炙在人口的，如〈念奴嬌〉「野棠花落」一闋、〈賀新郎〉「綠樹听啼鴂」一闋、〈金縷曲〉「鳳尾龍香撥」一闋、〈摸魚兒〉「更能消幾番風雨」一闋、〈水龍吟〉「楚天千里清秋」一闋、〈永遇樂〉「千古江山」一闋，我都當作後《離騷》、後《天問》讀。這都是噴薄而出的長鳴，悲號。然而他，仍然有他的境界。不但是

「……目斷秋霄落雁，醉來時響空弦。……」——〈木蘭花慢〉

有李將軍斷腸嘔血的沈痛，而同時一位被迫下野的愛國軍人，從熱血的紅縷滿布著眼膜的眼中望出來的山川天地一齊都變了顏色。這顏色我們也可以領略一二分了。

他在鶖湖病起作的一首小令裏說：「……不知筋力衰多少，但覺新來懶上樓。」——〈鷓鴣天〉這就是一個意味無窮的境界了，我們只要推想這「上樓」的情味，憑高望遠，看見秋滿天地，一派蕭條的景況，你就不能不鈎想起：山河破碎的祖國，萬里淪亡的中原，無家可歸的故鄉。你就不能不回憶起：一統全盛的故業，祖宗締造的艱難、上下偷安的危機。你就不能不連想到：……你就不能不感覺到……你就不能不撫膺大慟，你就不能不放聲痛哭。近來竟覺得沒有勇氣上樓，這一生的埋沒犧牲，可以斷定：這老英雄遲暮的心境，還不夠我們體會嗎。

在這裏，再歌詠他一首完全的詞，來做我文的結束：

「人已歸來，杜鵑欲勸誰歸。綠樹如雲，等閒付與鶯飛！免葵燕麥，問劉郎幾度沾衣。翠屏幽夢，覺來水繞山圍。有酒重攜，小園隨意芳菲。往日繁華，而今物是人非。春風半面，記當年初識崔徽。南雲雁少，錦書無箇因依。」——〈新荷葉〉

大好的山河，錦繡一般的祖宗的基業，無端拱拱手都奉送給胡兒了。他，他還有何話可說。他只說「綠樹如雲，等閒付與鶯飛！」回想起他當年冒著九死一生，帶了幾支義勇軍從賊中南奔的時候，抱著何等的熱望。不消半刻，冰冷烏有！還有何話可說，他只說「春風半面，記當年初識崔徽！」

嗟呼！古今一例耳，有國有土者，再不要「綠樹如雲，等閒付與鶯飛！」負國家之責者，再不要叫吾們老百姓說：「春風半面，記當年初識崔徽。」

二四，六，五，珞珈山

（原連載一九三五年五月十日，六月十四日《武漢日報・現代文藝》）

清華學校研究院同學剪影

編者按：清華研究院創辦於一九二五年，其第一、第二兩屆共有學生六十人。吳其昌以第二名的學力，考入為第一屆研究生。一九二七年夏，學生會籌印同學錄，由時任學生會副幹事之吳其昌主編。除刊有師長、同學之照片、地址外，每位學生有一篇小傳，多倩同學為之，亦有自述或知心代筆者。其中由吳其昌執筆者十三篇，並在另四篇後加跋。

劉盼遂

盼遂以字行，其名銘志，其氏劉。河南息縣人。余之所敬畏而兄事者也。余脫略於人事，多所忤，君必婉言以諷誘；或自頹慢不省人事，君必莊色以督策。與君同室二年，余得有所嚴事疏放略檢者，君與我老友侯君之力也。君之學儼然乾嘉盛時諸經師，不宜在道咸以後者，不惟其昌所自卻為不敢及，同學之中亦未敢有或之先也。君始從蘄水黃氏受音韻之學，專攻餘姚章氏之書，以上採段、戴、江、顧之緒，窔奧深微，知之明，見之灼。迨從海寧王先生遊，紹習卜文有奇獲，持是以理董絃長之書，蓋世之所可語此者已鮮，況可期之於後進之列乎？君雖專精小學，然淵博有非常人可及者，校古書擘理入微，能似顧千里，所謂於無字處諦宷者。校一篇竟，必以示余。或撫掌大笑，或齗齗辨不休，日必如是，故二人一日相違，則索如也。余好哲理、曆算、金石之學，獨於音韻視為戒途。君必諄諄招綏，若教徒之播其教者，略飫餘瀋，舌矯而不敢下矣。君尊人際堂先生竺守程朱學，故君內行淳備，事親尤稱孝敬，回念孤露，未嘗不愴然自憐也。世之知君者學而已，而君豈獨以學勝者。君又嘗從長汀江氏、固始秦氏遊甚密，能受其學。歷任山東女子師範、曲阜師範、河南光州中學、北京新民大學、燕京大學、開封中州大學等教授。所著書已刊者有《說文漢語疏》、《世說新語校箋》、《後漢書校箋》、《爾雅草木蟲魚釋例補》、《春秋名字解詁補正》等，另篇不計，未刊者多不複舉，亦可以見其所有矣。

程憬

「……那是不合經濟學原理的」，「可是，同時吾們不要忘了……」，「吾們並不是……吾們乃是……」，「在某種狀態之下，而發生的自然現象……」，自從程仰之走了，這些話好久不入吾的耳管了，那靜默而沈寂的空氣中，似乎還在震動著類似這些的聲浪。

我想這二個人，是永遠深嵌在他的腦筋裏吧？「馬克斯」、「沙姑娘」，據吾用科學方法統計的結果，他在五分鐘的談話內，總得有三聲是馬克斯，四聲是沙斐。如果你和他的接觸和我的程度同等的時候，你就可證明我的話是不背老及克定律的。我和他睡一個房內，一天晚上他在夢中喊：「沙斐！沙斐！嗎唉勒務……」早上起來，我不住地向他微笑，他臉上似乎堆起些輕霞……

這是我們公認的，清華園一院一一九號三個怪物：他是個馬列學者的怪物，我是個程朱學者的怪物，還有個劉老老，是個許鄭學者的怪物。鄭司農、朱侍講、馬教授，不知在一一九號宣了幾次戰：合縱連橫，焦頭爛額，多麼熱鬧呀！他走了，戰神就鼓著他的雙翅，飛入那「嗒焉喪偶」的門了。

去年我到南京，遇到他，和他在下關、秀山公園、東大、金大、他的表妹家，一陣亂跑，痛快到不亦樂乎。他說他因病，想把他的廈大教授和我對掉個金大的位置；我說吾是仍要到北京去繼續我的工作的。後來他又捨了南京跑到廈門去了。他給我信說：掛單在廈門某大寺中，和和尚一同看《大藏經》。

他是徽州績溪人，也是浙江蘭溪人。比我大一歲。他的人格是非常潔高的，雖然他也和今人一樣講什麼基爾特、馬克斯。別了他一年後吳其昌做的

王庸

余於同學諸君子中所欲以兄事者，得二人焉，其一則河南劉君盼遂，其又一則我無錫王以中也。余客錫凡三年，不一與君遇，但於學術中讀君所述作，慨然思安得如君者而從之遊。至京竟遂其所望，執君手仰天狂笑。君亦雅許余，若謂江東無我，卿當獨秀者。思之尚如在目前。君寬博宏雅，嘗衣綠綺裘，足純繶履，脫略之度，余指而笑之，當是永和、太康間人。君亦自顧莞然，反譏余善罵。君與人語，從未見有忤者，但見其笑其怒，如黃河清不可待，人至以聖人目之。與余適相反。余性急，一語即譁辯，辯不勝不休，其忤人，人至不可怒而反笑，常視君以自戒。故兄事君，欲以君為法則，然無狀，終不能似。以此見君之績，學既深而所養者厚。而若余者徒不顧行者流也。君何以能致此，蓋君服膺於金谿新建之教者已深且竺。君之學既致力於陸、王外，又酷嗜西北地理、中西交通地理。美人洛克、德人夏德、日人桑原之書不離其左右。著有《經濟地理原理》，其他另作散見於史地學報者甚多。近又從李濟之先生治考古學，泥針獸骨布几案幾滿，日計人體骨片短長，籌聲達於外戶。余又笑其將學為屠胥也。君名庸，字以中，江蘇無錫人，東南大學學士，今任北京清華大學研究院助教。

周傳儒

周君名傳儒，字書舲，四川江安人。吳其昌曰：觀於周君，然後知吾輩自命為讀書人者，皆天下無用之廢物也。君卒業成都省立第一中學，又卒業國立北京師範大學，又卒業師大研究科，又卒業清華大學研究院。中間任安慶高級中學教員，上海商務印書館編輯，北京師大附中教員，礪群學校教員，師大預科講師，足跡及十五行省。當「五四」、「六三」諸案起時，君被推為師大學生會主席，繼又被推為北京學生聯合會主席，繼又被推為全國學生聯合會主席。其所至無大小人必推以為長，亦惟君為克能長之。今之人在平時俯仰吟嘯，若天地間惟我輩已者；一處繁劇則皇皇不知手足之所措。此天下所通病，而惟君不然。人但見其叢務蝟集，案件墳積，奔走喘息，不須臾暇，若無力兼顧及學。而不知君以靜際變，以理衡物，從容談笑，而事無不得其序，稍暇即縱恣墳典。家本清貧，賣稿以自活。而除所賣稿外，其叢稿亦已盈數篋，皆精力所萃而反不示人者，則治學亦莫若君勤。然世但知善事，目為肆應之材已爾。世不知君不足怪。余與君交二年，視君若絕不能文者。一日，君出詩一帙示余，曰：「子試評之。」其詩樂府斅李長吉，五言學孟浩然，皆逼似，卓然成一家。余驚服。君笑曰：「此余十八歲時在成都所作也，棄已久矣。」覈其甲子固然。余木然不敢發一語。吳其昌曰：周書舲，振古豪傑之士也。良賈深藏若虛，吾不知其所止也。

方壯猷

方君字闓元，一字欣龕，湘潭人。幼生長於潭邑南鄙之都昌鎮。其地與湘鄉之荷塘都比鄰。荷塘都者，曾文正公之湯沐地也。故君生平學養得力於曾、羅、胡、左諸賢者獨多。少入家塾，受群經卒業。民國五年，入邑之振鐸高小，始習近世普通科學。然已即瀏覽曾、羅、胡、左諸賢之遺書，論其世，斆其為人，慨然思振其流風，欲有所建白。為磊落慷慨奇男子，然外又以和易隱之，溫柔敦厚，人目之為婦人女子，君笑頷而已。七年，入長沙第一師範，值世所謂新文化運者崛起，君之學又轉而之他，浸淫於西洋文學，凡詩歌小說劇本無不畢嗜，亦時有創作，然君自言自娛而已，非示人者，隨即脫手焚之。後此治毛詩，攻中國文學，其機發於此，蓋君得於詩教者獨深也。十一年，入北京師範大學，又轉其志於社會科學，凡政治、社會、經濟、法律、宗教、心理、哲學諸書無不攻讀，且及於吾國史、漢、通鑑、通考及紀事本末、宋元明學案諸籍，益期有所成。十五年，來研究院，治文史之學。著《中國文藝史》十四卷，《太平天國志》若干卷，此外積稿尚多。然君素不表暴，扃諸篋而已矣。君今年二十四，與余同年生，日月後於余。故其親予也，亦殊異於他人云。

聞惕

水流溼，火就燥，蚓耆程，人以類聚，魚相濡以沫。吾與惕生，終日言而不厭也。惕生與余，脫略同，疏放同，狂同，忤人同，戇同；所不同者，余愚拙，君工慧而已。西柳村者，在我校之西，地繞細柳，稍北有平橋，綠水濺濺流其下，坐石梁可俯而漱。農家四五橫其側，暮靄中望之如繪。每夕陽西下，晚風動遊人衣袂，則二人必比肩行，繞西柳村，北止於平橋。斜日射遠寺紅牆，相與指點辨之。或閉目靜聽過橋騎者蹄聲，或譁辨互非，已乃大笑。如是者一年，而惕生乃去之江漢間。聞臥病，寂寞中無以為歡。而余獨處京，一人不復喜遊。晚風起，偶涉故道，則亦思惕生不能自已。惕生名惕，湖北蘄水人。蘄水聞氏大族也，達者望於道。君幼孤，兄弟數人，皆彬彬治學。君十二三，即已讀《資治通鑑》、《近思錄》等書。長不好之，好小學。為文斆《文選》。又從黃季剛先生治音韻，陳蒼虬先生授宋詩。二者最為君特長。王青垞先生創國學館於漢口，君往執經。王先生一見大異，處以學職。君每驕余：此胡安定之處程伊川也。余聞而笑之。又甚不守小節，好清遊。今居武昌，擁美人專屋而居。講學中山大學。余又寄書指笑，君亦相答以笑而已。君落拓自憙如此。而亦有不可測者：去歲秋，校內略有故，君發憤為事，事繁重，數夕至深更，而君鎮靜有條，談笑如平時，人以此知昔之所以知君不盡也。

汪吟龍

建安諸子中，徐偉長稱長於書記，翩翩為公侯之佐，《中論》二十一篇析理甄微，成一家之言。余翺遊吳越江淮燕粵間，於交遊求如徐偉長者，惟桐城汪衣雲以之。君性直，往往面行折過心有不安。不苟同，必斷辨至同而後已。不能作頌語，數忤長者，長者多不憙。於其儕更直斥無少隱，人不能堪，故與君處苟不深未有不怒君者。當余初遇君，亦頗憤其苛，久而知其遇人之忠誠不可及，乃益歎君善藏其用者，能使人受之而不知，德其隱於戇者邪？常人既不樂與君親，君亦不願為碌碌者少貶，惟余與劉、聞諸子深知之。君由是於外人益疏，於數子益親，人又群毀為樹黨。直道之不見容於世，抑不獨吾輩然也。今年春，君參軍於綏遠，長其僚。其行也，余一人送之京驛。君執余手謂：「我入清華，所交數十人，與我共今日者，惟子耳。」余亦自念：自君去，而欲求能剛直而忠厚如君之為人者，恐不易復得。昔與君共創《實學》，時皆奇窮，各典貸傾囊付梓人。君擲資尤厚，益如洗，上京至不能買車，則與盼遂、愓生等四人步而入。入夜，輾轉無可投宿者，君率余及愓生深昏叩桐城邑館，求一戶三人者拳屈而聚宿之。將曉，三人者各解囊得銅幣合二十二，去至城根下買煨芋，背立無人處啖之，甘如醴，相視而笑。三人者其患難相共如此。今君在塞外，愓生困於漢，余偃仰在京，每深夜未嘗不沈思，求如昔日之奇窮大迫，欲復啖城根之芋，其何可得已！君生長於贛，卒業於中學。十八歲，輾轉由滬至京師，即蜚聲，任文某報館。後返皖任省立二中教員、安徽某縣科長、安徽通志局纂修。遊津，某將軍致之寄其幕。復來京入清華，卒業後至豫，赴某司令之召。豫事變折回京，又應河朔某都統聘。君為學亦喜研理思，故好文中子，著《文中子考信錄》，余曾為文序之。鐵硯齋詩文稿未寫定，工古文學深博，為詩詞甚高。又精篆刻。雖貧甚，然視余窮，往往自貸余。此其小者，然不可為君遇人忠誠之證乎？

侯堮

初，其昌供灑掃無錫唐茹經先生之門下。當時執經侍坐者，其昌齒最少，一無所知識。先生特憐其孤露無所歸，故雖勉留之，而常詔之曰：「嘉興唐立厂、秀水王瑗仲、武進蔣石渠、無為侯芸圻，之數子學問行誼，皆可為汝師，汝其友而師之。」其昌奉命唯唯，退就教於數子。數子者亦樂與之親。如是者，余交侯侗厂七年於茲矣。而此數子遇之亦瘉㡯，督策繩墨，至今不少衰。每返浙必造瑗仲齋，譚竟日夜不少休。若至京則與君同一室，故君尤有造於余云。君字芸圻，號侗厂，安徽無為人。先世皆士族，為一邑望。其高祖與紀曉嵐、張船山諸先正友善。君少孤，無兄弟，太夫人厲節撫之。故君每言「使我而無所樹立，我乃不可以為人。」幼人家塾攻經史，長遊梁溪，後遂教於無錫中學。去歲來京師，復與予同學。在錫時嗜漢易，尤好其鄉先生姚配中周易，姚氏學貫弗元和惠氏、武進張氏、江都焦氏之書，成《漢易微》四卷。又治理學，與其昌相約盡讀顧端文、高忠憲、陸清獻、張揚園之書，日必盡卷。又治儀禮學，吳縣曹先生叔彥於禮經最為當世大師，唐先生命畢、蔣、王、唐諸子及君與予等往受業焉。微言奧義，與諸子共香其所聞，成《禮經曹志》一卷。今君在京，又執此經於吾邑王先生觀堂，成《禮經鄭注例》若干卷。他雜文都集為《佝庵類稿》。君之學其可見者如此。嗟乎，當予居錫時，與諸子出入相偕，遊息與俱。二泉九惠之間俯貿殆遍。煙巒晴樹，皆相與狎而忘機，萬頃堂風帆杳靄，波濤驚豗之狀，至今猶掛夢寐。賢師良友，日以道義相觀摩，其所講皆世所唾棄不屑道者也。唐先生詔我曹處己待人接物，皆當本於誠而準於理。故君與余咸熙皥不知此世尚有機詐欺虞事。及辭吾先生走四方，乃知前日所學，其真挈適取世足鄙笑之資爾。然則余與君又安得不唏噓感喟而興無窮之悲也。曹師居蘇州，故函丈退侍之暇，數子者輒策蹇走至虎丘，觀劍池飛梁之奇，間登小吳軒煮茶，憑欄披襟以當西來之風，紅葉墮水，翠微縈徑。此境也，君亦或尚能憶之。

陳邦煒

蘄水陳彤伯者，蒼虬老人陳仁先先生之兄子也。幼侍蒼虬，聞詩教，學古詩類宋賢。蒼虬日課督之，獎其善，示其未善，今其稿悉在，間示余，朱墨斑爛，可貴也。蒼虬晚避世於吾杭，結廬西湖定香橋畔。繞堤垂楊，一湖春水，而君賢叔阮相對歌嘯於其間，令人望若神仙，思之穆然神往，不能自已也。海內賢大夫釋質適野者，輒幸止於吾杭。而君因撰杖蒼虬，亦遠自江漢間來。予自慶得附於友列，故嘗語君：君可以老吾鄉不再歸矣。君性敦厚而質實，接人以至誠，識與不識，剖肺腑以之。故人樂與君親。然丰度高雅，峻潔孤芬，自守泊如也。昔郭林宗見黃叔度，謂使人鄙吝都消；余每與君處，則囂囂狂放之氣不抑而自斂，君庶幾似之者與？君有寄廬，在京南城。余數主之入其室，圖書外一竹床而已。出鮭菜，歡然留客飯，其澹泊自奉而接人真率類如此。君既長於詩，然湛深經術，治《尚書》能燭小序之偽謬，與余見相合。撰書序辨偽探賾索隱，曲折達微，頗有為先儒所未及者。君先人宦於甘肅，前年夏卒。有宅一區，有敦煌寫經近千卷。君自浙中來，繞道燕市，匍匐萬餘里，往求其骨。其行也，余與二三子置酒宣內市樓以祖之。飲半，皆擊棹慷慨，繼以淚下。余以酒屬君曰：「天錫純嘏，願及春前還，謹以為壽。」二子皆詩以送之。君遂行，途中時寄余詩，今已抵皋蘭，久不見其返。每一念之，為惘惘終日也。

戴家祥

「司馬相如！」
「陶淵明！」
「孫中山！」

「……！」

許多朋友都這樣搶著說了，在一個聚會裏，各道各的崇拜者。

於是我們都望著遲遲不語的他。

「只有一個和尚是我崇拜的。」他說了。

「水滸傳裏的法海？」搶著問。

哄然一陣笑聲。

「玄奘呢！」他纔說出名字來，「一位勇敢、奮鬥、忠實，千古少有的學者！」

滿屋裏突然沈靜下去。也許我們腦子裏都映出「歷盡艱苦，經八十餘國，齎歸經六百餘部，譯千餘卷，至死方絕筆的一位偉人。」我的心頭別別地在跳動。

在那書紙狼藉的小房子裏，我們常常看見憔悴的他一天到晚勤勤懇懇地工作著。「生一天也便這樣幹一天」，是他常說的話。我們也感覺到他走的「莊嚴路」，更聯想到玄奘的精神。

許多人說他弱於感情；然而，他的身世——生而孤，九歲母喪，依姑丈以長，一姊又遠嫁——也夠他傷心了！我們同在月下徘徊時，悲哀襲擊了我們的心弦，從我淚眼中偷偷地看他，他兩眼也含著晶瑩的眼淚。

他的身世促成他的思想，思想促成他將來的偉大——我常常這樣想著。

君氏戴，名家祥，字幼和，吾浙永嘉人。嗜梵文的，與余有同好。

顏虛心

「人倒是老實的，可是太笨了，像個鄉下人！」王白州嘗這樣說他。

真的，人倒是老實的，可是太笨了，即如我們這回發刊「同學錄」，原有些不好意思自己說出來的深意存乎其間，他卻不懂。後來他得到了風聲，知道了我們「同學錄」的內容：不單單刊上同學的幾個小照，而最要緊的，是小照之下綴上同學的幾個「小傳」。我們的意思，不獨是我們的意思，可以說是我們的作用，早已昭然若揭。他才恍然大悟，如夢初醒：是多麼笨伯的事。

他笨伯不懂得做什麼「大傳」「小傳」，原是他的本分。不過說起來又覺太笑話了，連什麼「自述」也不會做。他曾寫過一篇東西，說是預備倩人給他做「小傳」的底本，大概算是「自述」了，有這樣的話頭：「闢一室以居，『下流』皆歸之。時則手一卷向山間去；歸則無賴之人復集；歌吹笑吵，驚走鄰雞。父老目其室曰『閻羅殿』，戒子弟勿輕入。」

他簡直連人間八十元買一篇傳，而且還附著帶條件，人格不「古雅」者不做這回事都不懂。真是笨伯！笨伯！！笨伯！！！

他笨得一天到晚只是兀坐與睡眠。二十四小時不作一聲響，他能泰然處之不以為苦。有時，隱約的可聽到他的低吟及微喟。若是你問他：這樣幹嗎呢？他的臉立刻湧現出一副「不可以言，而與之言，失言」的神氣給你看。等到了他興奮的時候，你若有一句話刺中了他的心坎，他則上下古今的胡拉起來，說得人聽得倦了，其實是討厭，表示不願意聽，他還是望著天來說。不過這並不能算他不是「笨伯」之反證；因為他說話，總愛拿一兩個有權威的今人或古人來說，說了繼之以罵，都是胡說胡罵。

而他自己呢，則自負為：眼光敏銳，觀察浹洽，思想深刻，世豈有如斯之笨伯者？

笨伯笨到這個田地，所以王伯州嘗說他：「人倒是老實的，可是太笨了，像個鄉下人。」

君治永嘉浮沚、左史、浪語、止齋、水心之學，故東萊、龍川之書積几案高可隱人。又酷嗜音樂，其四弦月琴，冠絕其儕。每人聞錚錚之聲發於室，知君治學問且休矣。遇宴集，君一奏，則眾為之醉。是何可隱邪，余故特表而出之。

陶國賢

陶君國賢，字元麟，雲南昆明人也。其先為吳人，君之考宦於滇，遂家滇焉。五齡喪父，家孤寒，母子煢煢相依如命。滇去中原萬餘里，文獻之傳罕能入者，自勝國陳定齋法錢南園灃以奧學清節為南州冠冕，後遂無聞。君少依母氏，克自拔越於貧賤困苦孤寒之中，慨然思有所樹立。予每讀李徵君二曲行傳而必至連思及君。覬君之所自期者，視今日更遠且大也。年十七，孑身跨越萬嶂巒入蜀，止成都，就學國立高等師範，十五年卒業，君年二十有二。於是又離蜀入燕，始就清華研究院學，於今夏卒業。君少予一歲，而其所經歷則視予殆倍之。居常不忘天下國家，與予語若縱及內亂洶洶，國勢陵替，則相對每至憤慨悲辛，繼以嗚咽，此其心蓋僅可以自知而已。

杜綱百

中華民國十六年四月×日，廣安杜綱百為楊森槍決於重慶。其友海寧吳其昌聞之，既私哭於其寢，念君之行誼學問未大白於天下，大懼隨草木同腐朽，則君或不瞑目於九原，因作傳以壽之。其傳曰：君名煉，字綱百，四川廣安人也。幼有大志。先世皆業賈，饒錢財，君漠然不多之，惟於學恐不足。卒業成都高等師範，而尤嗜國故家言。惟其思傾新，故治經學右今文家說，視東京斤斤一名物之細者謂不足以言大。井研廖季平先生，西漢學之大師也。君摳衣捧手於函丈，於六譯館之著述，浸潤寖饋者獨深。來京師入清華研究院，成《先秦經說徵故》二卷，《名原複音廣證》一卷，《中庸偽書考》一卷。十五年卒業。入川鼓吹政黨。君本中山之徒，至是益激進而左傾，為楊森部將王芳洲所擒，勸改轍不可，釋之，益張其說，且勉策其同志曰：「吾程方半，未可自懈。」森因再擒君，遂不屈死，年二十有六。此君行誼之大略也。君在京，與予殊親，謂余慷慨君所憙，故雅昵予。予與汪、劉、聞、高諸子創《實學》雜誌，君亦與焉。每編稿就，輒買漿共升汪子榻，團坐剝棗栗，喧呼紛爭，聲達鄰室，方謂天下之至樂。而一轉瞬諸子各雲散，今衣雲已總參一軍，綰虎符於塞外，君乃至竟喪其元。回念數月前促坐一室時，豈知幸不幸一至於是也。諸子或已上青雲，或至提黃土，而余也偃蹇跅弛，猶俯仰於是室，則在予其何以堪此。君好國民黨說，竭盡其忠藎，每勸余亦同入。一夕至子夜猶刺刺論不休。余謝君「愛國家未敢後人，中山先生尤所私欽。但傾滿而聯俄，則其昌今日之愚似以為未可。中山本謙抑不自聖，公其說於天下，而其徒必欲聖之不復改，尤失中山旨。又世之攀附影響者，假中山以獵其高爵厚利，妻妾車馬者，其昌所親見，方視為中山之罪人，引為深恥，不願與同群。且我輩入政黨，猶處子之適人也，與之齊終身不復改，黨於某亦即當死於某。貿然不擇人而夫之，更私心所大危，容徐之」云爾。君唯唯，復謂余「君其如後悔何」，而豈知君竟以身殉。君庶幾無悔矣！君作《名原複音廣證》，駐日公使汪袞甫致吾社書，大張目云：「懷之數十年欲吐而為君先之。」其作《中庸偽書考》，介其昌示馬先生通伯，馬先生不謂然，余亦同馬說，君持己說甚堅。大抵君血性昭人，而或失於自信，坦白無城府，而易以受蔽。故卒至誤匪人為君子，以至於殺其身，世終莫知君，君亦終未自悟也。哀哉。

編者按：杜綱百被槍殺，係誤傳。

劉節小傳跋語

君名節，字子植，我浙之永嘉人。永嘉自北宋周、許、劉、鮑九賢傳河南程氏之學，餘一千載至於孫仲容先生，學問彬彬稱盛。君為能傳其學者。

鄭宗棨小傳跋語

君字自傳。其為人，人識與不識，皆樂與之親。遇事中正無私阿，惟理是從，即有言亦必柔其聲，和其色，婉其言，惇懇款摯，人無不為動。昔郭林宗見黃叔度，退而語人：「叔度汪洋若萬頃波」，君豈斆之者歟？予嘗從君學日文，故每遇君，恒先生而不名也。

吳金鼎小傳跋語

漢人之言曰：莫說詩，匡鼎來，匡說詩，解人頤。每會集君不語則已，語必解人之頤。亦吾黨之匡稚圭也。其刻厲精淬處正復不讓。蓋確乎北方之強者。

全哲小傳跋語

余字子馨，人戲呼為馨帥；君字雪帆，人又戲呼為雪帥。二帥者將輯暴綏良，為天下所歸往者乎，抑將窮兵黷武，為天下之不祥人乎？惜我與子皆非其人也，其終於書之蟫乎？

橋，他們住在中寧巷，兩家的老廳，一樣的舊，一樣的黑，一樣的古老，一樣的「馬頭牆」、「四開柱」、「礪殼窗」，一樣的經過「長毛」而沒有燬。「地坪磚」照例是破碎了，聽說是因為「長毛」屯軍時候的劈柴。廳前的「天井」，規矩是扁長的，兩邊不是兩株桂花，就是紫荊；要不然，山茶也興。我的祖父——復三伯——行十三的緣故——雖然是像菩薩一般的老實無用，而是以「做老爺」為職業的。他一生所努力的事業，除了借債來替五位哥哥帶回錢糧以外，還借債來葬父母及同族，還借債來周濟一位庶母所生的弟弟，還借債來捐一個五品頂戴花翎銜。餘外的事，是養金魚，長至一尺以上，大冷凍死三條，老先生親掉眼淚；養兔子，高得和小羊一樣，我孩子的時候還騎的；養鴿子，五色都有，直至三五年前才飛完。餘外的事，是考究做菜，雖然手訂家法，是除了初一、月半、初八、念三，以外不准燒肉，而請客時候的做菜，是他老先生生命史中很興頭的一件事。因此，星匏先生最歡喜到我家來的，「湯半雞」便是他倆老先生對酌時最普通的下酒物。——後來經過二十八年的長時間，儘是哥哥收租，弟弟回糧，弄得老實無用的復三伯，是不能不窮了。星匏先生也很幫一點忙——向縣衙門裏和親族間，主持正義，說說公話之類——往後，星匏先生生兩位兒子，一位女兒。長名光濟，字蓉初。志摩的父親是次，名光溥，字申如。女兒嫁於沈氏，生一位兒子叫沈叔薇，也曾經在北京大學念過書，又是我小時的先生，現在已經死了，所以志摩的《自剖集》有一篇悼沈叔薇。我的祖父生四位兒子，大伯父號稻孫（名文烺），曾經手抄一部《爾雅義疏》的，後來和一位寡婦發生戀愛，癡了。我的父親號竹孫（名文清），十二年前已經死了。他們六位表弟兄，據說——據我的父親說，不知在一塊翻過多少觔斗，扮過多少次張飛和趙雲，打過多少次架了，一回兒徐家不見人了，「大官官、小官官呢？」徐家的底下人這樣問。「到姨夫家裏去尋尋看！」徐老太太肯定的這樣說。「果然，一尋就尋著了！」……更往後，我家一天一天的窮落下去，而徐家依舊是保住著「鄉紳人家」悠久的堅實的古老招牌，我們的詩人志摩先生，就是誕生在這樣的空氣，這樣的顏色，這樣的神味的一個鄉紳人家裏面的。

志摩，本名章垿，字幼申，「志摩」是他自己不經父母同意而「亂取」的別號。「算不得數的」。我們硤石人說。我們硤石人的經典，凡是不經父母同意，而小官自己亂來的，都是算不得數的——這就叫做「嘸淘成」。幼申和陸小妹（硤石人永不知道陸小曼）結婚，那真是「嘸淘成」極了，當然更算不得數。在我們硤石的空氣，的確是緊張極了，他們用他們最大的冷酷，做他們制裁志摩的武器，現在他們是勝利了，糞土坑中一朵潔白的蓮花，現在是枯萎了。芬芳、聖潔，在硤石是再找不到了，遺下給我們硤石的，是醜和穢！志摩！你，是永遠饒恕硤石的，而我，決不能饒恕它！我不是為你，我為家鄉，我要把家鄉現在的醜和穢，銘勒在簡策上，永遠留給我們後世的子孫看。

志摩，不但是我的表兄，而且是我兩重的同門，第二次的同門，當然是梁任公先生，不用說。第一次的同門，是我們硤石的張仲梧先生（名樹森）。張先生長方臉，結實身子，濃眉毛，兩隻眼睛炯炯有光，常常嚇得孩子們心裏別別亂跳。又是一位桐城古文家，讀一句「……乎」「……耶」的文章，那尾聲要拖至二分鐘以上——我敢罰咒說：就是聽龔雲甫唱戲，也沒有張先生念書那麼好聽——因為張先生的緣故，也許志摩絲行裏二手的腦袋中，也知道天地之間，竟有所謂「桐城派」三字，可以連得起來的怪事。張先生是我們硤石鎮上，從程學川太史，以至米店夥計張有財之類所一致公認的「兩腳書櫥」——的確，張先生對於中國地理的爛熟，我直到現在還是五體投地的佩服。然而張先生所自己得意的是「桐城古文」，據旁人的估計，張先生古文的高足，前後應該有三位：第一位，一致的推戴志摩。第二位，是輪到許國葆先生。第三，他們硬說是我，這真使我惶恐到萬分的事情！志摩的詩，已經普遍到天涯海角！志摩的散文，雖然，我和老弟早覺得不在他的詩之下，直到昨天聽了胡適之先生的演講，才敢放心證明我的觀察原來也沒有錯。至於志摩少年之擅長桐城古文的，這個秘密，恐怕由我造孽，剛才揭開吧？這真和往年胡適之先生發表林琴南先生也曾做過白話文的秘密的故事，是天生對偶的趣事。

「徐慎思堂」，雖然是志摩老家的老廳，因為它資格「老」的緣故，不免於黑而且舊，有事還要掛上「貨棧」的兼職；貨件的旁角，誰能保得住不給老媽子放幾個雞箱？而黑漆的「四開柱」上，有時既然攀上麻繩，「長年老伯伯」（世僕也）偶然曬一雙布襪，或褲子，也不能算為奇事。然而，一幢一幢的內廳，我可以賭咒決不如此，全都是「金漆金光」「高廳大屋」。然而，我們的志摩表兄，卻不大表示感激，他回硤石的時候，有時住在紫薇山上的白公祠，有時住在東寺旁三不朽祠的橫經閣，有時住在兜矛峯腰的碧雲寺，有時住在東山絕頂智標塔下的飛嵐閣。這本來一件頂平凡的事，然而吾們硤石人笑話的資料，又增了一大把：「幼申！真是書腐騰騰！『七埭堂樓八棣廳』不要住，要去搭廟角？」他們看來，是和天官府家的千金小姐休了，反去討陸小妹的事，同樣的莫測高深。

「紫薇山」單是名字，已足夠醉人了，白公祠又是申如表叔、仲梧先生、廉臣先師（單不庵先生的妻兄）幾位老輩的得意事業。祠中那個密密的花圃，紅梅、玉蘭，那樣的茂盛，圃旁那個綠色的，水閣式的，書帶草濛濛覆階的小竹閣，閣旁籬笆內四五十竿的新竹，竹梢上一痕淡紫色的山影。沒有到，聽著說，也夠你想像的了。橫經閣外蓄荷池內的蓮花，如果你早上走過，四面雲樹環合，密柯中間，隱約露一角東寺的紅牆，立在一條爬滿了老藤葉的小石橋上，會叫你雖然沒有讀過王漁洋詩，也能夠自然而然的咀嚼出「行人繫纜月初墮，門外野風開白蓮」的詩味來。碧雲寺，在群山環抱的腰中，斷崖削壁，垂翠掛綠，面向斷崖結三開小軒，樹木蓊翳，有的是碧雲，決計找不到絲毫紅光。坐在那個小軒的欄檻上，檻下就是一泓深泉，叫你能夠忘記這個世間，還有你的恩愛和憎惡。飛嵐閣，依山而築的一座危樓，翼然聳出於林表。秋天，你上去一望：一片黃濛濛的稻田，幾條縈紆繞繚、青白間錯的河流，鋪著藍沈沈、活灩灩的黃蕩湖，再平罩上一層蔚藍色清光如拭的天幕，這其間，點綴一兩張半落而未到地的紅葉。你坐在閣上吃茶，一兩張落葉的微聲，都使你聽得清楚。永遠，只可以用你目光，送那脈脈的斜陽，斜陽射不到你的窗上。志摩到這個境界，大概是他靈機最怡悅的時候了，他仰起頭來，看見那七層寶塔的塔頂，高高的矗破蔚碧的青霄，「一隻，兩隻，三隻，四隻，或者五六隻，七八隻，九十隻！餓老鷹，在那兒盤著寶塔血烈烈的叫。」（志摩的原文，在哪兒我忘了）我們的志摩，可以望著這個境界，出半天半天的神。

莫測高深的事，在志摩放在硤石人眼中，正還多著。我的三姊姊琳，一天和一個老媽子，到我母親的墳上——趙家圩，遠遠望見那柴家木橋的橋上，並肩坐著兩個人談天，另外一副擔子，放在橋堍。走到近來一看，那副擔子是糞擔，兩個人的一個，是一位糞夫，又一個就是詩哲徐志摩先生，「不知道談點什麼，談興真濃」，我三姊後來對我這樣說。當時我三姊吃了一驚，而我們的志摩先生，若無其事，眼睛一揚，笑容一放，香煙灰一撣，「上墳呢啥？那（你們）還弗曾上好（完）？我拉（我們）早上好哩（了）」。我三姊回來講了，引得硤石人又氣又笑，「堂堂的翰林太史公程學川先生之流，要找一個和志摩款談的機會，是何等不容易的事情！」他們這樣的想。「現在那連氣息嘸不快哩，骨子都忘記脫哩，索性同挑糞擔格做朋友去，野（也）不看看自己格身分！」他們這樣的謗毀。他們可惜志摩，可憐志摩，怨恨志摩。志摩不能像許汝霖一樣，再來一個吏部尚書，為硤石人吐氣，這實在是硤石人所引為遺憾的事情。

我，偏在這裏嫉恨志摩，抱怨志摩，抱怨他，嫉恨他，太「平凡」了，竟能平凡得跟一切一切的最平凡人一樣。（那種稍稍有些類似莊子所謂「和鈞天倪」的胸懷，豈世間自命為不平凡的人們所能夢見。）

比較使我感覺志摩些微有點不平凡的影像的，是一個北國的深昏。五鳳城闕下的暮春，本來是黃金無價，中央公園的牡丹花盛開的幾晚，用數百盞五彩紗燈炤著花睡，我和我的妻，我的弟，還有一位硤石朋友張惠衣先生，因為要領略一些「春明」的風味，所以夜深還繞著花走，遠遠從巨大的古柏黑影中間，送來一陣說笑的聲音，一堆人從西往東的推動，那一陣雜亂的聲浪中，我所能辨別的口音，一位是張歆海先生，一位是熊佛西先生，一位就是志摩先生。我老弟趕上去和熊先生談他們所興頭的而我所一竅不通的劇，志摩就絆住我們三人閒扯，一手斜撐著一支柏樹，皇天在上！我還清清楚楚記得是哪一支樹的哪一塊地方，他第一句問我的妻說：「頓（住，居）在北京，好不好？舒服不舒服？」接著第二句就對我妻說：「我這趟來，是坐飛機來歐（硤石語助）！」他越說越高興了，「從上海坐到天津，人家送歐，嘸沒出銅鈿（錢）。我還想回去一趟，我野（也）想坐飛機走。」……後來，我對惠衣說：「志摩飛的興致高到如此，究竟和凡人不同！」哪裏知道就是這一點的不平凡，就永遠葬送我們平凡的志摩。

讓我再記記看吧！我最後一次會見志摩。十一月十九以前的一星期左右，我從朱桂莘先生家裏出來，梁思成先生邀我到他家裏去坐坐，同去的還有葉公超先生。——謝謝梁思成先生，因為他的一邀，使我最近得再見志摩一面。——一進門思成先生喊「客人來了！」「哪一位客人？」林徽音女士在裏邊問。「吳公其昌」，這樣一個滑稽回答。「噢！其昌，難得！」這是志摩跳起來的聲音。靜靜的一盞橙黃色的華燈影下，隔窗望見志摩從沙發上跳起來，旋了一轉，吐出一縷白煙。我們進去了以後，志摩用香煙頭把我一指，向徽音女士說：「我們表弟兄啊，其昌是我表弟。你比我小幾歲？八歲？你還沒有知道？」「知道，好像聽爹爹說過。吳先生，你們怎麼樣啦？抵制日貨？給你一篇文章，嚇得我窗帘都不敢買了，你瞧！我們的窗，還裸體站著！」後來志摩還親手闢開一隻蜜橘，分我大半隻，他自家吃小半隻。我到現在還不相信，這一次就是我和志摩的永別。

最近的再上一次，我在胡先生家裏，和志摩閒談半天，談到國難，他親自對我說：「那有啥法子呢！弄到沒有法子，只好一打——大概不打，這件事情不完。」誤認志摩的「溫柔」為「懦弱」的人們，我可以證明他們的錯誤。

志摩故後的三天，我和我妻我弟全家餓著在平浦車上。一個穿白色制服的侍役，惶惶張張、用手向窗外亂指嚷說：「先生，到了，就是這個山！——飛機出事的，不就是這個嗎？你瞧！」我們三人爭著伏在窗沿上，看那迎頭而來兇惡的山峯，像兩片剪刀似的，倒戳著天，好像吃了志摩不夠，還要吃我們似的。我們嚇得都打寒噤。——實在從北平到南京，近二千里的長途上，也只有這個山兇相可怕，而況我們呢，本來已經渾身透出好幾陣冰冷而粘膩的逃（盜）汗，眼珠抽吊得酸痛，我們再沒有勇氣去仇視那個巨黑粗暴的兇手了，終於頹倒在我們的榻上。

「中華民國二十年十一月二十二日上午十時十分，車過濟南黨家莊開山腳下，憑吊志摩表兄殉難處，時全家三人絕食第四十六小時。其昌記。」

這一行歪歪斜斜的藍色字，到現在還記在一張破敝的《大公報》報沿上。我們相信這一行字，長長久久不致於磨滅。

十二月七日夜半十二時另五分寫

（原載一九三一年十二月十二日《北平晨報・北晨學園》）

哀念姚名達教授

「故人慷慨多奇節」！病榻上讀梅邨詞，適聞吾友姚達人教授贛江成仁之訊，更掩淚感喟不能自禁。自從此次神聖抗戰發動以來，以骨肉言，則我大姊殉難於平湖；以師友言，則我師陳寅恪先生絕糧於香港，我學生徐朝元君遇炸於光山。今又聞吾友達人兄盡瘁於新淦。誦古人「死盡親知身偶在」之句，不能禁淚之不落也。

我幼失怙恃，諸姊提攜以長大，姊弟相依為命。我大姊因其愛女在六十二師中任無線電工作，由滬探視，適值交戰，飲彈而殉。聞訊長號，如割肺腑。陳寅恪師本應牛津大學講座之聘，道阻香港，港陷以後，峻節如山。陳逆璧君親至其家勸駕從偽，寅師以「死」誓之。香港倭督卑詞厚禮以港幣四十萬元賄賂，請其支持文化協會。寅師托遺稿於友人，以「必死」誓之。倭督怒，絕其糧食，合家至於斷粥。倭督敬其浩然正氣，始稍寬禁。寅師乃典質衣履而逃，今已安抵桂林矣。（以上均得自中央某機關負責報告，前此報章所傳寅師消息不確。）徐朝元君從余學古文字，甚長進。執教豫南光山中學，為敵機慘斃，不勝為青年有志研求金文甲骨文者前途惋惜。

姚名達教授，乃十五年前，故都西郊清華園中第一院大樓同一臥室之老友也。臥室中凡三人，我兩人外，尚有一儲逸庵兄。（儲皖峰，字逸庵，安徽懷寧人，北平輔仁大學教授。）今得北平友人確信，逸庵教授也於去年病逝於故都！豈知今日，姚、儲均成古人！惟我在耳。思之更傷我心！

姚名達，字達人，江西興國縣人。民一四年與我同進清華大學研究院。同在先師新會梁任公先生指導下治史。任公先師特命我等三人負責紀錄講詞。三人者，我與姚，及周傳儒兄也（今任山西大學文學院長）。今中華書局版先師《飲冰室合集》，晚年有半數著作，下署吳其昌、周傳儒、姚名達筆記；此即可為我等三人當時辛苦合作之永久記念已。當時先師又兼講於燕京大學，且恒為「夜課」；先師乘汽車往，我等三人則相攜步行小徑，暮煙迷靄，缺月昏黃，北地平漠細沙，荒村獨樹，瘦溪寒泉，矮橋高岸，在短短清華、燕京間「包衣正黃」四五里許之道上，歷歷如繪。我三人高下躑躅，往來此短塗間，何啻數十百回。有時且風雪割面，踏溪上冰，淩淩有聲。有時人家屋角，小犬汪汪而吠，三人且行且笑且談，至乃筆落道上，明日破曉往覓。今日回思此樂，已在天上，先師既騎箕長往，即當日清燕路上，亦已為犬羊腥羶巢窟，而達人今又棄我等而殉祖國，再侍先師於泉宮，悲夫！

達人後離平至滬，余則留津，初隨侍先師讀書治史，後張校長伯苓囑先師強命其昌教學於南開大學，遂移居八里台百樹村。與達人往還遂疏。達人至滬後，歷任中國公學、復旦大學等教授，最後任國立暨南大學教授。好活動，多著述，接其夫人黃心勉女士至滬，創辦女子書店，發行《女子月刊》，事業蓬勃！終日揮汗。二十二年，余與內子過滬，達人於福建路同興樓大張宴席，讌我夫婦，名流淑媛，畢集如雲。余微訝達人意興之太豪，邁進之太驟，隱約以老氏「抱一」「寧定」之旨風之，達人酒酣興高，未之覺也。二十五年，其夫人卒於滬，達人大慟，事業亦逐一而倒，產儲蕩焉。二十六年春，余接其江西原籍來書，述其已重歸田間，謝絕百事，摒棄紛華！安心著述其《中國目錄學史》。余喜甚，知達人前途之重復光明矣。

及余隨武大入川，三峽以外友人之音問益寡。二十八年春。余正咯血臥床，郵者忽投余裔煌之書冊，喜而啟視，即中國文化史叢書中姚名達著《中國目錄學史》也。檢其郵，則發自江西贛州者，知為達人所惠予。無何，達人之書交至，述抗戰以後，在贛州作宣傳工作，且受教育部微祿為生。余更喜，扶病覆之。讀其書，貫穿前古，浩博而有條理，洵屬佳著，當在胡應麟《少室山房筆叢》、周中孚《鄭堂讀書記》之上也。然達人平時，得罪他人處頗有，此時適有無恥者散佈毒謠，謂「姚名達在滬，與偽顯官往來。」此訊自昆明傳至嘉定，余大憤，出蓋有「贛州」郵戳之信與書示之，其謠始熄！嗟乎，今日達人果能不負其生平之所學，不負先師之彝訓，朋友之殷望，踏其鄉先賢文天祥、江萬里、李邦華之血漬而殺身以成仁矣。

他日抗戰必勝，建國必成，祖國重榮之日，追念今日國難之際，我輩逢掖「教授」之士，亦有如吾兄流血於沙場者。達人！亦可以無憾於九原矣。（達人似與我同年？今年三十八歲半。）

三十一年七月二十九日寫於縣街寓宅

（原載一九四二年七月三十一日《誠報》）

趙望雲先生畫理序

趙望雲先生攜其最近精心結撰之國繪來嘉，初預展於中央銀行大廈，僕承韓處長文源之邀，得欣讀再遍，歡喜無量。昔在故都，流連低徊於故宮博物院之鍾粹宮內，得熟覽晉唐五代宋元明珍奇神品，此外歐美日本平津滬港所影印之自晉以來名蹟，寒齋所藏，截至元畫為止，亦有近二千幀。珞珈山頭，時時展賞，以息勤疲。先祖所傳元明清真蹟，亦數十幅。今悉因寇虜猖狂，不可得見，每一思念，腐心長喟。揭來嘉定，除真山水外，求一稍堪入目之畫，杳不可得。昨始得見望雲先生活躍生動之名繪，不啻「自聞仙樂耳暫明」也。

趙望雲先生尤刻意於繪寫人物。中國人物畫之不振，將五百年矣。望雲先生竭精會神，以圖中興，而克副所期，此亦民族萬端中興之一環矣。望雲先生人物衣褶，皆用「鐵線褶」，此復興唐初風也。自吳道子創為「芹帶褶」後，「鐵線褶」之作風遂浸衰浸微，明以後遂絕跡於中國之畫壇。然其昌所知：晉顧愷之《女史箴圖》（英倫不列顛博物館藏，余有照片）及《洛神圖》（美波士頓博物館藏，余有照片）、梁張僧繇《五嶽真形圖》（日本阿部氏藏，見爽籍館欣賞）、隋鄭法士《讀碑圖》、展子虔《授經圖》

（均故宮藏）、唐王維《伏生像》（日阿部氏藏）、閻立本《歷代帝皇圖》（美波士頓博物館藏，日本大塚巧藝社精影）及初唐人《遊騎圖》（乾隆帝舊藏，日本大塚巧藝社精影）……等，其衣褶皆「鐵線褶」。曹弗興畫，我不得而見之矣，然既云「曹衣出水」，可從衣褶中隱見「人體美」之線條，則固非「鐵線褶」不辦也。自晉至唐，人物畫傳統正宗，無不用「鐵線褶」者。以唐人《遊騎圖》為例，馬上貴公子三四人，按轡揚鞭，將赴毬場，後隨兼從，亦有跨馬者，手挾婆羅杖毬（與今日之微高爾夫毬完全相同），其衣褶線條，筆筆皆用中鋒，真剛健而又婀娜，圓潤而又清挺，國畫以線條表現生物動態之美，至此技術的修養，已臻爐火純青之候矣。

畫聖吳道玄，憑其不世出之天才，創造「芹帶褶」，其真蹟之傳世者，中華已無，空令人想象「五聖聯龍袞，千官列雁行，冕旒具秀發，旌旆倚飛揚」之勝概。然如《送子天王圖》（日本山本悌二郎藏，余有照片），《釋迦文殊普賢像》（日本東大寺藏，余有照片），皆「芹帶褶」，敷彩甚微，盡倜儻流麗剛健壯躍之美。然此作風經一千年後，陵遲至於清季，潦倒陳腐，如蓬柴亂草，不直一晒矣。「鐵線褶」自吳聖革命以後，衰微而降為「伏流」，中間惟五代武宗元，余曾在天津梁任公先師家見其《朝元仙杖圖》卷，猛將文官仙女天帝，千皺萬褶，皆用中鋒法。北宋李公麟（龍眠）其《五馬圖》卷（乾隆帝舊藏，大塚巧藝社精影）全用鐵線法，其簡潔處，乃至如歐畫中之炭線素描。徽宗皇帝摹唐張萱《搗練圖》（波士頓博物館藏，余有照片），全用鐵線褶以寫仕女錦衣及情態，功力臻上上乘。宋以後惟元初之錢選（舜舉），其人物畫出於北宋李龍眠嫡系。余珍藏其《羅漢渡海圖》卷真蹟（明宋濂舊藏），以鐵線褶

關山月先生灕江圖長卷跋

酈道玄為水經作注，寫灕江風物，窈渺森秀，別具境界，令人讀而慕之，神為飛動。厥後柳子厚放逐西南，冤結悲憤，縱情山水，記湘桂間邱壑林澗，泬寥靜寂，冰澈肺腑。禹域闓勝，漸顯人間。南北宋間，藝人丹青山水卷幛，淩駕文人翰記之上。以予所見，董源有《山居圖》卷（今藏美波士敦博物館，舊為完顏景賢所藏），王詵有《清江疊嶂圖》卷（故宮博物院藏），趙幹有《江行初雪圖》卷（故宮藏），李唐有《山水小景圖》卷及《清溪漁隱圖》卷（並故宮藏）。南渡以後，剩水殘山，彌可寶愛，而中原陸沈，陵嶽虛莽，故蜀道巴流，乃居主題。夏圭再作《長江萬里圖》卷（一藏文華殿，即內政部古物陳列所；一藏故宮鍾粹宮，一名《巴船出峽圖》），馬遠亦有《山水》長卷（今藏美國某博物館）。而禹玉兩圖，長逾倍尋，水沸山立，震爍華歐。此風既熾，至元未衰。黃公望有《富春山居圖》卷，趙孟頫有《鵲華秋色》及《煙江疊嶂圖》卷（並故宮藏）。此皆留影像於僕之腦海者爾。其故家深邸所珍貯，稗海瀛洲所飄落，兵燧烽燹所燔滅，是又何可勝數。若王漁洋所記江參之《長江萬里圖》，則固嘗寤寐而未之見也。昔吳道玄寫嘉陵江三百里山水於大同殿壁，既已隨唐社而俱燼。僕嘗躑躅於嘉陵江岸，又逆舟而上溯，見夾岸飛瀑急湍之奇，瞑念吳生大同殿壁之蹟，交睫而彷彿之焉。然為是類鉅作，必其人：心力雄，意志堅，氣魄壯，體質健，功力醇，邱壑具，庶元氣淋漓，以筆墨而貌造化！明以後，不復多見，胡清無譏焉，斯亦民族一時衰孱老疲之兆與。

近世以來，華夏重榮，抗胡廷而奮起，青年壯學，乃有拔山吞嶽之雄志，歷塊過都之壯遊，功力艱鉅於馬夏，意境追媲乎酈柳，則嶺南關山月先生之《灕江圖》卷當之矣。僕處東海，關君處南海，維是無夙昔杯酒雅故，故言之不嫌於諛頌。關君展是卷於嘉州，僕往觀焉而始驚歎，以為三百年來所未曾有。圖大凡長八十餘尺，寫灕水自導源以迄桂江咸備。丹巘翠嶽，作風與宋朱銳《赤壁圖》卷為近（然朱卷甚短促）。使僕昔所夢遊而未得者，今乃眴目而盡之。曩甲子春夏，僕于役粵西，涉西江，探蒼梧，放流而南；睹灕水下流入江之口，而未親其身，夙引為大憾。聞人言陽朔山水奇絕甲寰宇，輒閉目幻象不知作何狀？讀關君此圖而領味其靈神，故知關君丹青之功，亦足以移人而攝神矣。若第舉述一二筆法墨訣，皴檫點抹之微以為頌，不知此乃進學之技術，非所以語大方名家。關君此圖，已具有境界神靈矣，自當闡敘其大者。後之世有知藝君子，苟饜飫於斯卷，蓋將不妄我言也。

中華民國三十一年八月，海寧吳其昌跋。

繪畫三昧說——贈季秋萍等四青年畫士

繪畫三昧：曰天才、曰學力、曰意境。天才秉於性賦，非可倖致。學力則須讀萬卷書以培其根柢，行萬里路以展其胸眼，摹萬卷畫以養其功能。意境則神而化之，脫古人之羈絆，而進於創造者也。

渝都初回，瘧臥逾旬。昨日扶病曳杖，往觀青年畫士季秋萍、李夢浦、黃方路、孫順潮四君之畫展，病眼稍明。季、李二君之山水，尤為余所欣賞。二君皆天才甚高、魄力弘放者，而季秋萍之學力，造詣尤深。其間二巨幅，一摹馬遠《對月圖》、一摹朱端《風雨歸舟圖》，一寫月色，一寫雨聲，皆得相當成功。此乃季君初次臨宋賢耳，其成績殊堪令人嘉慰也。又摹趙孟頫《清江疊嶂圖》長卷，雖趙為絹本而季為紙本，趙用鼠毫焦墨，而季用羊毫濕墨，工具不同，然仍不失虎賁中郎，知季君學力方進未艾也。至於李夢浦，則余勸其先擇夏禹玉（珪）或黃大癡（公望）二大家之傑作而臨摹之，則所得當不止此。季君自言願此後數年內埋首於學力，並將再摹三摹，以比較進程，此誠得成功之軌道矣。總言之，則昨日之觀，已覺斐然成章。四君者，年華方富而進學甚勇，余固知其必將有成也。

抑季、李諸君，殷殷以繪畫之道，下詢及予。予無繪才，不能作一石一木，何敢妄言。徒以久旅故都，徘徊內府鍾粹宮中，酣讀晉唐五代宋元明寶繪真蹟，間及公私珍藏，又喜集海內外名繪之珂羅印本，研習既久，遂窺一隙。其於古今繪畫宗派源流，以及繪畫本身「史的演化」，自信瞭於指掌，而於作畫原理，則言之未必中理。然竊以謂此道之古今大師，其能臻於成功之境者，必有得於此道之三昧者焉。無天才，則無論矣。由天才而至於創造，中間必經過數十年之刻苦、堅忍、紉毅，以培養其學力。深於學力，而未及創造，尤不失為良好之畫師，郎世寧輩是也。絕無學力，塗鴉抹壁，而自詡創造，則為無恥之荒傖，清末海上之畫丐是也。有清一代之畫人，堪入我眼者甚鮮。山水惟王石谷（翬）、黃尊古（鼎），花卉惟惲草衣（壽平）、沈南蘋（詮），此外我見之惟欲閉目耳。乾嘉以前，猶有一二眼明之品。道咸以後，海上畫匠，名愈高者，吾見其畫愈欲作嘔。何則？彼輩終身跼踏於西洋海盜東倭浪人罪惡淵藪之「租界」，足未出「洋場十里」一步也。生平未嘗見一山，惟滿眼「垃圾堆」而已。問所讀書，則「消閒報」「打油詩」之類也。問所接物，則「鴉片」「水煙」「麻雀」之類也。問所遇人，則纏小足之妓女、吸鼻煙之賭友也。以此環境養此人物，而欲其產生名畫，是望穢水溝中之臭鼠吐夜光之珠也。故其所作，山則如錐，樹則如柴，水則如麵，人則如鬼，或頭不在肩上，或腹夾於股下，而自詡曰：「此古氣磅礴也！」生平未嘗見明人真蹟，而動輒罵學力深沈者曰「畫匠」！自贊曰「文人畫」！吾特謚之曰「妖人畫」耳。此真「國家將亡，必有妖孽」之徵象也。此惡風至民初而未熄，又得西洋「創造」之論，以為假借而氣燄尤高，此殆可以占世變矣。

今者，中興大業。發軔方始，開國宏規，萬端待舉。四君青年，為新中國之新力。建國須埋頭數十年苦幹而後成，繪畫亦須埋頭數十年苦幹而後成。以吳道玄之畫聖，猶須以嘉陵江山水為粉本，其故可以思矣。三十年後，君等之學力成而臻於創造，余更樂於扶杖以讀君等之偉作也。

三十二年五月十日淩晨，海寧吳其昌扶病書。

（原載一九四三年五月十二日《誠報》）

《諸子今箋》序

試嘗綜合吾中華民族近古一千年來，先師先哲學風之因革轉變，雖其趨向不同，對象萬殊，甚至相排相擊，表觀隔如兩極。然試一究竟其動力之原，勘驗其共矢之鵠，則有一萬變不易之宗義焉；以主宰是，以綱維是，以為燃料而推動是。此宗義維何？曰「求真」。

弘忍、慧能，苦窺基、圓測以後之繁瑣，以為佛氏之義，決不如所謂「八識」、「十二識」、「三十識」也；此決非佛氏之真，故創「諸佛妙理，非關文字」，而華化禪宗即心即佛之說昌焉。此其動機，求真而已。由是而賡及儒學，趙匡、陸淳、李翱、陸參，亦苦孔穎達、賈公彥、陸德明之繁瑣，以為聖人之義，決不在草木蟲魚，名物故訓之陋；以是而掃決傳註之新經學興焉。無他，求真而已。及至宋賢，而理學大昌；此標一義，彼立一旨，而其同以推求聖人真義所在，為惟一之鵠的，則絕無異也。其毀漢唐之註疏，以謂：尋行數墨，支離繞繚於故紙堆中，咬嚼一二草蟲之名，閧詾不已；而於聖人之大經大法，可以淑世覺民，切近身心家國之大端，反置不理，為可哀也！故誠欲推求聖人之真義，將在草木蟲魚，訓詁名物上齦咬以求之乎？抑將服膺講貫正心修身治國平天下之道乎？此宋明儒者求真之論也。顧（炎武）、王（夫之）、閻（若璩）、胡（渭）以後，又苦宋明以後性理之陳枯，以是反理學之新經學又興焉。無他，求真而已。其毀宋明之理學曰：聖人之遺訓在經，若訓故不講，字亦未識，又烏能知聖人果作何等語乎？如是而可得聖人真義，如不解粵語，而欲傳譯粵人之真意也，悖亦甚矣！故欲知聖人真義，必先自真能瞭解上古之語言及風俗情狀始；則名物、訓故、聲音、校勘是已。此近世儒者求真之論也。是故自吾儕今日視之：宋明之毀漢唐也，清賢之毀宋明也，表觀正為水火冰炭；揭其表，則其動因皆「求真」一念之所驅使也。明乎此，始可以與言學史。

承顧、閻學風以後，大師踵起；戴（震）、惠（棟）、錢（大昕）、段（玉裁），一代正宗，自號反宋，而宋賢之梏，囊括在頭。以為聖惟孔孟，經惟儒典，諸子曲學，說皆邪謬。其爬梳剔抉之力，不屑施及。其後稍稍因證經之故，旁引一涉；然而耕耘既久，收獲遂豐。盧（大昭）、畢（沅）、汪（中）、孫（星衍）稍為張目；於是子學蔚興，與經比大。此實近古以來，吾華學術之一進境。於是有劉台拱（《補註》）、郝懿行（《補註》）、謝墉（《箋釋》）、王先謙（《集解》）等，而《荀子》可讀。有畢沅、張惠言（《經說解》）、蘇時學（《刊誤》）、鄒伯奇、陳澧、孫詒讓（《閒詁》）、梁啟超（《墨經校釋》）等，而《墨子》可讀。有洪頤煊（《義證》）、戴望（《校正》）、王紹蘭（《地員篇補註》）等，而《管子》略可讀。有顧廣圻（《識誤》）、王先慎（《集解》）等，而《韓非子》可讀。有王先謙（《集解》）、郭慶藩（《集釋》）等，而《莊子》差可讀。有楊樹達（《古義》）、馬敘倫（《核詁》）等，而《老子》可讀。有蘇輿（《校註》）、黃以周（《校記》）等，而《晏子》可讀。有陳澧（《疏證》），而《公孫龍子》可讀。有王時潤（《集解》），而《商君書》可讀。有畢沅、梁玉繩（《校補》）、陳昌齊（《正誤》）等，而《呂氏春秋》略可讀。有錢塘（《天文訓補註》）、陶方琦（《異同詁》）、汪文臺（《校記》）、劉家立（《集證》）、劉文典（《集解》）等，而《淮南子》可讀。降及秦漢撰著：有陳立（《疏證》），而《白虎通論》可讀。有周廷寀（《疏證》），而《韓詩外傳》可讀。有皮錫瑞（《疏證》），而《尚書大傳》可讀。有凌曙（《註》）、蘇輿（《義證》），而《春秋繁露》可讀。有汪榮寶（《疏證》），而《法言》可讀。有汪繼培（《箋疏》），而《潛夫論》可讀。有錢名培（《札記》），而《申鑒》略可讀。有孫人和（《舉正》），而《論衡》略可讀。至於比類通方，總舉大成，則有若高郵王氏（念孫。《讀書雜志》）、餘姚盧氏（文弨。《群書拾補》）、德清俞氏（樾。《諸子平議》）、瑞安孫氏（詒讓。《札迻》）、鹽城陶氏（鴻慶。《諸子札記》）、儀徵劉氏（師培。《諸子校補》）。例稍雜者，則有若：曲阜桂氏（馥。《札樸》）、臨海洪氏（頤煊。《讀書叢錄》）、仁和孫氏（志祖。《讀書脞錄》）、新化鄒氏（漢勳。《讀書偶識》），溉灌所及，更廣涉後世群籍者，則有若：海寧蔣氏（光煦。《校補隅錄》）、仁和勞氏（格。《坊書雜識》）、歸安陸氏（心源。《群書校補》）。而王、盧、俞、孫，邈乎其未易幾矣！至最近，而始又得吾友雙陽高氏。

吾友高晉生（亨）教授，昔與其昌曳長裾，同遊太學，捧手請業於任公、靜安兩先師；即自發憤靖獻於高郵王氏學風。作《韓非子集解補正》，任公師許以不朽；且謂白山黑水之間，絕塞荒寒，文獻種子，以高君為第一人矣。副在其昌，至今尚珍篋衍。無何，其昌南省重歸，跅弛燕市；而晉生教授東北大學，山河間關，想念而已。晉生時時寄余著作，廼者，《老子正詁》二卷刊成；予嘗以謂與吾友欒縣裴先生（學海）《經義述聞補正》《孟子正義補正》二書，同足與乾嘉大老，抗顏奪席。無何而倭寇屠遼，晉生犯死倉皇，僅得入關，無何，而其昌南浮江漢，寂寞山居；晉生又寄其《諸子今箋》來漢，質日益精，而量日益閎；蓋晉生足以繼王、盧、俞、孫以挺起，決無疑矣。

抑其昌於此，復別有感焉。清之大師，什九皆東南隅產，而晉生獨產於東北，可以見禹域文化，已涵濡南北，此誠可為國族無量之慶也。然而清之大師，正生於國力強盛，生民康樂，海夷賓服之日。而吾儕今日，則國威墮地，生民憔悴，近且蝦虜鴟張，邊圉淪落，神州有陸沈之憂，書生無報國之路。晉生且全家陷賊，生人之痛，斯已極矣！而獨與余書卷消磨，聊止沸血，猶能以揜創忍楚之餘，成此巨著，其昌無狀，誓當勉隨晉生，於尚未上馬殺賊之前，秉吾中華民族一千年來先師先哲求真之學風，不敢緬越，不敢偷懈，滴墜露於長流，增輕塵於崇嶽，此殆余與晉生今日之責也夫！中華民國二十二年一月十一日，同學弟海寧吳其昌。

此文既成，固自知聞見儉陋，子學佳著，所遺實多。數年以來見讀所得，有足補記者：《荀子》則有梁啟雄氏（《荀子柬釋》）。《賈誼新書》則有王耕心氏（《賈子次詁》）。《說苑》則有日本關嘉氏（《說苑纂註》）。《老子》則有奚侗（《老子集解》）、蔣錫昌（《老子校詁》）二氏。《莊子》則有馬敘倫氏（《莊子義證》）。《公孫龍子》則有陳柱（《集解》）、王獻唐（《懸解》）二氏。《呂氏春秋》則有許維遹氏（《集釋》，此書甚佳）。《國語》則有徐元誥氏（《集解》）。皆通貫始要，訓詁全書，有漢經師專窮一經創通大義之家法；學者苟欲治此子，則上述諸作，殆亦幾於菽粟布帛之不可棄矣。至於割取一章專力擘窮者，則如《墨經》之有胡適（《小取新詁》）、譚戒甫（《墨經易解》）也。其屬稿未成者，以余所知則有劉盼遂氏之《論衡》（《集解》），及高亨氏之《莊子》（《纂詁》）也。世有好者，必將日夜顒望二子書之早成已。二十八年六月，其昌又記。

朱子之根本精神——即物窮理

「即物窮理」、「致知格物」為朱子偉大精神之表現，中國思想界自惠施以後，朱子佔最有精采、最光榮之一頁。朱子之根本思想，實接近於惠施，其博學亦極似惠施，惠施之書五車，朱子著作，當亦不減於五車。惠施五車之書，今無一存者，遂使此朱子以前之大哲，千載下猶蒙「詭辯」之惡謚。

《莊子・天下篇》云：「南方有倚人焉，曰黃潦，問天地所以不墜不陷、風雨雷霆之故，惠施不辭而應，不慮而對，遍為萬物說，說而不休，多而无已，猶以為寡，益之以怪……惜乎，惠施之才，駘蕩而不得，逐萬物而不反。」其後受惠施之影響而興起者，於齊則有鄒衍。

《史記・孟荀列傳》記鄒衍之學云：「其語閎大不經，必先驗小物，推而大之，至於無垠。」云「遍為萬物說」，云「先驗小物，推而大之」，此種精神，此種態度，實為科學的種子，而自始即不為吾中華民族所憙，輕輕加以「益之以怪」「閎大不經」之罪案，而此種子遂為冰雪所凍死。中間隔一千五百餘年而生一儒家中比較頭腦最清楚之程伊川，始明白宣言「凡一物上有一理，須是窮致其理」，「一草一木皆有理，須是察」，「須是今日格一件，明日又格一件，積習既多，然後脫然有貫通處。」（《近思錄》卷三引《程氏遺書》）惠施、鄒衍培植之種子，至是始稍有暖意。朱晦翁近承程子之遺緒，而實遠協惠子之創教。

惠施之所以欲「遍為萬物說」者，何以故？因惠施之根本思想：「『大同』而與『小同』異，此之謂『小同異』，萬物畢同畢異，此之謂『大同異』。」（《莊子．天下篇》）故其結論必落至「氾愛萬物，天地一體也」。換言之，即「天地生萬物，人為萬物之一，故天地、人、萬物，皆是一理，故天地與我一體，而我當氾愛萬物」。朱晦翁之根本思想即與惠施密符。

《朱子語類》卷十五頁十二云：「萬事萬物……其實只是一個心。一個根柢出來，抽枝長葉。」（黃卓記）「格物者，欲究極其物之理……物理即道理，天下初無二理。」（鍾震記）

又同卷頁十四云：「事事物物，皆有至理……自家知得萬物均氣同體，見生不忍見死，聞聲不忍食肉……此便是合內外之理。」（徐寓記）此其根本觀念，與惠施「天地一體」「氾愛萬物」若合符節，其心理即物理之說，與陸子靜原無二致。但陸子靜偏於唯心，即欲以個人直覺之心，以為衡量萬物之標準。朱晦翁則以為個性人人不同，任其一時直覺，易生危險，故亦欲「遍為萬物說」「驗小物推而大之」，如是歸納而得一共同之理，以為內外相參印，則可以為吾心合理之意念作一層物質上之證明，吾心未合理之意念，作一種標準上之比較。故朱、陸之根本異點即陸為信任直覺，朱為不信任直覺，陸為不必求物質證驗，朱為必須求物質證驗而已。可憐朱晦翁一生，只做到「今日格一件，明日又格一件」地步，而「一旦豁然貫通焉」之夢想，則始終未達到，宜其為陸子靜之徒黨所訕笑。然吾人所貴於朱文公者，正以其如此。初期原始之科學家，無一人能成功者，無一人不淺陋，無一人不被犧牲，再直捷而言之，愈科學則其成功亦愈無止境，惟有後繼者，步步加進焉，則方有相當之成績。故朱文公者，實為中國科學思想之衝鋒隊中一戰死之小卒，彼因孤立無後援而被犧牲，故尤值得吾儕之致敬也。

朱晦翁格物窮理之說，其最正式冠冕之宣言，在《大學格物致知補傳》，其言曰：「所謂致知在格物者，言欲致吾之知，在即物而窮其理也。蓋人心之靈，莫不有知，而天下之物，莫不有理，惟於理有未窮，故其知有不盡也。是以《大學》始教，必使學者即凡天下之物，莫不因其已知之理而益窮之以求至乎其極。至於用力之久，而一旦豁然貫通焉，則眾物之表裏精粗無不到，而吾心之全體大用無不明矣。此謂物格，此謂知之至也。」

晦翁既立此標的，揭櫫以昭示天下，欲使天下學者，皆循此標的以貫徹之，因又附帶說明其方法及態度上之條件數則，其一曰：「格物須先從實體著手」，其言曰：「人多把這道理作一箇懸空底物，《大學》不說窮理，只說箇格物，便是要人就事物上理會，如此方見得實體。所謂實體，非就事物上見不得。且如作舟以行水，作車以行陸，今試以眾人之力，共推一舟於陸，必不能行，方見得舟果不能以行陸也。此之謂實體。」（《語類》卷十五頁七廖德明記）

其二即「今日格一件，明日格一件，一件不漏」之笨律也，其言曰：「格物，是逐物格將去」

（《語類》卷十五頁九楊賜記），「一草一木一昆蟲之微，亦各有理……一物不格，則闕了一物道理，須逐著一件，與他理會過。」（同卷十三楊道夫記）「目前事事物物，皆有至理，如一草一木一禽一獸皆有理。」（同卷頁十四劉砥記）

此種笨律，真可謂其笨無比，宜譁笑之聲，盈於後世，然以今日之頭腦觀之，則在七百餘年前，中國學者中已有此種最忠實態度之宣言，轉可為吾民族驕傲也。此種態度，其創始者之決對失敗，乃為既定事實，端視繼起者努力之程度，而有相當之成績。如有繼起者不斷努力，則其成績能超過創始者之夢想，一部泰西科學史皆其例證。而在偷懶自棄之中國，則創始者忠實的紀律，適為訕笑攻擊之資耳，坐使朱子淺陋的科學思想，不獨空前，亦將絕後矣！

其三曰「格物須用徹底之態度以求真知」，其言曰：「致知所以求真知，真知是要徹骨都見得透。」（同卷頁一楊道夫記）「格物者，格盡也。須是窮盡事物之理，若是窮一兩三分，便未是格物，須是窮盡得到十分，方是格物。」（同卷頁二葉賀孫記）

此三信條，聯合而觀之，朱子格物之界說始明瞭，基礎始確定，合而為一言即「格物者，必須憑藉實物，逐物逐件，徹底研究之也」。其宣言既明白而堂皇如此，吾人試一考其生平學行之內容，是否能以身作則，本此目的而努力。但吾人在考核成績以前，必不能忘下列各項：（一）創始者之成績，必極幼稚淺陋。（二）創始者必推想多，而證實少。（三）創始者之工具，為感覺而非儀器，故極不準確。矧朱晦翁生於八百年以前之中國，又安能例外，今試舉數例以觀之。

（一）「天運不息，晝夜輾轉，故地榷在中間，使天有一息之停，則地須陷下，惟天運之急，故凝結得許多渣滓在中間。」（卷一頁五楊道夫記）

（二）「天包乎地，地特天中之一物爾。」（同卷頁五楊道夫記）「地在天中，不甚大，四邊空。」（卷二頁六陳淳記）

（三）「大地山河初生時，須尚軟在。」（頁八李方子記）「地者氣之渣滓也。」（卷一頁五楊道夫記）

（四）「唐太宗用兵至極北處，夜亦不曾太暗，少頃即天明，謂在地尖處。」（同卷頁六包揚記）「地有絕處，唐太宗收地至骨利幹，置堅昆都督府，其地夜易曉，夜亦不甚暗，蓋當地絕處，日影所射也。」（同頁包揚記）「《通鑑》說，有人適外國，夜熟一羊脾而天明，此是地之角尖處，日入地下，而此處無所遮蔽，故常光明，及從東出而為曉，其所經遮蔽處亦不多耳。」（同頁黃義剛記）

（五）「月只是受日光，月質常圓，不曾缺，如圓毬，只有一面受日光。望日，日在酉，月在卯，正相對，受光為甚。」（卷二頁六陳淳記）「月無盈闕，人看得有盈闕，蓋晦日，則日與月相疊了。至初三，方漸漸離開去。人在下面側看見，則其光闕。至望日，則月與日正相對，人在中間正看見，則其光方圓。」（同卷頁八呂燾記）「合朔時，日在上，月在下，則月面向天者有光，向地者無光，故人不見，及至望時，月面向人者有光，向天者亦有光，故見其圓滿，若至弦時，所謂近一遠二，只合有許多光。」（同卷廖德明記）

以上數則，雖有驚人之語，然皆「推想」而已，然朱晦翁實有「實驗」精神，則不可誣也。一部《朱子語類》，「推想」多而「實驗」少，其率當為九十五與五，然謂無「實驗」則不可也，特淺近耳。然吾人苟不忘記朱子所處之時代者，淺近何傷乎，今試舉一朱子與一道士量筍之故事，可以見此老精神也。

「王丈云：『昔有道人云：筍生可以觀夜氣，嘗插竿以記之，自朝至暮，長不分寸，曉而視之，已數寸矣。』次日問：『夜氣莫未說到發生處？』曰：『然，然彼亦一驗也。』後在玉山僧舍驗之，則日夜俱長，良不知道人之說。」（卷一百三十八頁十李閎祖記）

王丈，不詳何人，蓋亦朱子弟子而年長於李閎祖者，朱子稱其名李氏則稱之曰丈也。王氏以道士之言問朱子，以謂「夜氣未說到發生，恐不足為證」。朱子重道士之實驗，故既許王氏之問，而亦許道士實驗之成立，然總覺尚未確定，後在玉山如法親驗之而不驗，故又述以告弟子，而李氏記之。此事本末如此。考《朱子年譜》，朱子在玉山講學乃在經筵講官罷任回閩時，已六十五歲，如此老翁，尤親驗此種當時士大夫心目中類似兒戲之事，不謂之有「實驗精神」不可也。至於本文所舉上列數條，以今日衡之，固是推想，然在朱子當時之所以生如此推想者，則在朱子個人，亦已由實驗而得矣。

何以而知（一）（二）兩項「天包乎地」「地在天中不大」乎？晦翁曰：「地在天中，不為甚大，只將日月行度折算可知。天包乎地，其氣極緊，試登高處驗之可見。」（卷二頁七周謨記）

何以而知（三）項「地是凝成」「初時尚軟」？晦翁曰：「今登高而望，群山皆為波浪之狀，便是水泛如此，只不知因甚麼時凝了，初間極軟，後來方凝得硬。」（卷一頁六沈　記）

何以而知（四）項「地有絕處」？則史所載唐太宗用兵至極北地夜短不暗事可證，晦翁先已言之。何以而知（五）項「月無光，受日之光」？晦翁曰：「月如水，日照之則水面光倒射壁上，乃月光也。問星受日光否？曰星恐自有光。」（卷二頁九廖德明記）

朱又說「霜是露結成，雪是雨結成。」何以驗之？其言曰：「霜只是露結成，雪只是雨結成，古人說露是星月之氣，未然。今高山頂上，雖晴亦無露，露只是自下蒸上。」（卷二頁十一輔廣記）「高山無霜露，卻有雪，某嘗登雲谷，晨起穿林薄中，並無露水沾衣，但見煙霞在下，茫然如大洋海，眾山僅露峯尖，煙雲環繞往來，山如移動，天下之奇觀也。或問高山無霜露，其理如何？曰上面氣漸清，風漸緊，雖微有霧氣，都吹散了，所以不結。若雪只是雨遇寒而凝，故高寒處，雪先結也……想得高山更上去，立人不住了。」（同頁沈　記）

朱一生最有精彩之發明，謂「高山乃由海底升上」，何以驗之？其言曰：「常見高山有螺蚌殼，或生石中，此石即舊日之土，螺蚌即水中之物，下者卻變而為高，柔者變而為剛，此事思之至深，有可驗者。」（卷九十四頁三周謨記）

又云：「今高山上多有石上蠣殼之類，是低處成高，又蠣須生於泥沙中，今乃在石上，則是柔化為剛，天地變遷，何常之有。」（同卷頁四鄭可學記）

如此卓誠偉見，豈偷懶自欺不努力之徒無聊訕笑所能掩也。然亦間有結論謬誤，而其態度及方式則合理者，如云：「雪花所以必六出者，蓋只是霰下被猛風拍開，故成六出，如人擲一團爛泥於地，必濺開成稜瓣也。」（卷二頁十一沈僩記）

今吾人治學，首先須問其態度及方式，而不必苛責其結論，因結論無絕對正確之一日也。朱氏此說，不合於理，而其所據以證驗之方式，則有實驗的精神，猶為可尚也。夫此中國稚弱的原始的科學思想之種子，自惠施、鄒衍，下至於沈括、朱熹而遂滅種。朱子之客觀實驗態度，實篳路藍縷指示一曙光曦微之道路，不幸南宋所謂「理學家」者，無一人具有晦翁之頭腦，相率而誤入歧路，復歸於清淡，歷短促之胡元而入於明清，八股化之腦筋，更根本與此種思想方法為深仇，必欲撲滅之使無絲毫存在而後已。故「格物」之說，痛斥於明人；「闢偽」之論，深惡於清儒，使此曙光曦微之道路，及朱子身歿而復塞，歷宋元明清，外表陽尊朱子，奉之如在天上，而朱子之學則早已及身滅絕無噍類矣。此吾民族之深悲奇恥也。使當時能循此道路，改進之，發揮光大之，則此八百年中，當有無數十倍百倍千倍朱子其人者挺生，則中國科學之發達，又安知必不如歐洲哉。

（原載一九三〇年天津《大公報・文學副刊》一四六期，朱晦翁誕生八百年紀念論文）

朱子治學方法考

朱子治學之方法，可即以《朱子語類》一書為根據，籀繹其所記載平日詔示門人以詁經治學之條例，則其方法自見，不必吾人更有所論列。茲分二方面述之；

（甲）態度方面

此其有條例凡七。

其一曰「求真」。求真云者，當虛心以探求一事之真相，絲毫不可攙入自己之主觀概念也。故《語類》曰：「問書當如何看？曰且看易曉處，其他不可曉者，不要強說，縱說得出，恐未必是當時本意。」（卷七十八頁十二潘時舉記）

「看書不可將自己硬參入去，須是除了自己所見，看他冊子上古人意思如何。」（卷十一頁九廿節記）

其二曰「求實」。求實云者，就其本體以還其本來實義，不容有一切虛偽情感之存在也。如《易經》，朱子只認為「卜筮之書」，而與「靈棋課一樣」。《風詩》，朱子只認為是「淫奔之詩」，而非「聖賢人所作」。他人之頂禮膜拜神聖視《詩》、《易》者，觀之何啻大逆不道，然而朱子得其實矣。《語類》曰：

「向來張安國兒子來問《易》，某說與云：『要曉時，便只是靈棋課模樣。』有一朋友言恐只是以其人未能曉而告之以此，某云是誠實恁地說。」（卷六十六頁五黃義剛記）

「今觀《詩》，且除了〈小序〉而讀之，亦不要將做好底看，亦不要將做惡底看，只認本文語意，亦須得八九。」（卷十一頁十三黃㽦記）

「《詩》，鄭、邶、鄘、衛，其詩大段邪淫，《國風》中亦多有邪淫者，存之便盡見當時風俗美惡，非皆賢人所作。」（卷八十頁二十六黃㽦記）

其三曰「求疑」。求疑云者，即今人所謂「懷疑」也。《語類》曰：

「某向時與朋友說讀書，也教他去思索，求所疑。」（卷十一頁十葉賀孫記）

「讀書，無疑者，須教有疑；有疑者，卻要無疑，到這裏，方是長進。」（卷十一頁十一楊道夫記）

「書中可疑諸篇……如《金縢》亦有非人情者，「雨反風」，「禾盡起」，也是詫異。……若說道都是古人元文，如何出於孔氏者多分明易曉，出於伏生者，都難理會。」（卷七十九頁二十九葉賀孫記）

其四曰「闕疑」。懷疑闕疑，義甚明白，不煩解釋，懷疑所以戒「誣」，闕疑所以戒「妄」。以今言譯之，懷疑是大膽破壞，闕疑是小心建設也。《語類》曰：

「經書有不可解處，只得闕，若一向去解，便有不通而謬處。」（卷十一頁十七不知何人記）

「春秋，某煞有不可曉處，不知是聖人真個說底話否？」（卷八十三頁三十二胡泳記）

「荊公不解《洛誥》，但云：『其間煞有不可強通處，今姑擇其可曉者釋之。』今人多說荊公穿鑿，他卻有如此處。」（卷七十八頁十一輔廣記）

其五曰「專一」。《語類》曰：

「人做功課若不專一，東看西看，則此心先已散漫了，如何看得道理出。須是……讀這一章，更不看後章，讀這一句，更不看後句，這一字理會未得，更不看下一字，如此則專一而功可成。……某舊時文字，只是守此拙法，以至於今思之，只有此法，更無他法。」（卷十一頁十三沈僩記）

「問叔器：『《論語》讀多少？』曰：『兩日只雜看。』曰：『恁地，如何會長進，看此一書，須專看此一書。便待此邊冷如冰，那邊熱如火，亦不可捨此而觀彼。』」（卷十九頁六陳淳記）

其六曰「循序」。《語類》曰：

「學不可躐等，不可草率，徒費心力，須依次序，如法理會。」（卷十一頁十一李閎祖記）

「凡讀書，須有次序，且如一章三句，先理會上一句，待通透，次理會第二句第三句，待分曉，然後將全章反覆紬繹玩味。」（同卷頁十三徐寓記）

其七曰「不求速效」。《語類》曰：

「讀書，使急不得，也不可慢。所謂急不得者，功效不可急；所謂不可慢者，工夫不可慢。」（卷十九頁五黃幹記）

其八曰「鑑別真偽」。鑑別真偽，事較複雜。有真偽已判明者，有未判明者（如《慎子》）。其於已判明者，有全真者，有全偽者，有真偽雜半者（如《墨子》）。其於偽籍中，有故意造偽者（如《列子》），有無意造偽者（如《易・繫辭》）。有古有真書而今本為偽者（如《竹書紀年》）。有今本固偽，原本亦偽者（如《子夏易傳》）。其於有意偽造之古籍中，有有所依據者（如古文《尚書》），有全無依據向壁臆造者（如《詩・小序》）。其類至繁。在朱文公以前，宋人於辨偽能力，已漸顯著。如歐陽修疑《易・繫辭》，王安石疑《書秋》，程迥疑《孝經》，胡宏疑《周禮》，吳棫疑古文《書》，以今日視之，諸家所疑，無一不賊贜兩得。但諸家各疑一端，朱文公則遍合各家之疑，更推廣而擴大之，古偽書至朱文公，狼狽萬狀，原形畢現。朱子辨偽之語甚為廣繁，茲為省殺篇幅起見，列如下表。

書名	偽之性質及程度	朱子以前及同時之先覺	辨偽語舉要及其所載之卷帙
易繫辭（孔子作）	可疑	歐陽修	六十四卦只是《上經》說得整齊，《下經》便亂董董地，《繫辭》也如此。只是《上繫》好看，《下繫》便沒理會。（《語類》卷六十七頁二十六憂淵記）
麻衣易（關朗作）	偽，南康戴某作		《關子明易》、《麻衣易》皆是偽書。（卷六十七頁三十三鄭可學記）《麻衣易》是南康戴某所作。（同頁李閎祖記）
易龍圖	偽		《易龍圖》是假書，無所用。（同卷頁三十五劉礪記）
古文尚書	疑或是偽	吳棫	孔壁所出《尚書》，如〈大禹謨〉、〈五子之歌〉、〈胤征〉、〈泰誓〉、〈武成〉、〈冏命〉、〈微子之命〉、〈蔡仲之命〉、〈君牙〉等篇皆平易，伏生所傳皆難讀，如何伏生偏記得難的，至於易的全記不得，此不可曉。（卷七十八頁二萬人傑記）伏生《書》多艱澀難曉，孔安國壁中《書》卻平易易曉，或謂伏生口授女子，故多錯誤，此不然，今古《書》傳中所引《書》語，已皆如此，不可曉。（同頁沈僩記）《書》有古文，有今文，今文乃伏生口傳，古文乃壁中之《書》。〈禹謨〉、〈說命〉、〈高宗肜日〉、〈西伯

書名	偽之性質及程度	朱子以前及同時之先覺	辨偽語舉要及其所載之卷帙
			戡黎〉、〈泰誓〉等篇，凡易讀書，皆古文，況又是科斗書，以伏生《書》字文考之，方讀得，豈有數百年壁中之物，安得不訛損一字，又卻是伏生記得者難讀，此尤可疑，今人作全書解，必不是。（同卷余大雅記）
古文尚書序（孔安國作）	偽，六朝人作	陳亮	《書序》恐不是孔安國作。漢文粗枝大葉，今《書序》細膩，只似六朝時文字。（同卷頁八黃義剛記）
古文尚書傳（孔安國作）	偽，魏晉間人所托		《尚書》決非孔安國所註，蓋文字困窘，不是西漢時文章，亦非後漢之文，恐是魏晉所托。（同頁沈僩、黃卓、包揚記）
書小序（孔子作）	偽，周秦間低手人作		《書小序》斷不是孔子做。（卷七十八頁八黃義剛記）只是周秦間低手人作。（同卷頁七董銖記）
詩序（孔子作，子夏作）	偽，後人作		《詩大序》亦只是後人作，其間有病句。（卷八十頁七李方子記）「明乎得失之跡」這一句有病，《周禮》、《禮記》中，史並不掌詩。（同頁舒高記）
詩小序（孔子作，子夏作）	偽，衛宏等作		《詩序》，東漢《儒林傳》分明說道是衛宏作……某又看得亦不是衛宏一手作，多是兩三手合成一序。（同卷頁十邵浩記）因論《詩》，歷言《小序》太無義理，皆是後人杜撰，先後增益湊合而成，多就《詩》中採摭言語……謬誤不可勝說。（卷八十頁十一周謨記）

書名	偽之性質及程度	朱子以前及同時之先覺	辨偽語舉要及其所載之卷帙
孝經（曾子作）	雜偽，戰國時人綴成	鄭樵	《孝經》，疑非聖人之言。（卷八十二頁二楊賜記）《孝經》，只是前面一段是當時曾子聞於孔子者，後面皆是後人綴緝而成。（頁一輔廣記）古文《孝經》亦有可疑處……卻似不曉事人寫出來，多是《左傳》中語，在《左傳》自有首尾，載入《孝經》，都不接續，全無意思……疑是戰國時人鬥湊出者。一（頁二黃畬記）
古文孝經序（孔安國作）	偽	程迥	《孝經》序亂道。（卷七十八頁九呂燾記）
春秋經（孔子作）	難解	王安石	《春秋》煞有不可曉處。（卷八十三頁一胡泳記）
春秋左氏傳（左邱明作）	疑劉歆作	林栗	林黃中謂《左傳》「君子曰」是劉歆之辭，胡先生謂《周禮》是劉歆所作。不知是如何？《左傳》「君子曰」最無意思。（卷八十三頁七葉賀孫記）《左傳》是後來人做。如見陳氏有齊，所以言「八世之後，莫之與京」。見三家分晉，所以言「公侯子孫，必復其始」。（同卷頁八黃畬記）
大戴禮（孔門弟子作）	漢後人雜偽		《大戴禮》無頭，其間多雜偽。（卷八十八頁一黃義剛記）《大戴禮．保傳篇》中說秦無道之暴，此等語必非古書，乃後人采賈誼策為之。亦有孝昭冠辭。（同頁黃義剛記）

書名	偽之性質及程度	朱子以前及同時之先覺	辨偽語舉要及其所載之卷帙
小戴禮記（孔門弟子作）	不可深信		《禮記》有信不得處。（卷八十六頁一不知何人記）《禮記》便不可深信。（同頁陳文蔚記）
周禮（周公作）	非周公作，但亦非王莽作	胡宏	問《周禮》，曰：未必是周公自作……又官名與他書所見多有不同。……又笑曰：禁治蝦蟇，已專設一官，豈不酷耶。（卷八十六頁一邵浩記）《周禮》，胡氏父子以為是王莽令劉歆撰，此恐不然。（同頁汪德輔記）
《論語》後十篇	太亂		《易》《下經》《下繫》，便亂董董地，《論語》後十篇亦然。（卷六十七頁二十六夒變淵記）古書多至後面便不分曉，《論語》亦然。（卷十九頁一甘節記）
孟子正義（孫奭作）	偽，邵武士人假造	蔡元定	《孟子疏》，乃邵武士人假作，蔡季通識其人……其書全不似疏樣。（卷十九頁十六滕璘記）
爾雅（周公作，孔子作，子夏作）	偽，後人集傳註而成		《爾雅》是取傳註以作，後人卻以《爾雅》證傳註。（卷一百三十八頁一陳文蔚記）《爾雅》非是，只是據諸處訓釋所作。（同頁胡泳記）
說文音	徐鉉作		《說文音》，是徐鉉作，許氏本無。（卷一百四十頁十二吳必大記）
元經（王通作）	偽，阮逸作		《元經》阮逸所作。（卷一百三十八包揚記）

書名	偽之性質及程度	朱子以前及同時之先覺	辨偽語舉要及其所載之卷帙
孔叢子（孔鮒作）	偽		《孔叢子》，乃其所著之人偽作，讀其首幾章，皆法《左傳》句，已疑之，及讀其後序，乃謂渠好《左傳》，便可見。（卷一百三十七頁一不知何人記）《尚書》孔傳，此是魏晉間人作，《孔叢子》亦然，皆是那一時人所為。（卷七十八頁八輔廣記）
孔子家語（孔子弟子記）	偽，王肅編錄		《家語》只是王肅編錄古雜記。（卷一百三十七頁一不知何人記）
文中子（王通作）	偽，阮逸作		《唐太宗李衛公問答》乃阮逸偽書，逸，建陽人。《文中子》、《元經》，《關子明易》，皆逸所作。（卷一百三十八頁一包揚記）
管子（管仲作）	戰國時託名		《管子》，非仲所著，仲當時任齊國之政事甚多，決不是閑功夫著書的人。著書者，是不見用之人也，其書老莊說話亦有之，想只是戰國時人，收拾仲當時言語行事之類著之，並附以他書。（卷一百三十七頁一不知何人記）
老子（老聃作）	非老聃作		孔子問老聃禮，而老聃所言禮，殊無謂，恐老聃與老子非一人，但不可考耳。（卷一百二十六頁三周明作記）
列子	有問題		列子是鄭穆公時人，然穆公在孔子前，而《列子》中說孔子，則不是鄭穆公時人。《列子》言語，多與佛

書名	偽之性質及程度	朱子以前及同時之先覺	辨偽語舉要及其所載之卷帙
			經相類。（卷一百二十六頁二周明作記）莊子全寫列子，又變得峻奇。（卷一百二十五頁五葉賀孫記）
鶡冠子（戰國楚人作）	偽，漢以後人作	柳宗元	韓文公謂「能辨古書之真偽」，鶡冠子亦不會辨得，柳子厚謂其書乃寫賈誼《鵩賦》之類，故只有此處好。……柳看得文字精，以其人深刻。（卷一百三十九頁六包揚記）
握奇經（黃帝作）	偽，唐李筌作		《握奇經》等文字，恐非黃帝作，唐李筌為之。（卷一百二十五頁十六不知何人記）
唐太宗李衛公問答（李靖作）	偽，阮逸作		詳上文中子條。
陰符經（黃帝作）	偽，唐李佺作		《陰符經》恐皆唐李佺所為。（卷一百二十五頁十六揚道夫記）
清靜經（道藏）	偽		後來道家做《清靜經》，又卻偷佛家言語，全做得不好。（同卷頁二周明作記）
消災經（道藏）	偽		道家《清淨》《消災》二經，皆模倣釋書而誤者。（卷一百二十六頁七黃䇲記）
度人經（道藏）	偽，五代杜光庭作		《度人經》、《生神章》，皆杜光庭撰。（同頁黃䇲記）

書名	偽之性質及程度	朱子以前及同時之先覺	辨偽語舉要及其所載之卷帙
楞嚴經（佛藏）	偽，唐房融增偽		《楞嚴經》，前後只是說咒，中間皆是增入，蓋中國好佛者覺其陋而加之耳。（卷一百二十六頁十八鄭可學記）《楞嚴經》本只是咒語，後來房融添入許道理說話。（同卷頁二十一李閎祖記）
維摩詰經（佛藏）	偽，南北朝人撰	李縝（李綱之子）	《維摩詰經》，舊聞李伯紀之子說，是南北朝時一貴人，如蕭子良之徒撰，渠云載在正史，然檢不見。（同卷頁二十二吳必大記）
圓覺經（佛藏）	有後人附會增入		《圓覺經》本初亦能幾何，只鄙俚甚處便是，其餘增入附會者耳。（卷一百二十六頁四周謨記）
西京雜記（劉歆作）	偽，魏晉人作	顏師古	《孔叢子》載孔臧兄弟往還書疏，正如《西京雜記》中偽造漢人文章。《西京雜記》之謬，《匡衡傳》註中顏氏已辨之，可考。（文集《又書孝經後》自註）
龍城雜記（柳宗元作）	偽，宋王銍作		柳文後《龍城雜記》，王銍性之所為也，子厚敘事文字，多少筆力，此記衰弱之甚。（卷一百三十八頁二不知何人記）
省心錄（林逋作）	偽，沈道原作		《省心錄》乃沈道原作，非林和靖也。（同頁不知何人記）
春秋指掌圖（蘇軾作）	偽		《指掌圖》非東坡所為。（同頁不知何人記）

書名	偽之性質及程度	朱子以前及同時之先覺	辨偽語舉要及其所載之卷帙
李陵答蘇武書（李陵作）	偽，魏晉人作		孔氏《書序》，不類漢文，似《李陵答蘇武書》。（卷七十八頁九吳必大記）
木蘭詩（梁橫吹曲）	唐人作		《木蘭詩》，只似唐人作，其間「可汗」「可汗」前此未有。（卷一百四十頁五李方子記）

（乙）方法方面

方法方面有一定之步驟，今綜合《語類》而通籀之，則其步驟凡五。

第一「求博學無方」。此為治學最低限度之基礎，涉獵不博，無論何種學問，皆談不上也。《語類》云：

「近日學者，多喜從約而不於博求之，不知不求於博，何以考驗其約。」（卷十一頁十二鄭可學記）

「孫毓云：『外為都宮，太祖在北，二昭二穆，以次而南』，出江都《集禮》。向作《或問》時，未見此書，只以意料，後來始見，乃知學不可以不博也。」（卷六十三頁三十六董銖記）

「人只是讀書不多，今人所疑，古人都有說了，只是不曾讀得。」（卷八十七頁十七李方子記）

第二「求精密工具」。績學既博，然後可以進而第二步談工具問題，苟工具窳劣，則一切學問，仍胥談不到也。工具問題，又略分數項：

（一）先求「識字」。《語類》曰：

「某解書，如訓故一二字等處，多有不必解處，只是解書之法如此，亦要教人知得看文字不可忽略。」（卷一百五頁一葉賀孫記）

《語類》中往往以一字之微，反覆討論，示門人以識字之法，其例至多，今舉數則：

「婺州《易傳》『聖』字亦誤用王氏說，『聖」』字從『壬』，不當從『王』。」（卷六十七頁九黃㽦記）

「《書》中『迪』字或解為『蹈』，或解為『行』，疑只是訓『順』字？《書》曰『惠迪吉，從逆凶，惟影響』。『逆』對『順』，恐只當訓『順』也……『棐』字只與『匪』同，被人錯解作『輔』字，至今誤用。只顏師古註《漢書》曰『棐』與『匪』同，某疑得之。」（卷七十八頁二十九不知何人記）

「《論語》『誾誾』，《說文》云『和悅而靜』。看得字義，是一難的事。誾誾有爭意。《漢志》『洙泗之間齗齗』，義同兩齒相爭。」（卷三十八頁三胡泳記）

「──『世』字與『太』字，古多互用，如『太子』為『世子』，『太室』為『世室』之類。」（卷一百四十頁十一輔廣記）

（二）次求「詳明音讀」。《語類》記其例云：

「先生命二三子說《書》畢，召蔡仲默及義剛語：因借先生所點六經，先生曰被人將去，都無本了。看公於句讀音訓，也大段子細，那『言天下之至賾而不可惡也』，是音作去聲字，是公以意讀作去聲？曰：只據東萊音訓讀，此字有三音，或音『亞』，或如字，或『烏路反』，仲默曰：作去聲也似是？先生曰：據某看，『烏路切』於義為近。說『雖是如此勞攘事多，然也不可厭惡。』而今音訓有全不可曉的，若有兩三音的，便著去裏面揀一箇較近底來解。」（卷七十五頁三黃義剛記）

（三）次求「詳明訓故」。《語類》云

「某解《語》、《孟》，訓故皆存，學者觀書，不可只看緊要處，閑慢處都要周匝。」（卷十一頁八萬人傑記）

「某所集註《論語》，至於訓故皆子細者，蓋要人字字與某著意看，字字思索到；莫要只作等閒看過了。」（同卷頁十五曾祖道記）

「詩書略看訓故，解釋文義，令通而已，其道理只在本文下面小字。儘說如何會得過他。」（卷六十七頁八黃㽦記）

（四）次求「校勘異文」。《語類》云：

「李善註《文選》，其中多有《韓詩》章句，常欲寫出，『易直子諒』，《韓詩》作『慈良』」（卷八十頁二李方子記）

「讀書自有可得參考處，如《樂記》『易直子諒之心』一句，『子諒』從來說得無理會。卻因見《韓詩外傳》『子諒』作『慈良』字，則無可疑。」（卷八十七頁二十八錢木之記）

第三「求鞏固證據」。第二步工具問題既已有相當把握，方可開始應用此項工具，應用工具，必須有第三者之保障，故第三步在「求證據」，在求堅定明確之證據，此點又略分數項：

（一）「自證」及「互證」。自證者，於本書中，以前後文，上下文為證；互證者，於同類中類集比觀以為證也。《語類》云：

「問：一般字卻有淺深輕重如何？曰，且看上下文。」（卷十一頁十七甘節記）

「看經傳有不可曉處，且要旁通，待其浹洽，則當觸類而通矣。」「經，皆要子細看上下文義。」（同卷頁十四萬人傑及不知何人記）

「讀書，若有所見未必便是，不可便執著，且放在一邊，益更讀書，以來新見。……學者須是多讀書，使互相發明，事事窮到極致處。」（同卷頁五輔廣記）

（二）「旁證」及「廣證」。旁證者，於不同類中，取又一方面之證據也；廣證者，一面向各種不同類中，博徵證據，不厭其多也，《語類》言其類云：

「詩之音韻，是自然如此，這箇與天通。古人音韻寬，後人分得密後隔開了。《離騷》註中，發兩箇例在前：「朕皇考曰伯庸，惟庚寅吾以降——洪——」，「又重之以修能——耐——紉秋蘭以

為佩。」（卷八十頁十五李方子記）

「問詩協韻，是當時如此作，是樂歌當如此？曰當時如此作，古人文字多有如此者，如正考父鼎銘之類。」（同頁鄭可學記）

「——漢《藝文志》引《中庸》云：『索隱行怪，後世有述焉。』『素隱』作『索隱』，似亦有理，鉤索隱僻之義，『索』『素』二字相近，恐　。」（卷六十三頁十廖德明記）

「孔《傳》云：『百官族姓』，程子謂無此說，《呂刑》只言『官伯族姓』，後有『百姓不親』，『干百姓』『咈百姓』皆言民，豈可指為百官族姓。《後漢書》亦云：『部刺史職在辨章百姓，宣美風俗』，『辨章』即『平章』也。」（卷七十八頁十四王過記）

「或問吳氏叶韻（按即吳棫《韻補》）何據？曰他皆有據，泉州有其書，每一字多者引十餘證，少者亦兩三證，然猶有未盡，因言：〈商頌〉：『天命降監，下民有嚴，不僭不濫，不敢怠遑。』吳氏云：『嚴字恐是莊字？漢人避諱，改作嚴字。』某後來因讀《楚辭・天問》，見『嚴』字都押入『剛』字『方』字去，又此間向音『嚴』作『戶剛反』，乃知『嚴』字自與『皇』字叶。……又如『兄弟鬩于牆，外禦其侮，每有良朋，烝也無戎』，吳氏復疑『侮』當作『蒙』，以叶『戎』字，某卻疑古人訓『戎』為『汝』，如『以佐戎辟』，『戎雖小子』，則『戎』『女』音或通？後來讀〈常武〉詩有云：『南仲太祖，太師皇父，整我六師，以修我戎』，則與『汝』叶明矣……因言古之謠諺皆押韻，散文亦有押韻者，如《曲禮》『安民哉』叶音『茲』，則與上面『思』『辭』二字叶矣，又如『將上堂，聲必揚，將入戶，視必下』，『下』叶音『護』。《禮運》、《孔子閒居》亦多押韻，《莊子》中尤多，至於《易・彖辭》皆韻語也。」（卷八十頁十六輔廣記）

（三）「物證」及「事證」。物證者，從物質之遺留以推求古事，朱子以前，呂大臨、黃長睿輩，據地下出土古彝器以駁正漢唐註疏及聶崇義禮圖，已開其例。朱子亦曾引薛氏《鐘鼎款識》以註《詩經》。事證者，以必然之事實，駁正空想，及鑑別古說可靠性之程度也。《語類》舉其例云：

「《詩序》多是後人妄意推想……如莊姜之詩，卻以為刺衛頃公，今觀《史記》所述頃公竟無一事可紀，但言「某公卒，子某公立」而已，都無其事。」（卷八十頁十三黃卓記）

「先生與曹兄論井田，曰：天下安得有箇王畿千里之地，將鄭康成圖來安頓於上？今看古地如豐鎬，皆在山谷之間；洛邑伊闕之地，亦多是小溪澗，不知如何措置？」（卷八十六頁十五黃卓記）

「問古尺何所考？曰：……《隋書》載十六等尺說甚詳，王莽貨泉錢古尺徑一寸，因出二尺，曰：短者周尺，長者景表尺。」（卷九十二頁一黃義剛記）

「因言服制之變……嘗見唐人畫十八學士，裹襆頭，公服極窄，畫裴晉公諸人則稍闊，及畫晚唐王鐸輩則又闊，相承至今，又益闊也。……嘗見南劍沙溪一士夫家，尚收得上世所藏襆頭，猶是藤織坯子。」（卷九十一頁五沈僩記）

「古者用籩豆，簠簋等，陳於地，當時只席地而坐，故如此飲食為便……某處有列子廟，卻塑列

子膝坐於地，這必有古像。」（卷九十頁五葉賀孫記）

於此「求證」一項，獨有一先決附帶之基本條件，則為「先當確定證據材料之基礎」也。蓋求證云者，所以徵取於第三者以為保障，故似此第三者無論有何種嫌疑而不可靠，則此證案，非徒完全不能成立，且將貽對方以絕大之反證也。此其例如朱子不信《詩．小序》以其無證，而呂東萊以為「小序便是證」，如原告同時欲自作證人，此真千古笑柄也。《語類》云：

「《詩序》實不足信……向嘗與東萊論此，渠卻云，安得許多文字證據！某云，無證而可疑者，只當闕之，不可據序作證。渠又云，只此序便是證……」（卷八十頁十三葉賀孫記）

第四，「求會通異同。」有證據者，固當臚列群證，不厭其多，以求鞏固，亦有無證之可求者，則必須比類屬辭，錯綜緯互，始可以見其會通，此法直至有清高郵王氏父子《經義述聞》、《經傳釋詞》，始應用嫻熟，完全成功，而其幼稚芽萌，似亦朱子創舉，《語類》多此例，今於《易》《書》二經舉其一二云：

「《易》中多有不可曉處：如『王用亨於西山』，此卻是『享』字，只看『王用享於帝吉』則知。……如『公用亨於天子』，亦是『享』字。」（卷六十七頁十六楊賜記）

「——『王若曰』，『周公若曰』，『若』字如《漢書》中『帝意若曰』之類。」（卷七十九頁二十九沈僩記）

「《書》中『弗弔』字，只如字讀，解者欲訓為『至』，故音『的』，非也。其義正如《詩》中所謂『不弔昊天』耳。」（同卷頁三十沈僩記）

「『忱』、『諶』字，只訓『信』。『天棐忱』，如云天不可信。」（同上）按先師王靜安先生正如此說。

第五，「求明瞭當時風俗人情」。此語以今語譯之，即求當時之社會背境也。此為方法上最後之一步，亦為比較更深刻之一步，晦翁所以詔示弟子者於此點甚為清楚。《語類》曰：「公不會看詩，須是看他詩人意思好處是如何，不好處是如何，看他風土，看他風俗，又看他人情物態。」（卷八十頁十八沈僩記）

（原載一九三〇年天津《大公報・文學副刊》第一四九期、第一五〇期，朱晦翁誕生八百年紀念論文）

秦以前華族與邊裔民族關係的借鑑

一

春秋以前，神州古史史料，至今未能充分，甲骨契文，及彝器金文之材料，雖日益滋出，其記載殷及西周二代中樞王朝與四方異族之史實，雖亦日見詳備，且為作者正在類集研究之對象，然其史實，僅為戰爭而已，欲尋繹其中靖邊或治邊之政策則固未能也。以龜契卜辭考之，殷民族環鄰之幼弟民族，若東面之夷方、肅，東北面之井方、基方，北面之土方、吕方、鬼方，西北面之馬方、羌方，西南之盂方、猷、乖，西南面之溝方，南面之南方、虎方，東南面戲方、三丰方、林方……等，殷民族僅與之有戰爭的接觸而已。其中接觸最頻數者厥為夷方，不但龜甲契文中疊見，且又記載於小臣艅尊、小子𡩜毁、小子□卣、作冊般甗等四器，然除記載為帝辛（紂）所征服外，他無所告於我人。最為強勁之敵人為殷民族之巨患者，則為土方與吕方。吕方後變為鬼方，《周易》中兩見之，云：「高宗（即武丁）伐鬼方，三年克之。」亦只述戰爭之艱困而已。卜辭中所記載，則並述及殷人令子晉、奴叙㛗、㠙友角……諸人率其部落嚴密監視此二方，日夜守備。並同時命洗臧率大軍多次痛擊。「子晉」其人，董作賓先生且定為武丁之子，殷之重視此土、邑二方之邊患至於如此。果爾，則有殷一代治邊政策之確可推見者，僅有一義焉，曰「嚴密戒備，寇來始擊」而已。

二

武王滅殷，形勢乃大變。周民族以新興未繁之人口，驟然佔領殷代廣大中原之一區宇，正如後世滿洲以新興未繁之人口，驟然佔領明代廣大中國之全土也。此時所最感困難者，為控制力量之不敷分配。清代應付此難題之策略，以「駐防營」之方法解決之。周代之應付對策，則以「封建」解決之。封建在周初的意義之一，為「武裝屯戍與殖民地永佔」。故就戰略的意義言，周之「封建」在此一點上等於清之「駐防」也。

周公之經劃封建，其用意之深刻與用心之縝密，至今猶令人驚異不置。余常透視周初封建的內在政策，發現其有：（甲）臨時治標計劃的五大政策，及（乙）根本久遠計劃的四大政策。（均詳另文）其（甲）臨時治標計劃中之第五項政策為：「克殷以後所新封之國，皆擇土地平衍肥沃可耕之區以建國，其鄰近之山岳地帶，以兵力不夠分配故，權採放棄戰略，致啟後日「華戎雜居」，及「蠻夷猾夏」的張本」。古經籍之史料，說明此點，至為明白。例如：

昭公十五年《左氏傳》：「……荀文伯對曰：晉居深山，戎、狄之與鄰……」

《國語七・晉語一》：「驪姬言於（獻）公曰：「翟（狄）之廣漠，於晉為都……」

哀公十七年《左氏傳》：「……初（衛莊）公登城以望，見戎州……」

僖公二十二年《左傳》：「初，辛有適伊川，見披髮而祭於野者，曰：『不及百年此其戎乎！其禮先亡矣……』」（在晉惠公遷陸渾之戎以前）

《後漢書・西羌傳》：「渭南有驪戎。」

此種現象，在西周時代已然，金文中已明白可考。如吳縣曹氏所藏之師酉𣪘云：

「唯王（約為周孝王）元年正月，王在吳（按陝西汧縣吳山），格吳大廟。公族琅釐入佑師酉，王呼史𤔲冊命師酉：嗣乃祖啻（嫡）官，邑人虎臣，西門夷、梟夷、秦夷、京夷、畁𡰥夷。」（《愙齋集古錄》六冊九頁十二）

此西門夷、梟夷、秦夷、京夷、畁𡰥夷族，五種異族，即與吳人雜居，共為「邑人虎臣」，而共受師酉一人所管理。其中之「秦夷」且即為後來秦國之同宗也。

以上自西周至春秋時之「華戎雜居」現象，在初期因土地與人口之分配率寬裕，故頗能相安無事。及中期，則華與戎兩方之繁殖力各自增長，民族壯健而膨脹，自不免有摩擦甚至流血之事。然至終期，則又因文化之力量，同化融結，合為一體，鑄為一族，更後遂無可分別矣。

三

與此「華戎雜居」約略同時之另一事實，則為異族之向內地流徙，此其自然力的原因，有如空氣密度較大的氣壓必向密度較稀的區域流注同一原理，亦當因廣大的中原腹地尚有空隙，足以吸攝人口予以填補之故。但在人事上的動因，則頗不一致；約有下列各端：

第一類，乃中國人有意命令其遷徙在指定地域，或招誘其居住於某一區域。此類事例，有如周成王遷「奄」族於蒲姑，周穆王徙犬戎之一部於太原：

「成王東伐淮夷，遂踐奄……成王既踐奄，遷其君蒲姑，作將蒲姑。」（《書序》）

「……至穆王時……乃西征犬戎，獲其五王，又得四白狼四白鹿，（按：狼鹿為北方民族之圖騰，直至《元秘史》記成吉思汗之遠祖猶然。）王遂遷戎於太原。夷王衰弱，荒服不朝，乃命虢公率六師伐太原之戎……宣王立，遣兵伐太原戎，不克。（按：《國語・周語》上，亦記宣王料民於太原事，可相互印證。）（《後漢書・西羌傳》。李賢註：「並見《竹書紀年》。」）

周穆王之遷犬戎五王於太原，正猶漢宣帝遷匈奴呼韓邪單于於晉北也。此後《春秋》經傳所見之「赤翟」「白翟」，蓋即此「太原之戎」之後裔，直至白翟最後華化之國——中山——滅亡，而始融入於中華民族的大爐之內而無間。又如晉惠公招誘瓜州之戎入居伊洛及晉南鄙：

僖公二十二年《左氏傳》：「秋，秦晉遷陸渾之戎於伊川。」

昭公九年《左氏傳》：「王使詹桓伯辭於晉曰……允姓之姦，居於瓜州。伯父惠公，歸自秦而誘以來（按：即指僖二十二年事）。使逼我諸姬，入我郊甸，戎有中國，誰之咎也？」

襄公十四年《左氏傳》：「晉將執戎子駒支，范宣子親數諸朝曰：「來！姜戎氏！昔秦人迫逐乃祖吾離於瓜州……吾先君惠公有不腆之田，與汝剖分而食之……」對曰：「昔秦人……貪於土地，逐我諸戎……惠公……謂我諸戎是四獄之裔胄也……賜我南鄙之田……」」

其後移居伊洛之一支戎族，又分為陸渾之戎、允姓之戎、揚拒之戎、泉皋之戎、陰戎、小戎、九州之戎、戎曼氏（從《公羊》）等小支，而分別同化入於晉楚二國。晉南之姜戎，其聚居之所，後遂稱為「令狐」（今猗氏縣西），直至最近其地附近發現「令瓜康叔壺」，（《三代吉金文存》卷十一）其語言、聲韻、文字，完全同化於中國矣。此一類也。

第二類，乃中夏統治者，徵發異族人民以補充軍隊，帥領征伐，因而蔓延於各內地。此類事例，最早在帝辛（殷紂）時已如此，紂以東夷為軍隊，故武王有「紂有億萬夷臣，維億萬心」之語，帝皇世紀有「夷臣皆倒戈而戰」之語，左昭十一年有「紂克東夷，而隕其身」之語。另一方面，周武王之伐紂，亦將西南八種異族徵發，編入其遠征軍隊，因而散入於中原：

《尚書・牧誓》：「王曰：嗟我友邦冢君……及庸、蜀、羌、髳、微、盧、彭、濮人。」

以後之「髳戎」即定居於伊洛郛郭。成公元年《春秋經》之「茅戎」，《公羊傳》之「貿戎」皆其後裔。其他如庸、盧、彭、濮，則散居於江漢之間，而最後同化於楚，即羌族，今有「羌伯歸夆」傳世（見《　齋集古錄》冊十七，頁二十三），其文字乃與大小盂鼎絕肖，足見其同化於中華之程度。此外如周厲王末年南征時，亦曾以「南夷東夷」編入軍隊。

威鼎：「……亦唯噩侯馭方，率南夷東夷，廣伐南國東國。」（《宣和博古圖》二頁二十一）

直至春秋時，此種情況，尚繼續而不消滅。例如：

成公六年《左氏傳》：「晉伯宗、夏陽說、衛孫良夫、寧相、鄭人、伊雒之戎、陸渾蠻氏，侵宋。」

則此後東南區宇，又不免有陸渾戎族之蹤跡矣。

第三類，乃異族膨脹之時，往往選擇中國諸夏最弱之點，恣意侵入，以繁衍其部族。例如長狄強盛之時，廣泛侵略邢、衛、溫、鄭、晉、齊、魯、宋……等國。今表之如下：

時間	事件	時間	事件	時間	事件
莊三十二年	狄伐邢	閔一年	狄伐邢	閔二年	狄滅衛
僖八年	狄伐晉	僖十年	狄滅溫	僖十三年	狄侵衛
僖十四年	狄侵鄭	僖十六年	狄侵晉	僖十八年	狄伐衛
僖二十一年	狄侵衛	僖三十年	狄侵齊	僖三十一年	狄圍衛
僖三十三年	狄侵齊	文四年	狄侵齊	文七年	狄侵魯

時間	事件	時間	事件	時間	事件
文九年	狄侵齊	文十年	狄侵宋	文十一年	狄侵齊
文十三年	狄侵衛	宣十五年	晉滅狄		

上表只舉《春秋》經傳中之長狄為例，（其他異族之入侵中夏諸侯，自然繁不勝舉，軼出本文主旨，概略去。）如閔二之滅衛，衛都遺民僅存七百三十人，遷奔於曹。《國語・齊語》又記僖二年狄人攻衛，衛人再奔於曹，至若邢國受狄人膨脹之威脅，終至不能立足於今日之邢台，而於僖元年遷國於山東之夷儀。（見《春秋經》）此後長狄雖亡，而白狄繼起，邢（順德府）、衛（彰德府）以北，漸漸為白狄所滋長、蔓延、盤踞，而最後竟立中山國（今河北定縣）焉。

四

上文既已申述，此種「華戎雜居」現象，初期固能相安無事，然相當時間以後，彼此各自膨脹，而土地未能適應同時膨脹，終不免發生磨擦，此至為自然之勢。尤以第三節第三類所述，異族先取攻勢的入侵，自更易以引起諸夏地主之反感。此反感，又可別為二類：

第一類：乃對於侵略野蠻行動之憤怒與譴責，因而降低侵略者民族道德之地位：

「戎狄豺狼，不可厭也！」（閔公元年《左氏傳》）

「翟，豺狼之德也……翟，封豕豺狼也，不可壓也。」（《國語・周語》中）

「……戎狄無親而貪……」（襄公四年《左氏傳》）

「……戎翟無親而好得……」（《國語・晉語》七）

「……戎，輕而不整，貪而無親，勝不相讓，敗不相救……」（隱公九年《左氏傳》）

「……夫戎翟，冒沒輕儳，貪而不讓，其血氣不治，若禽獸焉。」（《國語・周語》中）

「……狄無恥！從（縱）之，必大克。」（僖公八年《左氏傳》）

因憤怒其先取攻勢而侵略，從而詳加以觀察，而覺此類侵略蠻族道德與文化之低劣，如：（一）貪得無厭；（二）無組織，不團結（「無親」）；（三）無紀律，無訓練（「冒沒輕儳，勝不讓，敗不救」）；（四）無文化（詳下）。綜合印象而一得概念，彼實未能達到人類水準而尚滯鄰於禽獸。

第二類，則為華族本身優越感之自覺，愈後而愈強烈焉。華族與異族併肩雜居，比較至易，彼此觀摩，因而立見我族與彼族，生活、文化之不相伴。我族有德義之教育，忠信之習慣，甚至目有五色之養，耳有五聲之娛，而彼族則愚暗無一焉。

「……富辰曰……耳不聽五聲之和為聾，目不別五色之章為昧，心不則德義之經為頑，口不道忠信之言為嚚，狄皆則之，四姦具矣！（僖公二十四年《左氏傳》）

事實如此，則「民族優越感」自亢興而不能抑，於是應勢而有：

「……德以柔中國，刑以威四夷。」

「……我聞用夏變夷者，未聞變於夷者也。」

等呼聲（見僖二十四年《左傳》及《孟子》）。此呼聲並為五伯——齊桓、晉文——所採納而為政治動向之指導原則。同時並盛行下列輿論，以為此指導原則之呼應，之後盾。

「……勞師於戎……諸華必叛。戎，禽獸也，獲戎失華，無乃不可乎！」（襄四《左傳》）

「……勞師於戎而失諸華，猶得獸而失人也，安用之！」（《國語・晉語》七）

魯國政治家，對於平丘之會之批評，亦持循此理論不稍渝。

「平丘之會……子服景伯曰：晉信蠻夷而棄兄弟，必失諸侯！」（《國語・魯語》下）

可覘此理論，此原則，實為當時全體華族共同之見解也。

五

上述二項反感相交織，於是又茁生下列二項之結果，即：

（甲）管仲及齊桓公等的民族政策。

（乙）孔子及《春秋》作者等的民族主義。

當時全華諸侯，受領導於五伯，五伯創始於齊桓，而齊桓又以管仲為靈魂，管仲之政治動向，又採納當時全面輿論以為其指導原則。故因管仲之政策，以主宰齊桓之力量，而齊桓之力量，又為諸夏民族之保障。以故在當時，則：「……天下之諸侯，知桓公之為己勤也；是以諸侯之歸之也，譬若市人。」（《管子．小匡》）直至二百年以後，孔子猶稱：「桓公九合諸侯，一匡天下……民到於今受其賜。」而對於此民族政策主動者之管仲，尤傾倒感激不盡：「微管仲，我其被髮左衽矣！」（並《論語》）

是孔子於二百年後，獨承認桓公管仲之政策，直為中華民族文化所賴以存在之保障。更後數百年，傳《春秋》之公羊學家，於此「民族政策」猶能有深刻之認識。故其言曰：「南夷與北夷交，中國不絕若線。（齊）桓公救斗國而攘狄夷……以此為王者之事也。」（《公羊僖四年傳》）

至於管仲主持此「民族政策」之動機，固因管仲自能認清其時代環境之需要，亦因當時客觀條件對此需要之迫切，已形成普遍一致之輿論有以促進之。此在經典亦明白可考：「狄人伐邢，管敬仲言於齊侯（桓公）曰：「戎狄豺狼，不可厭也。諸夏親暱，不可棄也。宴安酖毒，不可懷也……請救邢……」……齊人救邢。」（閔元年《左氏傳》）此殆為桓公五伯事業之起點，其後不斷循此動向而努力。

「……南伐，以魯為主（居停，地主）。西伐，以衛為主。北伐，以燕為主……南伐楚，使貢絲於周室。中救晉公，禽狄王，敗胡貉，破屠何，而騎寇始服。北伐山戎，制令支、斬孤竹，而九夷始聽。西征攘白狄之地……西服流沙西虞，而秦戎始從。然後率天下，定周室……」（管子．小匡》）最後，團結中夏；中國各處軍略要點上之永久防禦工事完成，而此政策，此霸業之基礎於焉鞏固。

「桓公，管子……築：葵茲、晏、負夏、領釜丘，以禦戎翟之地，所以禁暴於諸侯也。築：五鹿、中牟、蓋輿、牡丘，以衛諸夏之地，所以示權（管子作「勸」）於中國也。」（《國語・齊語》）此後五伯的承襲者——晉文公——繼續此政策，幾次統帥諸侯攘赤狄而尊王室（僖二十五年及二十八年等均見《春秋》內外傳），後世遂名此政策曰「尊王攘夷」。今日我儕解剖而透視其意義，則固為顯著之民族政策也。

六

五伯以後，此政策深漬於人心，且逐漸深入而理論化，遂凝固而成為主義。《春秋》，魯史之舊文也，此魯史之撰述與編輯者，強烈含抱此主義而不能自抑流露於簡牘行間。孔子，修「春秋」、傳《春秋》者也，孔子之民族主義，尤為堅決而正大！今試遞次述之：

《魯頌》之詩人，造魯僖公之讚美詩曰：「戎狄是膺！荊舒是懲！」鄭玄箋云：「魯僖公與齊桓，舉義兵，北當戎與狄，南艾荊及群舒。」（按：此即《管子・小匡》篇所云「南伐，魯為主」也。）成風，一小國之婦女也（魯僖夫人），而亦熟知「蠻夷猾夏，周禍也」之理論：「……成、宿、須句、顓臾，風姓也。實司太皞與有濟之祀、以服事諸夏。邾人滅須句，須句子來奔，因成風也。成風為之言於（僖）公曰：崇明祀，保小寡，周禮也。蠻夷滑夏，周禍也……二十二年春，公伐邾，取須句，反其君焉。」（僖二十一年《左傳》）

孔子以前之空氣如此，至於孔子，則其民族主義，既堅決而正大，亦公正而和平。於夾谷之會，當齊魯二君之前，大聲宣示其民族主義之信念：「夏，公會齊侯於夾谷。孔丘相……齊使萊人以兵劫魯侯……孔丘以公退，曰：士兵之！……裔不謀夏，夷不亂華，俘不干盟，兵不逼好！於神為不祥，於德為愆義，於人為失禮……齊侯聞之，遽避之。」（定公十年《左氏傳》）

此「裔不謀夏，夷不亂華」之二語，殆為孔子所具民族概念中最基本之信條。若不踰越此信條，則孔子始終保持「言忠信，行篤敬，雖蠻貊之邦行矣」之感化態度。若踰越此最低限度之信條，則以「溫良恭儉讓」之孔子，亦毅然決然大呼曰「士兵之！」既流血亦有所不卹矣。

承孔子之政治思想而發揮春秋大義之公羊學派先師，於此點民族主義，所謂「夷夏之防」者尤反覆嚴辨，堅強樹立。更進一步，思以行動實現其民族主義，其行動之要諦，為「春秋內諸夏而外夷狄。」（成公十五年《公羊傳》）

所謂「內」，古人通「納」。故其意以現代習語釋之，為集納，為團結。「外」，則為排斥，為擯遠。此為公羊學家民族主義之總綱。其他，凡足以表示華族之尊嚴，及排擠異族之鼓吹，公羊經師，無不隨事隨處，僇力予以宣傳與揄揚：

「戎伐凡伯，執之也。則其言「伐之」何？不與夷狄之執中國也。」（隱七年《公羊傳》）

「荊敗蔡師，以蔡侯歸。曷為不言其獲？不與夷狄之獲中國也。」（莊十年《公羊傳》）

「執宋公。曷為不言楚子執之？不與夷狄之執中國也。」（僖二十一年《公羊傳》）

「吳敗頓、胡、沈、蔡、陳、許之師……不與夷狄之主中國也。」（昭二十三年《公羊傳》）

「公會晉侯、吳子於黃池。曷為先言晉侯？不與夷狄之主中國也。」（哀十三年《公羊傳》）

所請「不與」，意義等於「不許」，亦猶今人之不承認政策也。

「公追戎於濟西，此未有言伐者，其言追何？大其為中國追也。此未有伐中國者，則其言為中國追何？大其未至而豫禦之也。其言濟西何？大之也。」（莊十八年《公羊傳》）

所謂「大」，意謂「擴大褒揚」。凡能為中國故豫防異族之侵略者，皆春秋之義所應擴大褒揚者也。

《春秋》經傳所培養民族主義之學說，至此實已荐臻於完成，一貫中心思想建樹成立，自此以後，華族與異族種種之關係，皆得以此中心思想為衡斷之準則矣。

七

中華民族中正和平之天性，得自秉彝，故舉凡「太甚」之思想與行為，皆非華族之所樂。公羊經師之民族意識，乃較任何學派為強烈，然亦提倡「寬仁」以為接待異族之美德。此可於貶抑齊人伐山戎一事以見之。莊公三十一年《公羊傳》：「齊人伐山戎。此齊侯也，其稱「人」何？貶。曷為貶？子司馬子曰：蓋以操之為已蹙矣！」何休《解詁》云：「操，迫也。已，甚也。蹙，痛也。迫殺之甚痛。戎亦天地之所生，而乃迫殺之甚痛，故貶。惡不仁也。」華族之民族主義，既以「寬仁」為基礎，故苟異族之不相侵，甚或異族相侵而已和，則恒與之盟好和協，完全立於平等之地位，而決不願以文化或武力之優越，以之自驕而抑人。此在春秋時齊、晉、魯、衛諸大邦，每與狄戎異族會盟可見也。

隱公二年《經》：「公會戎於潛。」又「公及戎盟於唐。」

桓公二年《經》：「公及戎盟於唐。」

文公八年《經》：「公子遂盟雒戎於暴。」（以上魯與雒戎）

僖公二十年《經》：「齊人狄人盟於邢。」

僖公卅二年《傳》：「衛人及狄盟。」（以上齊衛與長狄）

宣公八年《經》：「白狄及晉平。」

宣公十一年《經》：「晉侯會狄於欑函。」又《傳》：「晉郤成子求成於眾狄。」（以上晉與赤狄白狄）

昭公十九年《傳》：「郳人、郯人、徐人會宋公……同盟於蟲。」（以上宋與東夷）

當時政府及統治者之態度，尚樂與文化落伍之戎狄「平」「成」「會」「盟」。則知孔子「言忠信，行篤敬，蠻貊之邦行矣」之教，實乃代表絕大多數華族上流人士共具之德性也。

八

華族與其環鄰及雜居之「幼弟民族」，既有政治上平等之聯繫，於是乎各種幼弟異族同化於華族速率，乃愈益增進。政治聯繫促進之結果，最先受其影響者，厥為經濟利益之發展。蓋理由至為明顯，政治安定，則戰爭停止，貿遷有無，自然繁盛，雙方均可蒙受其所欲得之利益也。此例，晉魏絳之和諸戎事，最適宜以說明之也。

「無終子嘉父使孟樂如晉，因魏莊子納虎豹之皮，以請和諸戎。晉侯（悼公）曰：『……不如伐之。』……魏絳曰：『和戎有五利焉，戎狄荐居，貴貨易土，土可賈焉，一也。邊鄙不驚，民狎其野，二也。戎狄事晉，四鄰振動，三也。師徒不勤，甲兵不頓，四也。……』公悅，使魏絳盟諸戎』。」（襄公四年《左氏傳》）

「晉侯以樂……賜魏絳曰：『子教寡人，和諸戎狄，以正諸華，八年之中，九合諸侯……』」（襄公十一年《左氏傳》）

「（悼公）五年，無終子嘉父使孟樂因魏莊子納虎豹之皮以龢諸戎。公曰：……不若伐之。魏絳曰……戎翟荐處，貴貨而易土，與之貨而獲其土，其利一也。邊鄙耕農不儆，其利二也。戎翟事晉，四鄰莫不震動，其利三也……公說，故使魏絳撫諸戎，於是乎遂伯……十二年，公賜魏絳女樂……曰：子教寡人和戎翟而正諸華，於今八年，七合諸侯，寡人無不得志……微子，寡人無不待戎，無以濟河……」（《國語・晉語》七）

因政治和平而促進經濟之發展，此為最佳明證。晉民族之經濟生活，已進至於手製工藝品生產，有過剩之工品待銷，而人口日繁，缺乏土地之開拓。戎翟民族之經濟生活，尚滯留在狃獵生產，缺乏工製品之應用，而地廣人稀，土地過剩。彼此有無貿易，真乃「各得其所」。此即晉和戎後之第一利益，而戎人之更易漢化，自可想見。

更後，乃至有托辣斯焉，專營華族與異族之國際進出口貿易，因而致鉅富者矣，戰國末葉之烏倮是也。

「烏氏倮，畜牧。及眾斥賣，求奇繒物，間獻遺戎王。戎王什倍其價，與之畜。畜至用谷量馬牛（謂多至以「一山谷」「二山谷」計數）。秦始皇帝令倮比封君，以時與列臣朝請（蓋利其馬以作騎兵）。」（《史記・貨殖列傳》）

先秦以前之中國之絲織品，本為世界震驚之珍物，衣被且遠及於羅馬，中國因此而得Sirendia之名。則與中國近鄰之戎翟，其酷嗜深愛中國之「奇繒」與「文繡」，自更在意中事矣。《史記・張儀列傳》附犀首傳，亦記秦惠王「乃以文繡千純……遺義渠君」事。此「奇繒」與「文繡」，實為華族文化之先鋒隊焉。

以上為同化進程之第一步。

九

狃獵畜牧生產，遞進而為農稼生產，此本為人類生活史上必然之趨勢。若一種民族早已進入農稼生產之階段，則與之接觸往來之鄰居民族，觀摩倣效，受其激刺，其農業化自更迅速。此亦至淺顯之事理也。各種環鄰華族之異族，雖酷嗜中國之工製品，然工製品非倉卒所能倣造也，故其同化之意義，尚為仰賴、愛慕、醉心……諸性質。至於摹倣、試行，棄其本身之舊生活，而投入於華族同樣之生活，實行華化者，則以「農業生產」開其端，中國民族又頻頻以農田之利以誘導之，招引之，如晉惠公以田土招誘戎吾離之東遷：「……將執戎子駒支，范宣子親數諸朝曰……乃祖吾離被苫蓋，蒙荊棘，以來歸我先君。我先君惠公有不腆之田，與汝剖分而食之……對曰：惠公蠲其大德，賜我南鄙之田，狐狸所居，豺狼所嗥。我諸戎除翦其荊棘，驅其狐狸豺狼……」（襄十四年「左氏傳」）

又如晉士蔑以田土為餌以誘戎蠻子：「……士蔑乃致九州之戎，將裂田以與蠻子而城之，且將為之卜。」（哀四年「左氏傳》）可見當時之戎，皆已受華化而進入於農稼生產矣。其在金文，則師寰既云：「淮夷繇我貴畮臣。」兮甲盤云：「淮夷舊我貴畮人。」淮夷對周，既久已貢布帛畎畮之賦，則淮夷在西周時已進入於農稼生產矣。此農業化之蔓延於東南隅異族也。及至戰國末葉，則西南隅氐、羌、苴、巴諸異族之間，亦已大興農田矣。如先秦李冰之開發成都平原之農田水利是也。「蜀守冰，鑿離碓，辟沫水之害，穿二江成都之中……百姓饗其利，用溉田疇之渠，以萬億計。」（《史記・河渠書》）「秦昭王使李冰為蜀守，開成都縣兩江，溉田萬頃。」（應劭《風俗通義》）其在東北隅，則今河北北部及察哈爾一帶之異民族，且以「田」及「蠶」著稱於世矣。「燕、代，田畜而事蠶。」（《史記・貨殖列傳》）概括言之，則秦以前，除陰山以北沙漠地區，及氣候極寒之地帶外，華族發明之農稼生產，已普遍同化及於四鄰之異族矣。

以上為同化進程之第二步。

十

環華諸異族，既因同化而進入於農業生產矣，則其生活方式，習慣風俗，皆漸變為「農村型」，而與諸華逐漸接近以至於無別。此經濟基礎，生活方式，習慣風俗……等物質條件既能協調，則各民族互通婚姻之事，自更繁密而便易，於是乎血輪亦互相結合矣。此在古時華族與各異族間，平民之互通婚姻，雖不克具有記入經典之資格，因而無紙面史料傳於今日，然其事之多，可以皇族及貴族之通婚異族為比例而推見之焉。以古經典考之，則周代皇室，在西周時已取異族女子為后為妾，至東周而不改。

例如西周幽王之娶申后。申后者何？乃申戎之女子也。此戎族，非華族也。此族殷代已有，甲骨文中記方國各名，屢見有名「串」之地。且有一片，記載此族與「周」有交涉（見《鐵雲藏龜》頁二十六，片二）。知此族與周民族為鄰居。此「串」族，在經典或誤為「串夷」，《大雅・皇矣》之詩云「串夷載路」是也。或誤為「申戎」，《竹書紀年》云：「宣王立，戎人滅姜侯之邑（按：其後申亦遂自稱姜姓）。明年，王征申戎破之。」（《後漢書・西羌傳》）是也。幽王既立申女為后，生太子宜臼，其後因寵褒姒之故，欲廢申后，廢太子，以故「申侯」率領「申戎」、「西戎」、「犬戎」，寇周而殺幽王。此申戎、西戎、犬戎為不同之聯盟戎族，《史記》周本紀，秦本紀，記載皆極明白。

及至東周，襄王又娶赤狄之女以為后。《國語・周語》中云：「襄王十三年……王德翟人，將以其女為后。富辰諫曰：……翟，隗姓也……王以翟女間姜任……棄舊也……弗聽……」韋昭註：「隗姓，赤翟。」後翟后與襄王弟王子帶私通，釀成大亂，而諸夏貴族娶戎女之風方興未艾。此風於晉為尤甚，幾使後世疑其有意如此提倡，以側助政治力量者？如晉獻公初娶戎族二姬，華夏盟主之晉文公，即華戎之混血兒也。

「晉獻公娶二女於戎，大戎狐姬生重耳，小戎子生夷吾。」（莊公二十八年《左氏傳》）又娶驪戎之女，生夷齊、卓子：「獻公伐驪戎，克之。滅驪子，獲驪姬以歸，立以為夫人：生夷齊。其娣生卓子。」（《國語・晉語》一）其後晉文公亦傳其父風，娶赤狄之女。又分其姊以妻趙衰。名震諸夏之趙盾，又華戎之混血兒也。

「晉公子重耳出奔狄……狄人伐廧咎如，（杜註：「廧咎如，赤狄之別種也，隗姓。」）獲其二女——叔隗、季隗——納諸公子。公子取季隗，生伯儵，叔劉。以叔隗妻趙衰，生盾。」（僖公二十三年《左氏傳》）此其事皆偶然記載於經典中者也。然經典固不能每事悉記之，故如：「晉侯使呂相絕秦曰：……白狄及君同州，君之仇讎而我之婚姻也。」（成十三年《左傳》）是晉侯又與白狄為婚姻，其事經典所未見。以此例推，則上述之事例乃千百件中之一二耳。

晉固如此，齊亦何獨不然。我儕試一查齊國之後宮，則發現齊靈公之諸妾中，有「戎子」其人焉。齊固如此，魯亦何獨不然。魯昭公之夫人曰「吳孟子」，凡「子」姓，金文皆作「好」姓，此娶於「好」姓之「攻吳氏」，非娶於「姬」姓之「吳氏」也。故孔子許以「知禮」也（此作者自有詳考）。

戎狄之女子，固多嫁媵於華族；華族之女子，亦多出嫁於異族。故當時民間婚姻之現象，乃雙方交互對婚，而非片面姿選女子也。華族女子嫁於異族之例，如晉景公之姊嫁於赤狄：「晉師滅赤狄潞氏……潞子嬰兒之夫人，晉景公之姊也。」（宣十五年《左氏傳》）其後趙國承其遺風，故趙簡子之女，嫁於代王：「趙襄子姊，為代王夫人。」（《史記・趙世家》）「襄子慮所以取代，乃先善之。代君好色，請以其姊妻之……」（《呂覽・長攻篇》）至於秦，則幾以「女樂」，「好女」，為政治工具之要素：「穆公三十四年……以女樂二八遺（西）戎王，戎王受而悅之。」（《史記・秦本紀》）「秦（惠）王乃以文繡千純，婦女百人，遺義渠君。」（《史記・犀首列傳》）「秦惠王滅巴，以巴氏世尚秦女。」（《後漢書・西南夷列傳》）

結果，每次皆以婦女政策而成功，然此則鄰於卑鄙矣！更有無恥之尤，令人駭異者：「秦昭王立，義渠王朝秦，遂與昭王母宣太后通，生二子。周赧王四十三年，宣太后誘殺義渠王於甘泉宮，因起兵滅之。」（《後漢書・西羌傳》。他書記載甚多）欲滅義渠，而至以國母為倡！已生二子，而殺之不異犬羊，秦之無恥，至此殆云極矣。然以為無恥乎？漢、隋、唐之「宗女和親政策」，其作用既師此故智，其寡恥亦何異於此也，蓋至宋而此恥始革，然柔懦不振之恥，又代此而起也。

至於華族士大夫間，與異族交互婚姻之史實，雖無明文可考於經典，然而知其必有此事實也。最近始得地下發現遺器之材料加以證實矣：番匊生壺：「番匊生鑄媵壺，用媵厥元子孟妃羌……」（最近出土《三代吉金文序》）番氏為妃姓之華族（後變為潘氏），而番匊生之長女（元子）孟妃乃嫁於羌族，稱「孟妃羌」，此壺即其嫁時之媵奩也。（詳吳其昌撰〈金文氏族疏證〉。）華族與羌族之通婚既有實物之明證，則與其他異族之通婚，亦不難因此例而推見之矣。

以上為同化進程之第三步。

十一

經濟機構既同，婚姻血系既通，則諸族與華族之融合為一體，殆至水到成渠急轉直下之形勢矣。

今再從語言、文學、學術、思想等方面之同化經過情形一觀察之：

第一，先從地下出土三代古器物以考核之。最先我人所得之感想，則四鄰異族銅器之鑄造與藝術，與華族所鑄造者，其藝術之精美與數量之豐富，毫不相讓。西戎族之秦，南蠻族之楚，越、淮夷民族之徐，東南夷之攻吳，東夷之邾、莒，直至今日其出土遺器之多，此文不勝枚舉。從此種彝器之銘文考之，則其語言、文字完全與諸夏一致而更無第二系統，足見其完全淵源於諸夏。且其文學之美妙，與諸夏彝器銘文相較，毫無愧色。如攻吳族遺器之皮難鐘、其彤句鑃；秦族遺器之秦公鐘、秦公既；徐族遺器之王孫遺諸鐘、沇兒鐘；邾族遺器之邾公牼鐘、邾公華鐘；莒族遺器之鄘侯既、簷太史鼎；楚族遺器之酓章鐘、曾姬無卹壺；越族遺器之者召鐘、姑馮句鑃……等，皆為用韻之詩，或有韻之散文詩。不但音節鏗鏘，且由其韻，足以實證當時各民族語言之發聲，與中原民族一致。

其他各異族，今亦陸續有遺器發現：如白狄之鮮于族（即中山），今有秋氏壺出土（藏柏林民族博物館）；允戎之令狐族，今有令狐康叔壺出土（藏加拿大博物館）；晉南之羌族，今有驫羌鐘（共十四件）出土（分藏加拿大及日本）；渭水上游之羌族今有羌伯□出土（收藏者不詳）；甚至苗族亦有苗嫩盨出土（舊藏清故宮）；匈奴族亦有匈奴相邦印出土（藏黃賓虹氏）。不特此也，其他不著名之弱小夷族中亦有其所作遺器陸續出土者，如偭王鉨，賀王卣及鼎、要君盂（孫詒讓藏），啇君壺，繖宻君缾……等等，此文亦不勝枚舉，皆足以見當時之「大東亞」之文化大樹，只為一根之所生長，乃一元的而非多元的也。

第二，從經典之記載上以考察之：襄公十四年《左氏傳》記載戎子駒支應對范宣子之語，雖云

「吾諸戎與華，贄幣不通，言語不達」，但此指下層社會之「文盲」而言。「文盲」固至今日尚未能盡掃也，何有於古。至於戎子駒支本人，則其以華語與范宣子辯論，辭令之善，范宣子且為之壓倒！最後並賦《青蠅》之詩而退。（「營營青蠅止於樊，愷悌君子，無信讒言！」）斷章比義，何其確切也。則戎子駒支，即目之為中國詩翁、文學家，何不可乎！

東南蠻夷（成七《左傳》）之攻吳族，乃有醉心華化，人格丰度，照映當代，道德文章，高視百世，與孔子、子產、晏嬰、蘧瑗、叔向等為友之公子季扎出焉，此實攻吳民族無上之光榮，亦為華族文化之無上光榮也。襄公二十九年《左氏傳》記載吳公子扎觀周樂，觀周舞，其讚美批評之詞，詳盡至近千言，今日讀之，猶令人神往。其歷聘魯、齊、鄭、衛、晉、徐等國，與當時各國名流之議論，深刻合理，與孔子之見解相近。季扎固為非常傑出之英賢，然當時攻吳族之文化水準亦大略可覘也。

第三，以言學術及思想，則中國在孔子以前，無所謂學術及思想。（諸子出於王官之論，今人咸知其非矣。）中國之有思想系統及學術流派，概自孔子始。自孔子設教於洙泗，四方弟子來學者無間於華戎。通籍三千餘，著學七十二，以孔子「有教無類」、「誨人不倦」之精神，則此三千餘弟子之中，自不少無數之夷狄弟子在，獨惜無從稽考耳。其七十二通學之名籍，則因有《史記・仲尼弟子列傳》在，故頗能窺見一二：例如七十二弟子中有「狄黑」其人，此人之為狄人，眾所共知也。又有「左人郢」。（其昌按：凡《春秋》中之「左人氏」，皆白狄種也。證在《國語・晉語》九。）則孔門高弟中有狄人及白狄人也。漢鄭康成有孔子弟子目錄，《史記集解》引之。七十二弟子中，計：「公孫龍，鄭玄曰：楚人。」「任不齊，鄭玄曰：楚人。」「秦商，鄭玄曰：楚人。」又列傳及《漢書・藝文志》並云：「孔子傳易商瞿，瞿傳楚人馯臂子弘（或作子弓）。」則孔門高弟及再傳弟子中有南蠻之楚人四也。（楚人三次自承為「蠻夷」，余另有考。）又列傳中：「秦祖，鄭玄曰：秦人。」「壤駟赤，鄭玄曰：秦人。」是孔門高弟中有西戎之秦人二也。至於東南夷之攻吳民族，則承王子季扎提倡華化之遺風，故所產人材尤高，至在孔門十哲之位，子游是也。列傳：「言偃，吳人，字子游，少孔子四十五歲。」《論語》記子游為武城宰，孔子過，聞絃歌之聲……蓋亦與季扎同風，醉心於中國之禮樂者。

及後百年而至孟子之時，則孟子嘗述：「陳良，楚產也。悅周公仲尼之道，北學於中國……」且云：「北方之學者，未之或能先也。」其稱許之至如此。

更後而至於戰國，則東夷民族、淮夷民族，南蠻民族中之偉大學者，日益挺出。如鄒衍、鄒奭，以「鄒」為氏，「鄒」即「邾婁」之合音，乃東夷民族也。老子為苦人，莊子為蒙人，皆淮泗之夷。尸子、長盧、黃繚，皆為楚人。熳爛光輝，與諸夏上國爭烈矣。

按其實際，則至戰國時，秦、楚、徐、吳、越諸民族，皆已變為華夏民族之一體，無論對人對己，皆已知此公認矣。以上為同化進程之第四步。

十二

同化進程達第四步，則向之自認為蠻夷，或被人目為戎狄者，皆已融合於華夏民族而成為一體，於是目更遠之民族為蠻夷，為戎狄。而秦、楚、吳、越諸民族，即以昔日被同化之文化，承認為自己之文化，而更以此文化同化其他之異族，此至富趣味之事也。

戰國末葉，北方秦、趙、燕三大強國，對於同化更北之異族，經營不遺餘力。隨軍隊干戈之所往，而農人之鋤頭同時到達以墾熟其處女之荒地。於是農業生產，遞次開拓向北推進。而政治力量，又隨農人之鋤頭而同時俱進。於是北方異族游牧地區之郡縣化，日益增力。例如：

「秦武公十一年，伐邽冀戎，初縣之。」（《史記．秦本記》）

「秦惠文君十一年，縣義渠。」（《史記．秦本記》）

「秦有：隴西、北地、上郡。」（按：秦尚有九原郡。《史記．匈奴列傳》）

「趙武靈王置：雲中、雁門、代郡。」（同上）

「燕置：上谷、漁陽、右北平、遼西、遼東郡，以拒胡。」（同上）

經濟機構既已農業化，而人民居住固定。政治設施既已郡縣化，而地方組織完密。於是中國可以更進而徵發其民族以編制軍隊，此等異族遂與中國公民無異，亦服兵役之義務矣。此風至秦漢之際而不改。當時頗有異族軍隊著名於戰陣，而「樓煩軍」為尤著。

顧炎武《日知錄》云：「〈趙世家〉：武靈王……遇樓煩王於西河而致其兵，「致」云者，致其人而用之也。是以楚漢之際，多用樓煩人別為一軍。高祖〈功臣侯年表〉：陽都侯丁復，以趙將從起鄴，至霸上為樓煩將。而〈項羽本紀〉：漢有善射騎者樓煩。則漢有樓煩之兵矣。〈灌嬰傳〉：擊破柘公王武，斬樓煩將五人。攻龍且，生得樓煩將十人。擊項藉軍陳下，斬樓煩將二人。攻黥布別將於相，斬樓煩將三人。〈功臣表〉：平定侯齊受，以驍騎都尉擊項藉，得樓煩將。則項王及黥布，亦各有樓煩之兵矣。」

按：亭林先生考樓煩軍固甚詳，然尚不知當時不獨有「樓煩軍」，尚有編制「北貉人」為軍隊者，甚至尚有編制「匈奴胡人」為軍隊者，例如：「高祖四年，北貉燕人，來致梟騎助漢。」（《漢書・高祖本紀》）「因擊陳豨……破豨別將胡人王黃軍於代南……破豨胡騎橫谷……虜大將王黃……」（《史記・樊噲列傳》）至此而華族與諸異族之關係，從自然性之血統言，從社會性之經濟、政治、軍事言，從文化性之語言、文字、文學、藝術、學術、思想言，皆已絕對融合為一體而無可分別矣。

以上為同化進程之第五步。

更至後世，「大中華民族」即循此軌道而造成者也。愈併合而愈大，愈融化而愈厚，自先秦以後，直至今日，「大中華民族」之血爐，已融溶各種不同民族之血球，無慮三百種以上矣。至今日而漢、滿、蒙、回、藏、韓、台、猺、儸、苗……集合而成立「中華民國」。權利、義務，平等分屬於各個人，兄弟鬩牆，風雨共舟，如手足骨肉之相互助，之相提攜，以完成建國禦侮之百世大業，雖極艱難，而歡樂欣慰，可以忘苦。孰知今日之成績，乃二千年以來吾祖宗無數淚血之所賜也。

能顧念祖宗二千年淚血之勞績，並愈益親愛團結，發揚而光大之，即其昌此文之作，主旨之所在也。吾「大中華」各族同胞，其共鑑於斯。

中華民國三十年二月二十五日，攻吳族，海寧吳其昌，草成於蜀郡嘉州。

（原載《邊政公論》第一卷第一期）

兩漢邊政的借鑑

一

上文已敘述秦以前環鄰中華之各種不同之異族、血統、文化、社會各方面皆已熔鑄為一族，出之於同一之定型而不復能強加以分別，是固然矣。然此種被同化之異族，類皆自邊裔之區遷徙入中原而華戎雜居者，或邊裔異族之居處接近華族者，故得受薰習觀摩，互通婚姻，積久而遂成一家也。亦有較遠之邊裔，與華族接觸甚疏，則隔閡自屬不易消滅。甚或有本為近裔民族，與華夏血胤或係近親，因游牧時代居處無定之故，舉部遠徙，愈離愈遠，原為同族而反分析形成二族者，亦頗不鮮。舉例言之：如「北唐」，原為昆吾一族，殷時居於後世之「衛」地，在今河南新鄉附近，實為純正之中原民族。殷末北徙於晉陽，猶在諸夏範圍以內。武王克殷時，北唐忽起內亂，成王時周公乘勢滅亡北唐，以其地封成王小弱弟叔虞，故為「唐叔」（後為晉之始祖）。此北唐民族一部被周公內徙至渭水流域杜鄂附近，遂為春秋時之「湯杜」。（凡古文「湯」皆作「唐」。）其一部北向遠遁者，周人目之為「北唐」，〈王會篇〉已列之於正北方夷狄之中。《竹書紀年》記穆王時「北唐之君來見」，已為甚荒遠之國家矣。至若「大夏」，則其情形更甚於此。《史記》言「禹鑿龍門，通大夏。」故唐《括地志》云：「大夏，今并州晉陽及汾、絳等州地。」是最初大夏乃在今山西之南部！諸「夏」之名，實即從此演出。不謂至〈王會篇〉時，「大夏」一族反已列入北方夷狄之伍。更不知於何時窮遷遐舉，移殖於中亞細亞媯水Oxus南岸，而建國曰Bactria。月氏之情形亦復相同。最初曾與大夏一度並居於晉陝之北部，《管子》稱之曰：「禺氏」，後徙居於祁連敦煌間。及為匈奴冒頓單于所破（公元前一七六），遂於文景間窮遷遐舉，移殖於中亞細亞媯水之北岸。後乃建立有名之Kusan王朝。又如甲骨文中之「肅」或「東肅」，本居於春秋時郳國（小邾）之附近，即今山東、江蘇之界際。其遺族留居之區，至今尚存有「蕭」縣之名。但其向東北遷移之族，所謂「東方肅慎氏」者，在武王滅紂時已遠在遼東矣。更後肅慎氏之分支——濊、貊、韓諸部更東南移而為今朝鮮民族之初祖。若此諸例，悉舉而詳述之將成為豐鉅之中國移民史，與本文將異其旨趣。總之，以地域傅近，及民族遷徙，政教接觸，社會觀摩，文化流灌……以至於血液混合等因素，截止秦以前，無數之異族已與華族融鑄化合為一族矣。此後所述，又以此融鑄化合之一族為基本，而與較遠或更遠之異族發生種種交涉及種種後果之史獻也。

等，最後同熔入於秦民族中。（見《史記》之《秦本紀》、《六國年表》、《匈奴列傳》，《前後漢書・西羌傳》等）留晉北者，則後分支為「代戎」、「襜襤」、「林胡之戎」、「樓煩之戎」……等，最後熔入於趙民族中。（見《史記》之《趙世家》、《廉藺列傳》、《匈奴傳》等），是此匈奴在漢以前，已不知有無數之支派，改變為華族矣。但其遠居於沙漠以北之本族，因有大磧之隔，氣候之異，未能與華族同化。且因天時地理之自然原因，養成其飄忽悍強之天性。又因其物產之窮乏，引誘其南下以掠奪華族之野心。是故自秦以來，華族對此強悍而寇盜之鄰族，一貫以堅強防禦為政策，以示威的守勢為最高原則。

秦始皇帝以前此種政策已逐漸為北華諸強國所採用，如趙之名將李牧即其一人。《史記・廉藺列傳》云：「李牧者，趙之北邊良將也。常居代、雁門，備匈奴……習騎射，謹烽火，多間諜，厚遇戰士。為約曰：「匈奴即入盜，急入收保，有敢捕虜者斬。」匈奴每入，烽火謹，輒入收保……如是數歲，亦不亡失。然匈奴以李牧為怯……趙王怒，召之，使他人代將……匈奴每來，出戰。出戰數不利，失亡多，邊不得田畜。復請李牧……牧至如故約。邊士日得賞賜而不用，皆願一戰。於是乃具選車，得千三百乘，選騎得萬三千匹，百金之士五萬人，彀者十萬人。匈奴小入，佯北不勝……單于聞之，大率眾來入。李牧多為奇陣，張左右翼擊之，大破殺匈奴十餘萬騎。滅襜襤，破東胡，降林胡。單于奔走。其後十餘歲匈奴不敢近趙邊城……」（《史記》卷八十一）

李牧以充分準備閃電一擊為發揮「示威戰」之最大效用，然其中心戰略，則無疑問實為守勢也。（此在《孫子兵法》，則謂「先求我之不可勝，以待敵之可勝。」）此有名之「威力脅制戰術」，除李牧發明並應用之以外，燕之名將秦開，似亦曾應用此戰術以破東胡。《史記・匈奴列傳》云：「……其後燕有賢將秦開，為質於胡，胡甚信之。歸而襲破東胡，東胡卻千餘里……」直至王莽時，力主守勢之裨將嚴尤，亦知欲取守勢，必先施以雷霆閃擊以示威脅。故向王莽提議：「……今既發兵，宜縱先至者，令臣尤等深入霆擊，且以創艾胡虜……」（《漢書》卷九十四《匈奴傳》下）但基本用意，均在取守勢也。

三

守勢之方法不一，除李牧、秦開等之「威力脅制戰術」為動的守勢戰略以外，另一方面，表現於靜型的守勢戰略者，則為戰國末年秦、趙、魏、燕四強國之競造長城。長城，實為此一貫的堅強防禦政策之最佳保證。即至二千年後明清之際，猶為最偉大、堅實、有效之國防工程。（即用以為限制坦克車之障礙線，亦決不在水泥尖樁或倒豎鋼條之效力之下。）此點顧亭林先生知之甚徹，其言曰：「春秋之世，田有封洫……阡陌之間一縱一横，非戎車之利也……至於戰國，井田廢而車變為騎，於是寇鈔易而防守難。不得已而有長城之築……其在北邊者，《史記・匈奴傳》：『秦宣太后伐殘義渠，於是秦有隴西、北地、上郡，築長城以拒胡。』此秦之長城也。〈魏世家〉：『惠王十九年，築長城，塞固陽。』此魏之長城也。〈匈奴傳〉又言：『趙武靈王北破林胡、樓煩，築長城，自代並陰山下，至高闕為塞而置雲中、雁門、代郡。』此趙之長城也。『燕亦築長城，自造陽至襄平，置上谷、漁陽、右北平、遼西、遼東郡以拒胡。』此燕之長城也。『秦滅六國，而始皇帝……悉收河南地、因河為塞，築四十四縣城臨河，徙適戍以充之……起臨洮至遼東萬餘里，又渡河據陽山北假中。』此秦併天下後所作之長城也。」（《日知錄》）

但秦始皇帝則動靜兩性質的守勢，同時平行實施，既築震古鑠今之鉅偉國防工事——萬里長城，而又令蒙恬、楊翁子輩將重兵施行雷霆之「威力脅制戰」以攝伏匈奴。

賈誼〈過秦論〉：「……蒙恬北築長城而守藩籬，卻匈奴七百餘里，胡人不敢南下而牧馬！」

《淮南子・人間訓》：「秦皇……發卒五十萬，使蒙公、楊翁子將，築修城，西屬流沙，北擊遼水，東結朝鮮，中國內郡，輓車而餉之……」

《史記・蒙恬列傳》：「秦已并天下，乃使蒙恬將三十萬眾，北逐戎狄，收河南，築長城，因地形用制險塞……暴師於外十餘年，居上郡，是時蒙恬威振匈奴……」

《史記・平津侯主父偃列傳》：「昔秦皇帝……海內為一，欲攻匈奴，李斯諫曰：靡弊中國，快心匈奴，非長策也……不聽，遂使蒙恬將兵攻胡，辟地千里，以河為境……發天下丁男，以守北河。暴兵露師，十有餘年……」

自表面觀之，始皇雖同時建築無畏的永久工事並兼施威力脅制之霆擊，然吾儕苟一考察，透視其核心意義，則始皇所採者，仍為守勢之政策也。仍不越李斯之企劃，「不弊中國以快心匈奴」之指導原則。並非「不聽」，實乃全部遵循李斯之路線也。

四

此後一時期，則為統一之中國，突然崩碎分裂，發生大內亂，大混殺，元氣極度彫喪。而對峙攝伏之匈奴，挺生英主，統一漠北，且戰勝東面強鄰之東胡，及西面強鄰之月氏。國際均衡之勢驟變，主客強弱之位置倒易。當漢高祖與匈奴冒頓單于並立之時，漢則瘡痍未復為裹傷養癰之病夫，而匈奴則為壯茁強健洶洶尋鬥之暴徒。中國民族在此階段中，所採取者為極端忍耐之政策。例如（一）平城之役（公元前二〇〇）以後，高帝採用劉敬之「和親」外交。（二）高后時季布繼續忍耐之議，折服樊噲冒險躁進之論。（三）孝文帝前四年（公元前一七六）和戰之廷議，忍耐論者佔勝。（四）冒頓死後（公元前一七三），文帝與其子老上單于稽粥繼續和親。（五）文帝十四年（公元前一六六）老上背盟大寇，逐出以後，仍與和親。（六）老上死後（公元前一六〇）文帝與其子軍臣單于繼續和親。（七）景帝一代，匈奴時時背盟，而漢繼續忍耐。（八）武帝初年，漢仍不變其繼續忍耐之態度。此極度容忍之事，使氣短性躁既愚且蠢之日本軍人視之，必將鼓腹張脈，目為懦怯。然吾儕試一讀孝文帝遺匈奴之書，坦白真誠，仁愛同惻怛，雍容合理，使非禽獸而為人類，讀之必能感動。如文帝前六年之書云：「……除前事，復故約，以安邊民，使少者得成其長，老者安其處，世世平樂，朕甚嘉之。此古聖王之志也……」又後二年之書云：「……先帝制：長城以北，引弓之國，受令單于。長城以南，冠帶之室，朕亦制之。使萬民耕織射獵衣食，父子毋離，臣主相安，俱無暴虐……聖者日新，改作更始，使老者得息，幼者得長，各保其首領而終其天年，朕與單于俱由此道。順天卹民，世世相傳。施之無窮，天下莫不咸便……今天下大安，萬民熙熙，朕與單于，為之父母。朕追念前事，薄物細故，謀臣計失，皆不足以離兄弟之驩。朕聞天不頗覆，地不偏載，朕與單于皆捐往細故，俱蹈大道，墮壞前惡，以圖長久，使兩國之民，若一家子！元元萬民，下及魚鼈，上及飛鳥，跂行喙息蠕動之類，莫不就安利而避危殆。故來者不止，天之道也……朕聞古之帝王，約分明而不食言，單于留志，天下大安。和親之後，漢過不先，單于其察之……」（《史記》及《漢書》之《匈奴傳》參校）

孔子曰：「言忠信，行篤敬，雖蠻貊之邦行矣。」漢初中華民族秉此懿訓，發為此種滿腔慈愛，披瀝肝膽之外交，故雖以桀傲不靖梟雄殘暴，殺其愛妻與老父如屠犬羊之冒頓單于，亦卒能馴服就範。不可謂非理性攝伏兇橫，仁愛戰勝殘暴之明證也。

五

但忍耐與畏怯不同，仁愛與姑息亦異，若忍耐而適以長對方之驕，姑息而適以養對方之奸，則仁愛之動機反收穫殘民之效果。為自身及對方計，皆不能不施以鍼艾之砭炙，使冥頑不靈之蠻鄰，受短時之創懲而解其恆久之苦痛，此孝武帝元朔元年（公元前一二八）以後所持之轉變政策也。武帝痛擊匈奴使之崩碎，表面之意義，似為漢族發揚威力報復反攻之行為，但我人如不持此種疏忽膚淺之見解，則將發現武帝之痛擊匈奴，亦所以救治醫療匈奴族黷武嗜殺殘暴之根性，使之效法漢族之文明，享受和平繁榮之幸福，一如呼韓邪單于臣服宣帝以後所得長期享受之幸福然。故漢武帝此種痛擊匈奴之行為，若就外交之觀點言之，吾人寧可謚之為「鍼炙外交」，斯適合於實際也。

匈奴不瞭解漢廷之善意，而反增驕滋奸之事實，當時表現甚明。文帝遺匈奴書中曾言及：「……漢與匈奴約為兄弟，所以遺單于甚厚。背約離兄弟之親者，常在匈奴！」而老上單于上漢文書，則：「倨傲其辭，曰：天地所生日月所置匈奴大單于，敬問漢皇帝無恙云云。」具體的罪行，《史記》及《漢書》之《匈奴傳》並載：「匈奴日以驕，歲入邊殺略人民畜產甚多。雲中、遼東最甚。至代郡，萬餘人。」「孝文帝十四年（公元前一六六）匈奴單于十四萬騎，入朝那蕭關，殺北地都尉卬，虜人民畜產甚多。遂至彭陽。」「軍臣單于立四歲（公元前一五八），匈奴復絕和親，大人上郡、雲中，所殺略甚眾而去。」「……終孝景時，時小入盜邊。」

武帝覺悟此種荼毒，亦由漢廷過持寬仁有以養成之，故毅然改採鍼灸之救療。此相反政策之決定，當時曾召開御前會議，經兩派劇烈之辯論而表決者。二千年後之今日，猶能詳窺當時之史劇，如活躍於眼前也。

今試扼要簡述此史劇之大概：

最先，武帝臨會議，賜敕書曰：「朕飾子女以配單于，幣帛文錦賂之甚厚，單于待命加嫚，侵盜無已，邊境數驚，朕甚憫之！今欲舉兵攻之，何如？」（此可見武帝之攻擊政策，仍以憫愛為出發點。）

主戰論者代表王恢，首發嚮應之議。（詞從略。）

主和論者代表韓安國，首發反對之議。略曰：「……高皇帝嘗圍於平城，而無忿怒之心，夫聖人以天下為度者也，不以己私怒傷天下之功……臣竊以為勿擊便。」

王恢駁：「不然！……高帝不報平城之怨者，非力不能，所以休天下之心也。今邊境數驚，士卒傷亡，中國櫓車相望，此仁人之所隱〔痛〕也。臣故曰擊之便。」

韓安國駁：「不然！……今使邊郡久廢耕織，以支胡之常事，其勢不相權也。臣故曰勿擊便。」

王恢駁：「不然！……夫匈奴獨可以威服，不可以仁畜也。今以中國之盛，萬倍之資，遣百分之一以攻匈奴，譬猶以彊弩射且潰之癰也。臣故曰擊之便。」（以後所爭論的，屬於作戰之技術問題，亦為王恢所駁倒，茲從略）。

最後，乃取決於皇帝之批判，「上曰然。乃從恢議。」（《漢書》卷五十二《竇田灌韓列傳》）此主和派之意見，與主戰派之意見，終極之目標實係一致，所爭論者，乃在達到此終極目標之方法，有絕對相反之二途耳。韓安國主要觀點「聖人以天下為度，不以己私怒傷天下」，「邊郡久廢耕織，勢不相權」，其主旨在於「消極的」仁愛與卹民。漢武帝與王恢之觀點，所謂「邊境數驚，朕甚憫之」，「士卒傷亡，中國檣車相望，仁人之所隱痛」，是其主旨更在於「積極的」仁愛與卹民。故不肯「養癰以遺患」，而斷然取「決癰以護生」之大仁，故欲以「強弩射且潰之癰」也。韓安國之論據，代表前一階段（公元前一九八—公元前一三四）忍耐政策之延續；而王恢之論據，則代表後一階段（公元前一二八—公元前五四）鍼灸外交之轉變。而握制其轉變之樞紐者，武帝也。同時亦即康健壯茁之漢民族膨脹力之表現也。

六

此外交新指針急劇轉變以後，自元朔元年（公元前一二八）起至征和三年（公元前九〇）止；前後四十年間武帝對匈奴舉行十二次犁庭掃穴之撻伐。下至宣帝本始二年（公元前七二）猶作最後一次最大規模之圍剿，揚雄謂「漢兵有若雷風」（見揚集《諫單于入朝書》），霆震電掣而匈奴遂潰，「人民死什三，畜產死什五，丁零攻其北，烏孫擊其西，烏桓入其東，羈屬皆瓦解！」（《漢書・匈奴傳》語）其激烈戰鬥經過之史實，另文詳之（見《中國青年季刊》一卷二期拙作〈中華民族生存與發展的鬥爭〉），茲不擬予以鋪敘，但闡述此「鍼灸外交」之新政策實施以後，能完滿獲得其豫期之效果而已。

但在執行此鍼療手術之過程中，因技術上之必要，須截斷匈奴與羌族及西域諸國之聯絡，遂又引起漢民族與西域諸民族之交涉，此又吾儕所欲一考其源委焉。按徐松《漢書西域傳補註》云：「〈地理志〉：酒泉郡，武帝太初元年開。張掖郡，故匈奴昆邪王地，太初元年開。武威郡，故匈奴休屠王地，太初四年開。敦煌郡，後元年分酒泉置。〈匈奴傳〉：漢置酒泉郡，以隔絕胡與羌通之路。」

張騫之初使西域也，欲結大月氏以夾攻匈奴，此盡人所知也。其再使西域也，欲結烏孫以斷匈奴之右臂，騫之言曰：「臣居匈奴中，聞烏孫王號昆莫……本與大月氏俱在祁連、敦煌間……大月氏攻……奪其地，昆莫新生……昆莫既健……報父怨，遂攻破大月氏，大月氏復西走，徙大夏地。昆莫略其眾，因留居，兵稍強……今單于新困於漢，而故渾邪地空無人，蠻夷俗貪漢財物，今誠以此時厚幣賂烏孫……與漢結昆弟、其勢宜聽，聽則是斷匈奴右臂也。既連烏孫，自其西大夏之屬，皆可招來而外臣。」（《漢書・張騫傳》，《史記・大宛傳》合參）

是故武帝之開四郡，伐大宛；張騫之鑿空通西域，其最初之目的皆不在其本身，而為創懲匈奴之政治方法。然既通之後，漢民族與西域各族之關係乃日益密切，短短二三十年間之交誼，乃駕鄰處二千年匈奴族之交誼而上之。西域諸國，除大宛在未被征服以前，有一部份執政者有反漢行為外，其餘數十民族，均全部樂與漢親。是時「大漢」已成為地球上無比之強國，而其撫臨弱小鄰族也能使各鄰族所樂觀，此則比之以力服人者有餘榮焉。

「天子既聞大宛及大夏、安息之屬，皆大國……頗與中國同俗而兵弱，貴漢財物。其北則大月氏、康居之屬，兵強可以賂遺設利朝也，誠得而以義屬之，則廣地萬里，重九譯，致殊俗，威德徧於四海……」（《漢書》卷六十一《張騫傳》）何謂「義屬」？顏師古註曰：「謂不以兵革」也。因以「義屬」而「不以兵革」，或以厚賂以結其歡，故弱小各族皆欣欣樂親漢。樂親漢，漢始得於西域中心地——輪臺、渠犁——等地以屯田。其後屯田事業，益復蔓延及於西域各處：「自貳師將軍伐大宛之後……於是自敦煌西至鹽澤，往往起亭。而輪臺，渠犁，皆有田卒數百人，置使者校尉領護。（顏師古曰：統領保護營田之事也。）……匈奴益弱，不得近西域，於是徙屯田，田於北胥鞬，披莎車之地。屯田校尉始屬都護……都護治烏壘城……與渠犁田官相近，土地肥饒。於西域為中，故都護治焉。至元帝時，復置戊己校尉，屯田車師前王庭。……」（《漢書》卷九十六《西域傳》上）於此和樂相安之空氣中，漢人暫時擱置其干戈與弓矢，而僇力發揚農稼生活，先民汗珠與耒鋤之痕遂佈滿於天山南北路沙磧盆地中水源區之間隙矣。

大地所同珍、漢人所獨擅之蠶絲工藝，當亦於此時或此後不久開始傳授其秘法於西域。唐初玄奘旅居和闐時，猶聞和闐盛傳古昔中國公主嫁於和闐者，私藏蠶繭於冠髮之中因傳蠶種於西域之故事。（見《大唐西域記》）清末英人A. Stein探險新疆時，猶於和闐故址掘得繪畫此故事之圖版。（見On Ancient Central-Asian Tracks第四章）

他如「掘井」「溝渠」之工程，亦皆由「秦人」Chin所教授：「貳師（李廣利）與趙始成、李哆等計：聞〔大〕宛城中，新得秦人，知穿井……」（《史記・大宛列傳》。《漢書・李廣利傳》「秦人」作「漢人」。餘詳先師王靜安先生《西域井渠考》。）「髹漆」及「鑄鐵」之工程，亦由漢民族傳其法：「自〔大〕宛以西至安息Parthia國……其地皆無絲漆，不知鑄鐵器，及漢使亡卒降，教鑄作他兵器。」（《漢書・西域傳》上）如此努力以加速鄰居幼弟民族文化之進步，漢代之中華民族真可謂盡其灌輸文明之責任矣。

七

依次遞述乃迤及羌族。匈奴亦曾與羌族相交通，漢因欲懲創匈奴之故，遂又與羌族頻增其接觸。但羌族之文化，自然更較西域諸民族為尤低。漢人之臨羌族也，尤以寬厚為主，體卹、宥恕，恩澤多而剋責少。此寬仁鎮靜之政策為趙充國所堅持力爭而漢宣帝所屈尊以勉從者。

初時，先零羌叛，漢廷使義渠安國全權處理之。觀此「義渠安國」之名，即知此人原為「義渠之戎」而歸化於中華未久者，「義渠之戎」，亦匈奴族之別支也。是此義渠安國其人，其天性固與純粹之華族懸殊矣。因之其作風亦迥異於華族，而羌事乃潰決：「宣帝時……光祿大夫義渠安國使行諸羌。先零豪言：願時渡湟水北，逐民所不田處畜牧，安國以聞……是後羌人旁緣前言，抵冒渡湟水，郡縣不能禁。元康三年，先零遂與諸羌種豪二百餘人解仇交質盟詛……後月餘，羌侯狼何遣使至匈奴藉（借）兵，欲擊鄯善敦煌，以絕漢道……於是兩府復白，遣義渠安國行視諸羌，分別善惡。安國至，召先零諸豪三十餘人，以尤桀黠皆斬之。縱兵擊其種人，斬首千餘級。於是諸降羌及歸義羌侯楊玉等恐怒，亡所信響，遂劫略小種，背畔犯塞，攻城邑，殺長吏。安國……將騎三千……至浩亹，為虜所擊，失亡車重兵器甚眾……是歲神爵元年春也。」（《漢書》卷六十九《趙充國傳》）義渠安國粗鹵悍獷之行動，或者秉帥其殘忍狂暴之習性而然。觀匈族冒頓虐殺其老父與愛妻，曾不眨眼而動心，則安國虐殺幼弱之羌族，自更不足道也。而趙充國則絕不然，欲以寬大、誠信，以根本消滅漢、羌間之敵意，此其意義之深遠，甚至今日猶可奉為邊政之圭臬也。

充國初至金城，羌人懾其宿威，以為必遭誅戮盡殲矣。

「……（充國）捕得生口，言羌豪相數責曰：語汝毋反！今天子遣趙將軍來，年八九十矣，善為兵，今請欲一鬥而死，可得耶！」（《漢書・趙充國傳》）而孰知事有出乎羌人意料之外者，趙將軍首即坦然釋放可疑之俘虜，令返羌中以傳佈其所持坦白誠信之本懷，促叛逆者之反省，解脅從者之顧慮：「初，罕幵豪靡當兒使弟雕庫來告都尉曰：先零欲反。後數日果反。雕庫種人頗在先零中，都尉即留雕庫為質。充國以為亡罪，廼遣歸，告種豪：大兵誅有罪者，明白自別，毋取並滅！天子告諸羌人：犯法者能相捕斬，除罪……充國計欲以威信招降罕幵及劫略者，解散虜謀……」（同上）

當是時酒泉太守辛武賢建議：「……分兵並出張掖、酒泉，合擊罕幵在鮮水上者」，以謂「虜以畜產為命，今雖不能盡誅，亶（但）奪其畜產，虜其妻子……冬復擊之……虜必震壞。」宣帝以為然，漢廷公卿亦以為然，而趙充國獨以為非靖邊根本之策。慷慨力爭：「……先零首為畔逆，他種劫略。故臣愚冊（策）：欲捐罕幵闇昧之過，隱而勿章。先行先零之誅以震動之，宜悔過反善，因赦其罪。選擇良吏知其俗者，拊循和輯，此全師、保勝、安邊之冊（策）。」（《趙充國傳》）

宣帝初不瞭解，反下璽書嚴厲申斥充國。此處可以試驗「社稷重臣」之政治節操，是否有「苟利國家，不辭骨填溝壑」之忠貞。充國實可當之無愧，毅然與君主抗爭：「……罕羌未有所犯，今置先零，先擊罕；釋有罪，誅無辜。起壹難，就兩害……臣愚以為不便。先零羌欲為背畔，故與罕幵解仇結約，然其私心不能亡恐漢兵至而罕幵背之也……先擊罕幵，先零必助之……適使先零得施德於罕幵，堅其約，合其黨……迫脅諸小種……莫須之屬……附著者稍眾……如是虜兵寖多，誅之用力數倍，臣恐國家憂累，孫十年數，不二三歲而已！……臣犬馬之齒七十六，為明詔填溝壑，死骨不朽……惟陛下裁察。」

讀此疏，凡有理智無不首肯，宣帝感悟，立即報可。（六月戊申發書，七月甲寅報可，金城（今蘭州西北）至長安費時僅七日，當時行政效能之敏捷，亦令今人愧死。）其後充國「兵至罕地，令軍毋燔聚落，芻牧田中，罕羌聞之。喜曰：漢果不擊我矣。豪靡忘使人來言：願得復還故地，充國以聞。未報。靡忘來自歸，充國賜飲食，遣還諭種人。護軍以下皆爭之曰：此反虜，不可擅遣！充國曰：諸君但欲便文自營，非為公家忠計也……後罕幵竟不煩兵而下。」

綜觀充國安邊之根本大計：（一）為國家久遠百年之計，不快目前一時之小勝，不貪個人一己之私功。（二）政治重於軍事，選擇公正清明之良吏以治邊，以消弭畔亂之根源。（三）主邊政者應以坦白真誠待人處事，雖使蠻夷敵寇亦受感動，化敵意為友誼。（此點充國本人充分表現。）（四）典邊防軍者應保持威力，但仍以敷施恩澤為主，絕不得橫逞淫威。（五）分別是非功罪，不使中心內向之部落，蒙受無訴之冤苦。（六）不赦強暴，亦不虐弱小。凡此各項原則，適用於漢時，亦適用於今日，且仍將適用於將來也。孟子所謂「德服」與「力服」之別，惟「德服」乃為正本清源之力量，充國既知秉此各項原則以行邊政，故流極少之血而迅收漢羌相安之效，於是充國又得從容實施其第二步驟——屯田。屯田羌中之計劃實現，於是又收穫下列四項之效果：

（一）灌輸農業知識，以促進羌族從游牧生活踏入較進步之文化。

（二）鞏固邊疆防禦力量之永久性與決定性。

（三）增加生產，利用軍隊空閑之勞力以減輕內地人民之負擔。

（四）保護漢與西域之國際交通路線。

趙充國對於邊政之貢獻，殆將永遠示範於後世，尤為吾儕今日所應亟取以參考者矣。

八

漢廷之使張騫輩之通西域也，使李廣利之破大宛也，使鄭吉輩之屯田於輪臺也，許趙充國之屯田於西河也，其最初之目的皆不在於本身之事業而在於作為對付匈奴之外交攻勢耳。但其副作用之收穫，有時竟超過其原作用而上之。且其後此類副作用又產生第三之更副作用焉。於是又與西南夷各民族相接觸，因開通西南夷故，又從而滅南越，收閩越，平朝鮮。此其經過，亦有可資借鑑者在。

當張騫之初使西域歸，報告從蜀郡經身毒以通大夏之路：「臣在大夏時，見那竹杖，蜀布，問安得此？大夏國人曰：吾賈人往市之身毒（India=sindu）。身毒在大夏東南可數千里。以騫度之，大夏去漢萬二千里。居漢西南；今身毒國又居大夏東南數千里，有蜀物，此其去蜀不遠矣。今使大夏，從羌中險，少北則為匈奴所得！從蜀宜徑，又無寇……漢聞騫言可以通大夏，迺復事西南夷……漢於是置牂牁、越巂、益州、沈黎、汶山郡，欲地接以前，通大夏。」（《史記・大宛列傳》，《漢書・張李列傳》參校）

因事西南夷而使唐蒙於西粵，唐蒙之使南粵歸，又報告從牂牁經夜郎以通番禺之路：「南粵食蒙蜀枸醬，蒙問所從來？曰：道西北牂牁江。江廣數里，出番禺城下。蒙歸至長安，問蜀賈人，賈人曰：獨蜀出枸醬，多持竊出市夜郎。夜郎者，臨牂柯江，江廣百除步，足以行船……蒙迺上書曰：南粵……今以長沙豫章往，水道多絕，難行。竊聞夜郎所有精兵可得十萬，浮船牂柯江，出其不意，此制粵一奇也……上許之。」（《史記・西南夷列傳》，《漢書・兩粵朝鮮傳》參校）

由上述兩項相類似之事實，可以見中國民族冒險開拓之能力，在政府尚未派遣「探險使節」以前，邛竹杖、蜀布、枸醬，已隨其生產創作之本族遠走身毒、夜郎，而西入大夏，南下番禺矣。——宋元以後之閩粵同胞，挾其自製之貨品，無政府之保護，而孤身萬里開拓移殖於南洋全洲，且西及非洲東岸，正即為此種精神與毅力之重現也。

漢族既與西南夷各民族有頻繁之接觸，西南夷各民族之文化，則又低於羌族。原始初民蠻性未改，不知天高地厚，「我孰與漢大？」固令人發笑亦令人哀憫，故其初時劫殺漢使之事，屢見不鮮，此但可比之荒郊行旅膏虎狼吻耳。故漢族從不因此而作民族報復之仇殺，往往但誅一首犯而盡釋其餘眾。如牂柯太守陳立之所為，足以代表漢族恩威並用，寬大而又合理之行動。

「成帝河平中，夜郎王興，與鉤町王禹，漏臥侯俞，更舉兵相攻……大將軍王鳳於是薦金城司馬陳立為牂柯太守。立臨邛人，前為連然長不韋令，蠻夷畏之。及至牂柯諭告夜郎王興，興不從命，立迺從吏數十人出行縣，至興國（內）且同亭，召興。興將數千人往至亭，從邑君數十人，入見立，立數責，因斷頭！邑君曰：將軍誅亡狀，為民除害，願出曉士眾，以興頭示之，皆釋兵降。鉤町王禹，漏臥侯俞，震恐，入粟千斛牛羊勞吏士，立歸還郡。」（《漢書》卷九十五《西南夷列傳》）

陳立以數十人深入數千人中，擒賊斬王，如出談笑，吾華族昔時，最富此種英勇無畏之精神，傳介子之斬樓蘭王，陳湯、甘延壽以孤軍入康居斬郅支單于，班超以三十六人斬匈奴使，控制西域，皆為此種大無畏浩然英氣之表現。若以陳立之手腕為暴虐，則真乃迂生不通之腐見，須知陳立於頃刻之間只斬一人，而曠日持久數千萬人之頭顱皆得保全矣。不第其勇，其仁亦至可嘉也。（陳立後果以良吏著節。）

是故漢族對於西南夷民族，尤以卹愛為主。漢族中之良地方官知此政策之原則而實行之者，則西南夷邊區幼稚民族往往愛戴之有如父母，其卒也蠻夷慟哭如喪考妣。如東漢時益州太守張翕，即其例也。

「益州太守巴郡張翕，政化清平，得夷人和。在郡十七年卒（《華陽國志》云：「夷漢甚安其惠愛，在官十九年卒」）。夷人愛慕如喪父母。蘇祈叟二百餘人，齎牛羊送喪至翕本縣安漢（《華陽國志》云：「百姓號慕，送葬者以千數。」），起墳祭祀。詔書嘉美，立祠堂。」（《後漢書》卷八十六《南蠻傳》）

益州，在今越巂迤南之區，至今尚夷漢參半，漢時之為益州太守者，不獨張翕遺愛在夷，及於子孫。《後漢書・南蠻傳》又云：「後順桓間廣漢馮灝為越巂太守，政化尤多異跡云。」其實，此乃漢族對西南弱小幼族之中心一貫政策，以卹愛、拊輯、教化、懷來為主，嚮未變更，行之既久，至永平中朱酺為刺史時，曾收鉅大之效績。

「永平中，益州刺史梁國朱酺……慷慨有大略，在州數歲，宣示漢德，威懷遠夷，自汶山以西，前世所不至，正朔所未加，白狼、槃木、唐最等百餘國，戶百三十餘萬，口六百萬以上，舉種奉貢。

稱為臣僕。（並獻夷語詩三章，《東觀漢記》及范曄《後漢書》均詳載夷語原詩及漢文譯詩。吾友聞宥教授曾以今日儸儸文考之，尚有不少符合之處。）帝嘉之。」（《後漢書》八十六卷《筰都夷傳》）

獨惜山深林密，自然地形阻礙交通過甚，又因方隅處於絕角，無對外國際交通路線之經過，故未能徹底開發，因之同化工作，事倍功半，艱苦停滯，直至今日尚有待於吾人之努力爾。

九

上文已闡述：漢廷之開發西南夷也，其目的在於通西域；而漢廷之開通西域及羌地也，其目的又在於制匈奴之兇虐。及至南粵、閔越、東越、朝鮮，以及九真日南，俱已夷滅而郡縣；西南夷、羌族、西域各國以至烏孫，既已凾通而臣服；漢兵之猛擊痛創匈奴，亦已在十四次以上，於是匈奴受不能抗拒之壓力而終於崩碎！不但藩部全體瓦解，其本身，亦由「整個統一的匈奴」，而壓碎分裂為五塊！此五單于內部，又自相吞噬殘殺，蹈入沒落之死運。五單于中勢力最大之二人——呼韓邪、郅支兩單于，爭先獻媚於漢廷，稱臣乞哀，以求殘喘之生存。如遇量狹胸淺氣短之民族，此真千劫一時天予人以報仇快心之機緣也，亡其國而滅其種，亦非甚難事已！而泱泱大風仁厚寬宏之漢民族獨不然。漢人所欲撲滅者，乃匈奴殘殺之政策，而非匈奴民族之本身。匈奴既已僅保餘息，不復能為惡矣，漢人睹其狀，反動憐惜憫惻之心，而盡力加以優厚之賑濟與撫慰。

「……左伊秩訾王為呼韓邪計，勸令稱臣入朝事漢……事漢則安存，不事則危亡，計何過此。呼韓邪從其計，遣子銖婁渠堂入侍。郅支單于亦遣子駒于利受入侍。是歲甘露元年（公元前五三）也。三年（公元前五二），呼韓邪單于朝天子於甘泉宮。漢寵以殊禮，位在諸侯王上，贊謁稱臣而不名。賜以冠帶衣裳、黃金璽盭綬、玉具劍、佩刀、弓矢、棨戟、安車、鞍勒、馬十五匹、黃金二十斤、錢二十萬、衣被七十七襲、錦繡綺縠雜帛八千匹，絮六千斤……」（《漢書》卷九十四下《匈奴傳》下）

此時呼韓邪單于其窮乏雖已得厚賑，然非得漢保護已不能獨立自存，坦白乞哀：「自請願留居光祿塞下，有急保漢受降城。」其觳觫之狀已如赤子之依賴慈母。漢又遣重兵保障其生存：「漢遣長樂衛尉董忠、車騎都尉韓昌，將騎萬六千，又發邊郡士馬以千數，送單于出朔方雞鹿塞。詔忠等留衛單于，助誅不服……」（同上）

時匈奴部族，俱陷於饑饉線下：「又轉邊穀米糒，前後三萬四千斛，給贍其食……」（同上）「元帝初即位，呼韓邪單于復上書言，民眾困乏，漢詔雲中五原郡，轉穀二萬斛以給焉……」（同上）

黃龍元年再入朝：「……禮賜如初，加衣百一十襲，帛九千匹，絮八千斤。」（同上）

竟寧元年三入朝，「禮賜如初，加衣服、錦帛、絮，皆倍於黃龍時。」其後呼韓邪之子若孫，屢屢入朝，每次賞賜，皆倍於往次，以示漢恩之厚。至元壽二年，加賜錦繡、繒帛至三萬匹，絮至三萬斤。王莽秉政時賜予更多，幾於弊中國以賞匈奴！無怪乎呼韓邪之妻顓渠閼氏於其夫臨死時，天良湧現而言曰：「匈奴亂十餘年，不絕如髮，賴蒙漢力，故得復安！」

呼韓邪臨死，亦天良湧現而口述遺言：「烏珠留單于曰：孝宣孝元皇帝，哀憐臣父呼韓邪單于，蒙無量之恩，死遺言曰：『有受中國來降者，勿受，輒送至塞，以報天子恩厚！』」（並同上）是殆「鳥之將死，其鳴也哀」矣。雖中國堅採侯應遠大之建議，安不忘危，始終不弛國防之戒備，然「德服」究與「力服」不同，自呼韓邪單于至烏累若鞮單于，前後七十七年馴服恭順無間。及至東漢一代，南匈奴自醯落尸逐侯鞮單于至呼廚泉，前後一百六十九年，馴服恭順無間，不可謂非漢家德化之及於久遠也。

至於忘恩負義，既臣服而又畔逆，若郅支單于者。雖逃至中亞細亞，卒為陳湯、甘延壽追至康居，圍攻而斬之。若呼都而斯至於除鞬，雖建國於漠北，卒為竇憲所破滅肅蕩，殘眾甚至遠遁至窩而伽河森林以伏居，則皆咎由自取，罪有應得也。

十

匈奴殘殺之政策，既為漢族所撲滅，漢人待匈奴之厚澤，即不異於他族。環鄰漢族之其他各弱小幼弟民族，仰賴漢族之保護與撫慰，亦皆不異南匈奴單于之依戀孝宣、孝元諸皇帝。例如西羌之依戀趙充國，越嶲夷之依戀張翕，筰都夷之依戀朱酺，已皆如上之所述。西域各國則依戀班超，班超感結西域各國之程度，幾至令人難以想像：「……肅宗初即位，下詔徵超。超發還，疏勒舉國憂恐，其都尉黎弇曰：「……誠不忍見漢使去」，因以刀自剄！超還至于闐，王侯以下皆號泣，曰：「依漢使如父母，誠不可去！」互抱超馬腳，不得行……問其城郭大小，皆言倚漢與依天等……」（《後漢書》卷四十七《班梁列傳》）世人但艷稱「以超三十六人橫行西域」，一若超僅為一雄健之武夫然，此大謬也。此乃超初至西域時事，其後西域各國感德懷惠，依超乃至如慈母也。

而遼東烏桓、鮮卑各族，則依戀祭彤。祭彤之於遼東，正猶班超之於西域，皆先示威而後施惠，以恩撫為主而薄懲兇頑以先之。

「建武十七年，彤拜遼東太守。彤有勇力，能貫三百斤弓，虜每犯塞，常為士卒鋒，數破走之。二十一年秋，鮮卑萬餘騎寇遼東，彤率數千人迎擊之，自披甲陷陣，虜大奔，投水死者過半……自是後鮮卑震怖，不敢復窺塞。」（《後漢書》卷二十）是祭彤初至遼東時，其豪邁英勇之氣概，正與班超相比並。此後即自動轉變對策，一以恩惠撫慰招懷為主旨。

「建武二十五年，彤乃使招呼鮮卑，示以財利，其大都護偏何遣使奉獻，願得歸化。彤慰納賞賜，稍復親附。其異種滿離、高句驪之屬，遂駱驛款塞，上貂裘好馬，帝輒倍其賞賜。其後偏何、邑落諸豪，並歸義，願自效……仰天指心……自是匈奴衰弱，邊無寇警，鮮卑、烏桓，並入朝貢……彤之威聲，暢於北方，西自武威，東盡玄菟及樂浪，胡夷皆來內附，野無風塵！」（《後漢書》卷二十《銚王祭列傳》）故知中華名將凡能威震百蠻立功萬里者，其主要成功之因素，全不在於壓力，而在於恩信，不難於使人畏，而難於使人愛。

「彤為人，質厚重毅，體貌絕眾，撫夷狄以恩信，皆畏而愛之，故得其死力……」其恩信感人之深者，往往遠及於身後，祭彤、張翕，莫不如此：「……烏桓、鮮卑，追思彤無已，每朝賀京師，常過冢拜謁，仰天號泣，乃去。遼東吏人為立祠，四時奉祭焉。」（同上）

蓋祭彤在遼東幾三十年，此在他人可作威福如南面王，而彤乃「衣無兼副」，其清約至為明帝所下詔褒美；邊境幼弟民族，胸襟純潔如赤子，故互相感應之保如此，無足異也。因此，而遼東邊境之安固，如泰山磐石然。直至二百餘年之後，慕容廆猶戀戀上表終身不肯叛晉而稱帝，有由來矣。

嗟呼！國亂則思良將，今日之中華民族果尚有祭彤其人。復我東北祖宗湯沐之地，而奠之磐石之固乎，淪陷同胞，水深火熱，「後來其蘇」之呼聲，若大旱之望雲霓矣。

至於甌越、閩越、東越乃越王勾踐之子孫。南粵（即南越）民眾之大部，亦為吳越民族之分支，而其統治階級之趙佗，則為河北真定人。駱越（即安南）民族之主幹，亦由吳越民族所分茁及移殖，此乃法國學者L. Aurousean所考定，自屬更可信也。朝鮮民族，最早實為殷民族「真方」「東肅」（並見甲骨文）所遷徙。若其統治階層，則自箕子至箕準傳四十餘世，又自燕人衛滿入主後傳三世。所謂「辰韓」又即為「秦韓」之聲誤，故辰韓之方言，與秦人相同（見《文獻通考．東裔考》所舉例甚多）。是故浙江、福建（甌越、閩越、東越），廣東廣西（南粵），安南（駱越），朝鮮（箕氏衛氏三韓），均為中華民國之本體。漢武帝之滅閩東越、南粵、朝鮮，開安南等地而郡縣之，此乃等於將無諸子孫及趙氏、衛氏等地方官革職，改土歸流耳。乃削平內亂之性質，非開拓疆土之性質，屬於內政，不屬於邊政，故本文不煩敘述之。

國人誌之！安南、朝鮮，本與我浙、閩、兩廣，同為華族之本體，同為中國之內地，如肢體之必有四。吾人不肖，今日乃視四肢為腐肉，視同胞為客民！即史地學者，亦未聞有人敢顧全事實而唱言朝鮮、安南應與浙、閩、兩廣為同等性質之內省。蓋自明季末割朝鮮、安南之時，已視為半身不遂之殘肢，及至清季既割朝鮮、安南之後，更自斷殘肢以餧餓虎，一若不知有痛癢者！至於今日，我中華民族賣弟棄兄，斬手刖足，實已慘然為一鮮血淋漓之「人彘」！酷痛至矣，羞恥極矣，罪孽深矣，生命危矣！

中華民國三十年十二月二十六日脫稿於嘉定

（原載《邊政公論》第一卷五六合期，七八合期。）

魏晉六朝邊政的借鑑

一

昔莽將嚴尤論周秦漢三代治邊政策，以謂「皆未得上策；周得中策，漢得下策，秦無策焉。」此真乃亡國庸臣無知妄談耳！夷考其實：漢得上策，秦得中策，惟王莽、嚴尤輩斯乃「無策」，故身死名裂，傾盡黃金，反買匈奴之貽笑耳。

何謂漢得上策，中華之與邊地幼弟民族，自居於父兄之責任，不欲創之而乃欲愛之，不欲使其畏我而欲使其愛我。其哈煦撫育，推食解衣，世固知其仁愛；其小施夏楚，薄示膺懲，不知亦屬於仁愛。正如父兄之於子弟，即加呵撻，乃教育其改過趨善，亦屬愛之至也。漢自孝武、孝昭、孝宣三帝以後，四鄰弟族，逐漸瞭解「炎漢」之力量及其真誠，感德懷恩，自動向化來庭，上文既已詳述之。其中因素，「畏威」只居三分，「感恩」乃居七分。此種政策，兩漢一貫不變。漢之名將，趙充國、張翕、祭肜、班超、耿秉……之流，舉凡振感百蠻，澤被後世者，皆非使夷狄畏之如猛虎，乃轉使夷狄親之如慈母。此種政綱，百世之下，獨堪師效，故曰漢得上策也。

此上策者：薄懲、嚴管、寬治、厚愛。行之既久，扶助其生機，護衛其外害，則其整個民族，欣欣向榮而上進。其恩澤乃普遍溉及於民族之全體。清人所屢用「淪肌浹膚」之語庶幾近之。故全民族皆親漢，愛漢。若其統治階級酋長部首之輩，其稍具理性者，亦莫不親漢愛漢。至若一二天性兇戾，桀驁不靖，私慾野心，充填胸臆者，則亦難保其個人不作猘犬之反噬。「國狗之瘈，無不噬焉。」夷狄兇酋之狂悖反噬，固亦數見不鮮；然只不過兇酋個人獸性之發作耳，全體民族，固未嘗隨之而俱瘋也。反之，乃正不同情其酋長之所為，特因原始民族最重服從，迫於紀律而不敢公抗耳。故但兇酋一死，萬事俱平。自東漢之末，以迄永嘉以前，中國制夷之術，但斬兇酋一人，亂源自爾滅熄，無他，正得此中窾竅故也。例如：

「永和五年（一四〇）夏，南匈奴左部句龍王吾斯……等背叛，東引烏桓，西收羌戎……漢安二年（一四三）冬，中郎將馬實，募刺殺句龍吾斯，送首洛陽。進擊餘黨，烏桓七十萬餘口，皆詣實降。車重牛羊，不可勝數。」（《後漢書・南匈奴列傳》）又如：「永壽元年（一五五）張奐遷使匈奴中郎將。時休屠各及朔方烏桓同反……煙兵相望。奐安坐帷中，與子弟講誦自若……潛誘烏桓，陰與和通，遂使斬屠各渠帥，諸胡悉降。」（《後漢書・張奐傳》）

此南匈奴民眾，不同情其兇酋之叛逆，而全族親漢之明證也。又如：「漁陽烏丸大人欽志賁，帥種人叛。還為寇害。祭彤募殺志賁，逆破其眾。」（王沈《貧書》）「永和五年（一四〇），烏桓大人阿堅、羌渠等反畔。中郎將張耽擊斬之，餘眾悉降。」（《後漢書・烏桓傳》）

此烏桓民眾，不同情其兇酋之叛漢，而全族親漢之明證也。又如：「漢末遼西烏丸大人丘力居，眾五千餘落；上谷烏丸大人難樓，眾九千餘落，各稱王。而遼東屬國烏丸大人蘇僕延，眾千餘落，自稱峭王。右北平烏丸大人烏延，眾八百餘落，自稱汗魯王……中山太守張純，叛入丘力居眾中，自號彌天安定王。為三郡烏丸元師，寇略青、徐、幽、冀四州……靈帝末，以劉虞為幽州牧，募胡斬純首，北州乃定。」（《三國志・魏志・烏桓傳》）

此則但因中國內奸張純一人之作祟，不但四郡烏桓其全體民族無叛漢之心，即四部之酋長，但竊「王號」自娛，亦未萌叛漢之本懷也。故但俟一旦漢奸正法授首，誅一人而北州全定矣。稍後，如：「丘力居死……從子蹋頓有武略代立，總攝三王，部眾皆從其教令……袁紹矯制，賜蹋頓、難峭王、汗魯王印綬，皆以為單于……後袁尚敗奔蹋頓，憑其勢，復圖冀州……建安十一年（二〇六）太祖（曹操）自征蹋頓於柳城……臨陣斬蹋頓首。速附丸（蘇僕延）、樓班、烏延等走遼東，遼東悉平，傳送其首。其餘遺迸皆降。及幽州、并州，烏丸萬餘落，悉徙其族居中國。」（《三國志・烏桓傳》）

此則蹋頓雖強，及其餘二王皆絕無叛漢之心，反盡忠藎於袁紹父子，乃致以身殉之，可謂深受東漢節義之教者矣。至於三州烏桓民族，則固不欲牽入袁曹政爭漩渦，故不肯為其酋長死戰，是以蹋頓之強乃甫交鋒而遂被斬也。民族間之情感，益以可見。於是漢魏邊將，發現一治邊之原則，即邊夷之叛，決非其民族全體之意志，乃為一二兇酋之野心耳，故名將鎮邊，但誅逆謀之兇酋一人，決不妄災及無辜，而夷狄感之乃愈深。如田豫即其例也。

「文帝（曹丕）使（田）豫持節護烏丸校尉……烏丸王骨進，桀黠不恭，豫因出塞按行，單將麾下百餘騎入進部。進逆拜，遂使左右斬進，顯其罪惡以命眾……使以進弟代進。」（《三國志》卷廿六〈田豫傳〉）「胡人乃密懷金三十斤詣豫，跪曰：我見公貧，故前後遺公牛馬，公輒送官。今密以此上公，可以為家資。豫受之答其厚意。胡去之後，悉具以狀聞。於是詔褒之。」（魚豢《魏略》）

此法遂為中華朝廷治邊亂，最經濟、最有效之良法。流一二人之血以免伏屍百萬之慘，故常被採用。如鮮卑軻比能全盛之時：「數犯塞寇邊，幽、并苦之。田豫有馬城之圍，畢軌有陘北之敗。」「青龍三年（二三五）幽州刺史王雄，遣勇士韓龍刺殺軻比能，更立其弟」，「然後種落……請服，由是邊陲差安。」（《三國志・鮮卑傳》）

由是可證前此鮮卑之叛亂，乃軻比能獨夫之罪惡而已。

此外，如處理西北之羌亂，其情形亦復類此。《後漢書》稱：「自羌叛十餘年間，兵連師老，不暫寧息。軍旅之費，轉運委輸，用二百四十餘億。府帑空竭，延及內郡。邊民死者不可勝數。并、涼二州，遂至虛耗。」根究禍源，實因內奸「漢陽人杜琦及弟季貢等，與羌通謀」，及兇酋零昌、狼莫等個人獸性之發揮，漢兵剿之，雖屢敗而不悛。漢將積十餘年之經驗，始知惟有斬此四妖魔之首，則禍亂自息。於是「……漢陽太守趙博，遣刺客杜習刺殺杜琦……中郎將任尚，遣當闐種羌榆鬼刺殺杜

季貢。秋，任尚復募效功種號封殺零昌……度遼將軍鄧遵，募全無種羌雕何刺殺狼莫。」（《後漢書・西羌傳》）

果爾，應效如神，范書記其成果云：「自零昌、狼莫死後，諸羌瓦解，三輔益州，無復寇儆。」可證前此羌之入寇，非其民族意志，乃一二惡魔受內奸唆誘之罪行耳。且刺殺杜季貢、零昌、狼莫之勇士，皆出於羌種，尤可見其族人之不欲叛漢也。

此簡易而又合理之良法，自東漢直至西晉，一貫為中樞所採用，而行之亦一貫有成效。例如晉武帝時，南匈奴單于劉猛之叛，何楨仍以此法治之，生民免塗炭而大功意成。

「泰始七年（二七二），單于猛叛，屯孔邪城。武帝遣婁侯何楨持節討之。楨素有志略，以猛兇悍，非少兵所制，乃潛誘猛左部督李恪殺猛。於是匈奴震服，積年不敢復反。」（《晉書》卷九七《北狄傳》）

使非有八王之亂，華人自現其醜惡之獸性，自墮其人格，自毀其尊嚴，則五胡亦未必敢公然吞噬神器也。

二

是故，由於東漢以來，治邊政策之結果，以及整個中華民族文化之灌輸，威德之發揚，四鄰幼弟民族，感恩慕化，親愛吾族而內附，如孤兒之投入慈母懷抱。故「舟車所至，人力所通，凡有血氣，莫不尊親」，率眾內屬歸化之事，史不絕書。今自東海始，略記其概：

「初右渠未破時，朝鮮相歷谿卿以諫右渠不用，東至辰韓。時民隨出者二千餘戶。至王莽地皇時，廉斯鑡為辰韓右渠帥。聞樂浪人民饒樂，欲來降……詣含資縣，縣言郡……郡表功義，賜冠幘田宅。子孫數世，至安帝延光四年時（一二五），故受復除。」（裴松之《三國志》註引魚豢《魏略・朝鮮傳》）

「建武二十五年（四九），鮮卑大都護偏何，遣使奉獻，願得歸化。其後偏何邑落諸豪，並歸義，願自效。」（《後漢書・祭肜傳》）

「建武二十五年，遼西烏桓大人郝旦等九千餘人（按此從王沈《魏書》）率眾向化，詣闕朝貢……天子封其渠帥為侯王、君長者八十一人，皆居塞內。布於緣邊諸郡，招來種人，給其衣食。」

「建武三十年（袁宏《後漢紀》作三十一年），鮮卑大人於仇賁、滿頭等率種人詣闕朝賀，慕義內屬……於是鮮卑大人並來歸附。」

「永初中（一一〇），鮮卑大人燕荔陽（西部鮮卑）詣闕朝賀。鄧太后賜燕荔王印綬。鮮卑邑落百二十部，各遣人質。」（以上並《後漢書・烏桓鮮卑列傳》）

「魏文帝踐祚（二二〇），鮮卑大人步度根、泄歸泥等將部落三萬餘家，詣郡附塞……牽招自出率將歸泥等招通河西鮮卑附頭等十餘萬家。內外夷虜，大小莫不歸心……招乃簡選有才識者，詣太學受業。還相授教，數年中庠序大興。」（《三國志・牽招傳》）

「青龍中（二三五），毌邱儉為度遼將軍，右北平烏丸單于寇婁敦，遼西烏丸都督率眾王護留等率

眾五千餘人降。封其渠帥二十餘人為侯王。」(《三國志・毋丘儉傳》)

此東面及東北面各民族,投入中華懷抱以自求同化之史概也。魏之牽招,認識此義尤深,欲加速其文明之進化,故選拔優秀,教之太學。自東京全盛之時,太學中本已滿植四夷子弟;魏雖小康,此風重振。其後匈奴劉淵,卜珝之徒,深通經史。雖短時有武力反噬之謬,而「民族性」遂熔解無跡,即此故也。

其在北面,則:

「章和元年(八七),北匈奴……屈蘭、儲卑、胡都、須等五十八部,口二十萬,勝兵八千人,詣雲中、五原、朔方、北地降。」

「永元八年(九六),左部胡……還入朔方塞,龐奮迎受慰納之。其勝兵四千人,弱小萬餘口悉降。以分處北邊諸郡。」

「永和五年(一四〇),右賢王部抑鞮等萬三千口,詣馬續降。」(以上並《後漢書》卷八九〈匈奴列傳〉)

匈奴民族親漢之誠,於此可見。故雖在三國,中華喪亂之辰,而右賢王去卑侍衛天子(獻帝),勤王不懈。陳壽稱建安以後,「匈奴折節,過於漢舊。」夷考其實,豈但恭順折節而已,魏晉之際,匈奴部族,舉族歸化,內嚮之殷,似亦過於漢舊也。《晉書・北狄傳》歷記之云:

「武帝踐祚(二六五)後,塞外匈奴大水塞泥黑難等二萬餘落歸化。帝復納之,使居河西故宜陽城下,後復與晉人雜居。由是平陽、西河、太原、新興、上黨、樂平諸郡,靡不有焉。」

「太康五年（二八四），復有匈奴胡太阿厚率其部落二萬九千三百人歸化。七年（二八六），又有匈奴胡都太博及萎莎胡等各率種類，大小凡十萬餘口，詣雍州刺史扶風王駿降附。明年（二八七），匈奴都督大豆得一育鞠等，復率種落，大小萬一千五百口，牛三萬二千頭，羊十萬五千口，車驢什物，不可勝記，來降。並貢其方物。帝並撫納之。」（以上並《晉書》卷九七〈四夷傳〉）

此固開後來華戎雜居之漸，然吾族對四鄰弟族推心置腹，坦白真誠之赤心，天下共見。匈奴中亦非無天良發現之人。如永初三年（一〇九），內奸韓琮誘南單于反畔，及至何熙、龐雄軍臨，南單于恐怖慚憒，責讓韓琮，「遣使乞降，單于脫帽徒跣，對龐雄等拜，陳道死辠，於是赦之。」（見《後漢書・南匈奴傳》）此萬氏尸遂鞮單于也。又如「延光三年（一二四），新降一部大人阿族等反畔，脅呼尤徽，欲與俱去，呼尤徽曰：我老矣，受漢家恩，寧死，不能相隨！眾欲殺之，有救者得免。」（見同書）若呼尤徽之忠節，吾漢族亦誠待人之施，得精神上之酬報矣。

至於西北方面之羌族，雖有部份反側甚烈，然慕義向化，亦前後數百年間絡繹不絕。如：

「建武十三年（三七），廣漢塞外白馬羌豪樓登等，率種人五千餘戶內屬。光武封樓登為歸義君長。」

「永元六年（九四），蜀郡徼外大牂夷種羌豪造頭等，率種人五十餘萬口內屬。拜造頭為邑長。賜印授。」

「永初元年（一〇七），蜀郡徼外羌龍橋等六種，萬七千二百八十口內屬。明年（一〇八），蜀郡徼外羌薄申等八種，三萬六千九百口，復舉土內屬。冬，廣漢塞外參狼種羌二千四百口，復來內屬。」（並《後漢書》卷八七〈西羌傳〉）

此可以推見燒當羌之反覆，其最大原因，仍不過為一桀戾兇酋個性陸梁所驅迫耳。如迷吾、滇零等天性稍馴，又無內奸作祟於其間，則燒當、先零諸羌族，亦未必不舉土內屬也。

至於西南夷方面，若：

「建武十二年（三六），九直徼外蠻里張游，率種人慕化內屬，封為歸漢里君。」

「延熹三年（一六〇），夏方為交阯刺史。方威惠素著。日南宿賊聞之，二萬餘人，相率詣方降。」（《後漢書》卷八六〈南蠻傳〉）

此交阯族之親漢而內化也。又如：

「哀牢夷王賢栗謂其耆老曰：中國其有聖帝乎……建武二十七年（五一），賢栗遂率種人戶二千七百七十，口萬七千六百五十九，詣越巂太守鄭鴻降。求內屬。光武封賢栗等為君長。永平十二年（六九），哀牢王抑狼（從《華陽國志》）遣子率種人內屬。其種邑王者七十七人，戶五萬一千八百九十，口五十五萬三千七百一十一。西南去洛陽七千里。顯宗以其地置哀牢、博南二縣。割益州郡西部都尉所領六縣，為永昌郡。」（《後漢書・西南夷傳》）

此哀牢夷族（即今水擺夷）之親漢而內化也。又如：

「永元六年（九四），永昌郡徼外敦忍乙王莫賢，慕義譯獻。永初元年（一〇七），徼外僬僥夷陸類

等三千餘口，舉眾內附。」（《後漢書》卷八六《西南夷傳》）

此緬北夷族之親漢而同化也。又如：

「元初三年（一一六），越巂郡徼外夷大羊等八種，戶三萬一千，口十六萬七千六百二十，慕義內屬。」（同上）

此邛都夷族之親漢而內化也。又如：

「永平中（六六），益州刺史梁國朱輔，慷慨有大略。在州數歲，宣示漢德，威懷遠夷。自汶山以西，前世所不至，正朔所未加，白狼、槃木、唐菆等百餘國，戶百三十餘萬，口六百萬以上。舉種奉貢，稱為臣僕。永元十二年（一〇〇），旄牛徼外白狼樓薄蠻夷王唐繒等，遂率種人十七萬口歸義內屬。詔賜金印紫綬，小豪錢帛各有差。永初二年（一〇八），青衣道夷邑長令田，與徼外三種夷，三十一萬口，齎黃金，旄牛毦，舉土內屬。安帝增令田爵號為通奉邑君。」（《後漢書》卷八六《西南夷傳》）

此筰都夷族，及旄牛夷族之親漢而歸化也。至若氐族，則史臣記之云：

「建武初，氐人悉附隴蜀……降漢。隴西太守馬援，上復其王侯君長，賜以印綬。」（《後漢書》卷八六《白馬氐傳》）

此白馬氐族之親漢而歸化也。不但歸化而已，後隗囂族人隗茂反，氐人大豪齊鍾留，且助郡丞孔奮擊茂，破斬之。是又盡忠於漢矣。

更可珍者，則鬱林太守谷永，開化烏滸人是也。《後漢書・南蠻傳》云：

「建寧三年（一七〇），鬱林太守谷永，以恩信招降烏滸人十餘萬內屬。皆受冠帶。開置七縣。」

「烏滸人」非他，前此不久，尚為最野蠻之吃人民族也。春秋時《墨子》曾兩記此蠻族：〈節葬〉下篇云：「…越之東（南？）有較沐之國者，其長子生，則解而食之，謂之宜弟！其大父死，負其大母而棄之，曰鬼妻不可與居處！」《魯問篇》云：「楚之南有啖人之國者，其長子生，則鮮（解）而食之。謂之宜弟！美則以遺其君。」范書《南蠻傳》述其風未改：「武陵蠻西有噉人國，生首子，輒解而食之。謂之宜弟！味旨則遺其君。取妻美則讓其兄。今烏滸人是也。」

萬震《南州異物志》云：「烏滸，地名。在廣州之南，交趾之北。恆出道間，伺候行旅，輒出擊之。利得人食之，不貪其財貨。並以其肉為肴葅。又取其髑髏破之以飲酒。以人掌趾為珍異。」此外《列子・湯問》篇，亦記其啖食長子之俗。《說苑・建本》篇，亦記其美妻讓兄之俗。自春秋之末以迄東漢，此族之野蠻兇鄙之習，比於禽獸，曾不稍減！乃在東漢之末，谷永即能教誨而洗滌之，冠帶而沐浴之，拔於禽獸，登之衽席，比之沐猴而冠，尤難十倍。觀於烏滸蠻族之能短期開化，始信漢族同化力之偉大。古聖人「誠格豚魚」說之非誣，但當推心置腹以「恩信」待人，天下無不可化之人也。

三

以「推食解衣」之胸懷，「推心置腹」之態度，行「教誨」「扶助」之事業，盡「灌輸文明」之責任，斯則以天下為一家，中國為一人，故孔子謂「四海之內，皆兄弟也。」此千古治邊之上策，果能如此，則華戎雜居，適足以加速其同化之時日，加強其融鑄之力量。回視猜疑嫉忌，相互仇疾提防，如郭欽、江統徙戎之論，其識見陋而處境哀矣。

夫華戎雜居，但當相互公平正直，則摩擦自可減少，友誼便能增進，不此之圖，但欲徙戎以遠害，此小兒之見也。戎既有叛心矣，今日縱出徙而稍遠，明日即入侵而更近。此猶不滅火源，即火終有延燒而近之一日，所以東晉之世，欲徙戎而未能，反招戎淪陷中原也。

故處理華戎雜居，公平正直，惟班彪之見，得其正鵠。後之人漠視班彪之正見，而反豔稱郭、江之陋識，斯中國邊政之日毀也。

「建武九年（三三），司徒掾班彪上言：「今涼州部皆有降羌。羌胡被髮左衽，而與漢人雜處，習俗既異，言語不通。數為小吏黠人所見侵奪，窮恚無聊，故致反叛。夫蠻夷寇亂，皆為此也。舊制：益州部置蠻夷騎都尉，幽州部置領烏桓校尉，涼州部置護羌校尉，皆持節領護，理其怨結。歲時循行，問所疾苦。又數遣使驛，通動靜，使塞外羌夷，為吏耳目。州郡因此可得儆備。今宜復如舊，

以明威防。」光武從之。」（《後漢書．西羌傳》）

班彪所述，乃曲突徙薪之謀，正本清源之論。如欲明證其效，以漢末程苞所述板楯蠻之叛及其降服一事觀之可也。靈帝光和三年（一八〇），板楯蠻叛，益州兵討之，連年不克。帝欲大發兵，乃問群臣以征討方略。程苞對曰：「……板楯忠功，本無惡心。長吏鄉亭，更賦至重。僕役箠楚。過於奴虜。亦有嫁妻賣子，或乃至自剄割。雖陳冤州郡，而牧守不為通理。闕庭悠遠，不能自聞；含怨呼天，叩心窮谷。愁苦賦役，困罹酷刑。故邑落相聚，以致叛戾。非有謀主僭號，以圖不軌，今但選明能牧守，自然安集，不煩征伐也。」（《華陽國志．先賢志》）

帝從其言，遣太守曹謙，宣詔赦之，「連年不克」之叛蠻；「即皆降服」！此其明驗亦可以睹矣。所有摩擦，皆起於不肖貪吏。民族與民族間，聲應氣感，本自動日趨於融合，而酷吏墨胥，從中梗敗，直至清代，苗、稔、教匪、同亂，其原因尚似出於一轍也。

不尚公平正直，而惟務猜忌詐虞為得計者，自曹瞞始。建安二十一年（二一六），南單于呼廚泉來朝，曹操拘留於鄴，而遣右賢王去卑，歸監其國。此何說也。幸匈奴思漢舊恩至厚，故不即發作耳。不然，恐永興之禍即見於黃初之元矣。曹瞞既徵求不仁不孝盜嫂之人以立功，群下承其謬種，社會政治乃復返於黑暗，邊政自不能例外；故鄧艾首創謬論：「嘉平元年（二四九），艾上言曰：『戎狄獸心，不以義親。強則侵暴，弱則內附……自單于在外，莫能牽制，長卑誘而致之，使來入侍。由是羌夷失統。合散無主。以單于在內，萬里順軌。今單于之尊日疏，外土之威寖重，則胡虜不可不勝備也。聞劉豹部有叛胡，可因叛割為二國，以分其勢。去卑功顯前朝而子不繼業，宜加其子顯號，使居雁門；離國弱寇……又陳羌胡與民同處者，宜以漸出之；使居民表崇廉恥之教，塞姦宄之路。』司馬景王（懿）多納用焉。」（《三國志》卷三六《鄧艾傳》）

鄧艾之政策有三點：（一）獎勵叛逆而利用之，（二）離間分化以夷制夷，（三）分隔民族以圖苟安。此三點者以我儕今日評之，皆淺薄、苟且、欺詐、卑鄙，而反加深禍根者也，而在當時曹魏之朝，則似奉為鴻寶圭臬；不但得阿瞞之傳統，巾幗大將司馬懿亦納用焉。以視蜀漢諸葛亮之征南蠻，使其心服，衷心吐露「丞相天威，南人不復反矣」，忠佞賢不肖度量之相去，豈不遠哉！蓋丞相亮所持之邊政，乃漢代一貫治邊之上策，而阿瞞、鄧艾之新計，乃墮落至無恥卑鄙之惡道，以自召他日吞噬之報焉。

四

曹魏以後之新邊政，不以仁愛真誠為基，而以詐術手段為高。故其邊政之兩大骨幹，（一）為分化離間，（二）為民族隔絕。分化離間政策之發現於事實者，第一為建安中（二〇六）曹操分并州南匈奴為五部。

「……呼韓邪單于臣漢，漢嘉其意，割并州北界以安之。於是匈奴五千餘落，入居朔方諸郡，與漢人雜處……其部落隨所居郡縣，使宰牧之，與編戶大同而不輸貢賦。多歷年所，戶口漸滋，彌漫北朔……建安帝始分其眾為五部，部立其中貴者為帥；選漢人為司馬以監督之。魏末，復改帥為都尉。其左部都尉所統，可萬餘落；居於太原故滋民縣。右部都尉所統，可六千餘落；居祁縣。南部都尉可三千餘落；居蒲子縣。北部都尉可四千餘落；居新興縣。中部都尉可六千餘落，居太陵縣。」（《晉書》卷九七《北狄傳》）

第二則為西晉咸熙、泰始之際，再分南匈奴為四部。

「南單于……部落，散居六郡，按六郡謂：太原、西河、平陽、上黨、樂平、新興……咸熙（二六四）之際，以一部太強，可分為三。泰始之初（二六五），又增為四……」（江統《徙戎論》）

此在當時，所謂強本弱幹之計，然而事實效果，適得其反；匈奴首亂中華，遠在永興（三〇四）以後！使無八王之釁，亦無五胡之禍，雖分之為數十百部，亦不能免神州於沈淪也。

其第二政策——民族隔離之表現於輿論者，則為「徙戎」。魏嘉平時鄧艾已唱之於前。越三十二年，至晉太康（二八〇）吳，華夏統一，於是郭欽建議，隔離華戎：「侍御史西河郭欽上疏曰：『戎狄彊獷，歷古為患。魏初人寡，西北諸郡，皆為戎居。今雖服從，若百年之後，有風塵之警；胡騎自平陽、上黨，不三日而至孟津。北地、西河、太原、馮翊、安定、上郡，盡為狄庭矣！宜及平吳之威，謀臣猛將之略，出北地、西河、安定，復上郡，實馮翊，於平陽以北諸縣，募取死罪，徙三河、三魏見士四萬家以充之。裔不亂華，漸徙平陽、弘農、魏郡、京兆、上黨雜胡。峻四夷出入之防，明先王

荒服之制，萬世之長策也。』帝不納。」（《晉書》卷九七《北狄傳》）

越十八年，至元康八年（二九八），孟觀西征，討叛氐齊萬年，擒之。於是江統乘時，作徙戎論，為全國唱。

「時關隴屢為氐羌所擾……統深惟四夷亂華，宜杜其萌，乃作徙戎論，其辭曰：「……雍州之戎，常為國患；中世之寇，惟此為大。漢末之亂，關中殘滅。魏興之初，與蜀分隔。疆場之戎，一彼一此。魏武皇帝，令將軍夏侯妙才（淵）討叛氐阿貴千萬等，後拔棄漢中，遂徙武都之種於秦川；欲以弱寇強國，捍禦蜀虜。關中土沃物豐，有涇渭之流，溉其舄鹵。黍稷之饒，畝號一鍾；百性謠詠其殷實。帝王之都，每以為居。未聞戎狄，宜在此土！而因其衰弊，遷之畿服。士庶翫習，侮其輕弱；使其怒恨之氣，毒於骨髓。至於蕃育眾盛，則坐生其心。以貪悍之性，挾憤怒之情；候隙乘便，輒為橫逆。而居封域之內，無障塞之隔；掩不備之人，收散野之積，故能為禍滋擾，暴害不測，此必然之勢矣。當今之時，宜及兵威方盛，眾事未罷，徙馮翊、北地、新平、安定界內諸羌，著先零、罕幵、析支之地；徙扶風、始平、京兆之氐，出還隴右，著陰平、武都之界。稟其道路之糧，令足自致。各附本種，反其舊土。屬國撫夷，就安集之，戎晉不雜，並得其所，縱有猾夏之心，風塵之警，則絕遠中國，隔閡山河：雖為寇盜，所害不廣矣。并州之胡，本實匈奴桀惡之寇也……中平中（一八六），以黃巾賊起……乘釁而作，鹵掠趙魏，寇至河南……今五部之眾，戶至數萬。人口之盛，過於西戎。其便天性驍勇，弓馬便利，倍於氐羌。若有不虞，風塵之慮，則并州之域，可為寒心！滎陽句驪，本居遼東塞外，正始中（二四六），幽州刺史毋邱儉伐叛者，徙其餘種。始徙之時，戶落百數，子孫孳息，今以千計。數世之後，必至殷熾……」帝不能用。未及十年，而夷狄亂華。」（《晉書》卷五六《江統傳》）

後之論者，咸惜郭、江之議，不見採於晉廷，遂致滔天禍水，制遏無從。《晉書・載記》序曰：「郭欽騰牋於武帝，江統獻策於惠皇，皆以為魏處戎夷，繡居都鄙；請移沙塞之表，定一殷周之服。統則憂諸并部，欽則慮在孟津。言猶自口，元海已至！語曰：失以毫釐，晉卿大夫之辱也。」此殆魏徵之筆也。以今觀之，郭欽、江統，謂其先見，能預察禍患於未萌則可，謂其建議，能預消禍患之根源則不可。國必自亡而後人亡之，及其將亡，則外寇之至固不分遠近也。謂外寇稍遠，而欲延須臾苟且之命，固小兒稚見也。然分別觀之，郭、江之論，又自不同。郭欽主要建議，可分甲乙二點：

（甲）徙內地人民，以充實北地、西河、安定、上郡、馮翊及平陽北諸縣。此為移民實邊政策。

（乙）漸徙平陽、弘農、魏郡、京兆、上黨雜胡，嚴其出入之防。此為民族隔離政策，而附帶有嚴格管理政策。

關於（乙）項，其民族隔離政策，根本錯誤，非吾人所能同情。但其嚴格管理政策，如能持之以公平正直之態度，則與班彪、程苞之建議合：固亦顛撲不破之論也。至於（甲）項，移內地有餘之民以殖邊，實為治邊方策之最合理者，團結民族，灌輸文明，促進同化，皆以此為光明正直之大道。今日以及來日，均當佩之以為圭臬也。

江氏之論，惟務隔離，至於明知「士庶翫習，侮其輕弱，使其怨恨，毒於骨髓！」而不思為之解冤申曲，疏愁散恨，惟欲不分皂白，驅之更遠，彼若眷戀耕業，豈不更深怨毒。一旦迫之愈急，適足促其中途發難。幸而晉惠昏騃，不採其議。設若採行江論，則李特、李雄之叛；杜弢、杜曾之亂；譙縱、譙洪之逆；皆將進發於元康之世，而為江統親見其效果之何如矣！

五

述往史邊政之借鑑，東漢以前，可師者多而可戒者少。魏晉以後，不揣其本而齊其末，故可戒者多而可師者少。曹與司馬，篡逆相承，以曖昧無恥，殘酷卑鄙之手段竊國，黑暗政治之根柢系統，既已養成，且復鞏固。歷時愈久，愈演而愈烈，及至元康之世（二九一）賈后之兇毒一肆，繼之便有八王之亂，司馬氏骨肉手足，自相吞噬賊殺，擾攘十六年而不已。甚至如東海王越，捕其兄長沙王乂，令其鷹犬張方，於營中「炙而殺之：乂冤痛之聲，達於左右！」宰豬屠狗，猶不如此慘酷，而施之於骨肉，司馬家兒之自毀其尊嚴，自證其獸性，自暴其醜惡之罪行，至矣盡矣。此在無論何人視之，皆當吐棄鄙夷，不齒之於人數。欲求夷狄仍神聖而尊敬之，不將難於駱駝之穿針孔乎！果也，南匈奴劉淵討晉之文曰：

「今天誘其衷，悔禍皇漢。使司馬氏父子兄弟，迭相殘滅！黎庶塗炭，靡所控告……」（《晉書》卷一百一《劉元海載記》）其後石勒追東海王越之喪言（三一一），及之於苦縣，剖其棺，焚其屍，勒手揚其骨灰四方，大呼曰：「我為天下人報讎！」皆可以證明東晉司馬氏之結果，「孽由自作」，「罪有應得」！五胡之叛，天理昭彰，所苦者，無辜生靈之塗炭耳！

更有數事，可以證明司馬氏皇室子弟婦女之低能，涼血，而無恥！劉聰擄懷帝於洛陽，使之青衣行酒。晉臣在座者多失聲慟哭，尤忠烈者，如庾珉、王儁。乃至伏地以首擊階，碎腦而死。後劉曜執愍帝於長安，又辱之以青衣行酒，晉臣多涕泣失聲，尤忠烈者，麴允伏地號慟，自殺於獄。辛賓抱帝大哭，斬首不悔。於斯時也，蠢動含靈，皆當感動。猶有懷帝本人，尸居餘氣，劉聰問曰：「卿家骨肉相殘，何其甚也！」帝曰：「此殆非人意，皇天之意，故為陛下自相驅除。」蓋「心死」已久，狗豨同儕，使堂堂中華戴此狗豨以為帝，雖無劉聰，何遽不亡！其羊皇后淫媚劉曜之語，比之娼妓，尤為無恥，不欲述以汙筆。石勒擄晉宗室，梁王禧等惟知叩頭求免。吾疑司馬氏，本係劣種，故遺傳根性，自惠帝（白癡）以來，愈演而愈醜也。戴此不優之族以為中華主，不有外禍，必有內殃。故五胡之反噬亂華，乃中華皇族所自召，絕不關戎之徙不徙也。

五胡亂華之第二原因，則為三國以來歷史惡果之所畀。自漢末黃巾及董卓亂後，海內迄不能統一，內戰及匪禍，無一日之息，以致生民大量死亡，人口極度彫殘。今將兩漢三國（魏、蜀、吳）西晉，各朝人口升降之數，綜合而簡表之如下：

西漢至西晉中華人口表（以「言」為單位，「戶」數略去。）

西漢平帝元始元年（二）	五九五九四九七八口（《漢書・地理志》）
東漢光武中元二年（五七）	二一〇〇七八二〇口（《帝皇世紀》）
明帝永平十八年（七五）	三四一二五〇二一口（《漢官儀》）
順帝永和五年（一四〇）	四九一五〇二二〇口（《續漢郡國志》）
桓帝永壽二年（一五六）	五六四八六六五六口（《通典》。東漢最高數）
蜀漢昭烈章武元年（二二一）	九〇〇〇〇〇口（《晉書・地理志》）
後主炎興元年（二六三）	一〇八二〇〇〇口（《通典》。蜀亡之年）
魏　元帝景元四年（二六三）	四四三二八八一口（《通典》。《帝皇世紀》魏蜀合計較此略少）
吳　大帝赤烏三年（二四〇）	二四〇〇〇〇〇口（《晉書・地理志》）
三國合計	七九一四八八一口
西晉武帝太康元年（二八〇）	一六一六三八六三口（《晉書・地理志》。平吳之年一統合計）

以上表觀之，三國以後，人口減低之指數，其可驚人至如此！當時有識之士，皆認此實為民族生死存亡之嚴重威脅。傅玄云：「今合計天下之人口，不過漢時一大郡！」並非故作危詞，合計三國時魏蜀吳之總人口數，僅及西漢元始元年人口數之七・五分之一耳。是時中原空虛，千里無人煙，而「長安城中，戶不滿百。」故五胡乘勢亂起，有如怒流之奔虛壑。因人口之虛耗，斯滔天橫流，莫之

能禦。以人體為喻，漢末三國之長期殘殺，如精血之斲傷，及至西晉，已成骨瘦如柴之病夫，五胡亂華，則為各種微菌乘虛而侵入。此原因之由於歷史因果者。

第三，則三國以後，曹瞞以「盜嫂」、「受金」、「無恥」、「不廉」為倡。致民族道德，一落千丈。民族間之不平等待遇以起。初則漢族恃祖宗之餘澤，擅作威福，如役胡夷，掠賣威劫，遍及各族。如：

「陳泰為并州刺史，京邑貴人，多寄寶貨，因泰市匈奴奴婢。」（《三國志・魏志》卷二二《陳泰傳》）

此魏人之奴役匈奴民族也。魏人之奴役匈奴人，已成普遍風氣可見。又如：

「余（石崇）元康之際，出在滎陽東住，聞主人公言：買得一惡羝奴，名宜勤。身長九尺餘……善讀書……吾問公賣否？公喜，便下絹百匹。奴謂吾曰：吾胡王子，性好讀書……」（《太平御覽》卷五九八引《石崇奴券》）

此晉人之奴役氐族也。如石崇奴券所言，則氐族之王子，性好讀書，深受中華文化者，猶不免晉人之所奴！以一文化貴族，而市價不過「絹百匹」，便終身為晉人市儈之奴！人同此心，當時氐族之苦痛憤怒將何如乎？又如：

「石勒路逢郭敬，泣拜言饑寒……敬食之。勒謂敬曰：「今日大餓，不可守窮。諸胡饑甚，宜誘將冀州就穀，因執賣之，可以兩濟。」敬深然之。會建威將軍閻粹，說并州刺史東瀛公騰：「執諸胡，於山東賣，充軍實。」騰使將軍郭陽張隆，虜群胡，將詣冀州，兩胡一枷。勒時年二十餘，亦在

其中，數為隆所毆辱。既而賣與茌平人師懽為奴……」（《晉書》卷一〇四《石勒載記》）

此晉人之奴役羯族也。以牧民父母之官，而公然使軍隊擄掠異族平民，大批遠賣。司馬騰真豺狼也。「兩胡一枷」之狀，可恨亦復可笑。將以謂縱令胡兒冤痛悲苦而終無如何耶？而不知他日屠司馬氏宗室如犬羊，大呼「為天下人報仇」者，即已在此「兩胡一枷」之中矣！

曹魏以來，民族道德低落，奴役遍及各族。詩云：「無言不仇，無德不報。」而永嘉以後，神州淪陷，三百年間，吾羲黃聖胄，乃反致為各族所奴役虐殺。永言厲階，何悲哽之深乎！

六

是故，五胡亂華之最大三原因，皆可以垂百世之殷鑑。第一，則統治階級之禽獸行，以招致環鄰各族之鄙夷而唾棄也。第二，則歷史惡果，元氣斲盡，以招致病菌之入侵也。第三，則民族失德，積怨於人，以招致報復之種子也。使無此三端，則五胡未必亂華，即亂亦易以撲滅，未必慘烈酷毒至此極也。即遭慘烈酷毒之創，康健亦易平復，未必彌漫長夜至三百年之久，直至隋唐而始康復也。

或者疑我言乎？我將有以證驗之：夫劉淵、劉聰、劉曜，皆沈酣於漢學，今之人頗加注意矣。淵則：「七歲遭母憂，擗踴號叫，哀感旁鄰。（按匈奴族老死不哭，此漢族之孝道。）幼好學，師事上黨崔游，習毛詩、京氏易、馬氏尚書，尤好春秋左氏傳、孫吳兵法、略皆誦之。史漢諸子，無不綜覽。嘗謂同門生朱紀范隆曰：吾每觀書傳，常鄙隨陸無武，絳灌無文。道由人弘，一物之不知，固君子之所恥也……」（《晉書》卷一〇一《劉元海載記》）

聰則：「年十四，究通經史，兼綜百家之言。孫吳兵法，靡不誦之。工草隸。善屬文。著述懷詩百餘篇。賦頌五十餘篇……弱冠游於京師，名士莫不交結，樂廣、張華，尤異之也。」（《晉書》卷一〇二）

曜則：「……讀書志於廣覽，不精思章句。善屬文，工草隸……尤好兵書，略皆闇誦……隱跡管涔山，以琴書為事。」（《晉書》卷一〇三）

至於北部都尉左賢王劉宣，乃鄭康成之再傳弟子也。「……宣……好學修絜，師事樂安孫炎（鄭玄高弟，註《爾雅》者。）沈精積思，不舍晝夜。好毛詩、左氏傳。炎每歎之曰：宣若遇漢武，當踰於金日磾也。學成而返，不出門閭蓋數年……」（《晉書・劉元海載記》附劉宣傳）之數人者，使當中華民族強盛，政治修明，賢能在位，民德淳厚之時，則劉淵、劉宣，當入儒林；劉聰、劉曜，宜廁文苑；與卜珊之列名藝術，同傳佳話。但值否塞之世，則淵、聰、曜，並躬僭偽位：而最初勸劉淵叛者，即劉宣也。孫炎預期劉宣如金日磾之盡忠，而宣乃首唱逆謀：無他，不遇漢武帝之令主耳。

即如羯奴石勒，於即偽帝位後，酒酣耳熱，向徐光吐露真言：「……朕若逢高皇，當北面而事之！與韓（信）彭（越）競鞭而爭先耳。大丈夫行事，當磊磊落落，終不能如曹孟德、司馬仲達父子，欺他人孤兒寡婦，狐媚以取天下也。」（《晉書》卷一〇五《石勒載記》）可證勒如生於炎漢，逆膽先消。曹孟德、司馬仲達，彼私心所不齒，故勇於造逆耳。

他若鮮卑名王，則以慕容廆之強，猶惓戀中華，終其身篤守臣節。「廆謀於眾曰：吾先公以來，世奉中國。且華裔理殊，彊弱固別，豈能與晉競乎，乃遣使來降。武帝嘉之……元帝承制，遣其長史王濟，浮海勸進。」（《晉書》卷一〇八《慕容廆載記》）至其與陶侃之牋，無論是否為由衷之言，然忠義慷慨，形於辭色。晉室重臣，除劉越石（琨）等一二人外，固未見其比也。

「廆……與太尉陶侃牋曰……王塗嶮遠……天降艱難……舊都不守，奄為虜庭。使皇輿遷幸，假勢吳楚。大晉啟基，祚流萬世；天命未改，玄象著明。是以義烈之士，深懷憤踴。猥以功薄，受國殊寵；上不能掃除群羯，下不能身赴國難……今吳土英賢比肩，而不輔翼聖主，陵江北伐，以義聲之直，討逆暴之羯……廆於寇難之際，受大晉累世之恩，自恨絕域，無益聖朝！徒繫心萬里，望風懷憤。今海內之望……惟在君侯，若戮力盡心，悉五州之眾，據兗豫之郊。使向義之士，倒戈釋甲；則羯必滅，國恥必除。廆在一方，敢不竭命……」（《晉書》卷一〇八《慕容廆傳》）

不但慕容廆也。即如冉閔誅羯胡以後，「遣使臨江告晉曰：『胡逆亂中原，今已誅之，若能共討者，可遣軍來也。』朝廷不答。」可見人心思漢，但東晉小朝廷，治邊無策耳。慕容廆傳子慕容皝以後，兵更強，國更大，至於覆滅高麗，囊括朝鮮，然仍終其身對晉克盡臣節。其貽庾冰之書，尤為沈痛之音；「……方今四海有倒懸之急，中夏逋僭逆之寇。家有漉血之怨，人有復讎之憾；寧得安枕逍遙，雅談卒歲耶！吾雖寡德，過蒙先帝列將之授。以數郡之人，尚欲併吞強虜，是以自頃迄今，交鋒接刃。一時務農，三時用武……況乃王者之威，堂堂之勢，豈可同年而語哉。」（《晉書》卷一〇九《慕容皝載記》）

實因晉德不競，乃使皝子儁，終於僭稱偽號焉。江東士大夫，方且揮麈雅談，玄之又玄，身已贅矣，寧有於國，「邊」已忘矣，何遑言「政」！志士腐心，忠臣扼吭。乃欲奢望蠻夷長老，世守臣節，是挾泰山以超北海之類矣，雖然，如鮮卑西移別種——吐谷渾者，雖保世滋大於青海，竟世世不忘效忠於中國。

「視連臨終，謂其子視羆曰：「我高祖吐谷渾公，常言子孫必有興者，永為中國之西藩，慶流百世！吾已不及，當……一在汝之子孫輩耳。」」（《晉書》卷九七〈西戎傳〉）

視羆守父遺囑，不肯受乞伏乾歸偽命，反以書責以大義：「……自晉道不綱，姦雄競逐。劉、石虐亂，秦、燕跋扈。王處形勝之地，宜當糾合義兵，以懲不順；奈何私相假署，擬僭群兇。寡人承五祖之休烈，控弦之士二萬。方欲掃氛秦隴，清彼沙涼；然後飲馬涇渭，戮問鼎之豎……迎天子於西京，以盡遐蕃之節。終不能如季孟午陽，妄自尊大。王何不立勳帝室，策名王府；建當年之功，流芳來葉耶……」（《晉書》卷九七《西戎傳》）

再傳至何豺，觀於墊江水源入大江度廣陵入海，因曰：「水尚知歸，吾雖塞表小國，而獨無所歸乎！遣使通宋，獻其方物。宋少帝封為澆河公。元嘉三年，又遣使朝貢。會暴病死。慕璝立，又奉表通宋，宋文帝又授隴西公。」（《北史》卷九六《吐谷渾傳》）其後卒能如其始祖所訓，直至唐龍朔三年（六六三），吐谷渾為吐蕃所滅時止，對於中國，恭恪盡其西藩之節，始終無間焉。

舉隅三反，略止於斯。就上例而觀之，可以概見者：即在魏晉道消之世，民族與民族間之相親睦誼。曾未少殺。四鄰幼弟民族之向心力，及吾民族之同化力，決非兵戈烽煙所能燬、桀酋漢賊所能沮。但使晉綱稍振，則五胡之亂，本非永不可免之天劫也。

七

由是而後，則為南北朝對峙。北朝本為邊裔，入主中華；其所表現有兩極端：（甲）蠻獸性發，兇殘甚於毒虺，虐殺華族，不異螻蟻蟣蚤！其事之慘烈，其數之眾多，其時之久長，自晉書以至隋唐十史，皆其血債，無可枚舉申述。（乙）教化功成，則醉心華夏，盡棄故習，乃並其祖宗血姓，吐棄不異糞苴。如北魏孝文帝太和以後，及北周一朝是也。其對於內地基本編戶如此，其對於邊境夷族，與南朝中華正統之主，畢竟有異。以理論言，北朝之與邊境夷民，同為「夷」耳，但有「先進夷」與「後化夷」之別耳。然北朝諸君臣，婢學夫人，偏喜虐待後婢，（正與今日倭人相同！）故對於開化較遲之南方山陵區蠻獠諸族，常逞陵殺之暴威。如四川北部，為北魏佔領以後，獠族遂遭無告之殃：「獠挾山旁谷，與夏人參居者，頗輸租賦。在深山者，仍不為編戶。梁、益二州，歲伐獠以裨潤，公私頗藉為利！」（《北史》卷九五〈蠻獠傳〉）

及至北周全取蜀中以後，此種罪行，公然由朝廷命令州郡為之，於是其禍更烈：「及周文平梁益之後……每歲命隨近州鎮，出兵討之，護其生口，以充賤隸；謂之「壓獠」焉。後有南旅往來者，亦資以為貨，公卿達於庶人之家，有獠口者多矣。」（《北史》卷九五〈蠻獠傳〉）

不然，則肆其淫殺以示威，如北周陸騰之肆毒於群蠻：巴蜀群蠻附梁，蠻帥「冉令賢、向五子王等又攻陷白帝……天和元年（五六六）詔開府陸騰督王亮、司馬裔等討之……（騰）晨至水邏，蠻眾大潰，斬首者萬餘級！令賢遁走，追而獲之。司馬裔又別下其二十餘城，獲蠻帥冉三公等。騰乃積其骸骨，於水邏城側為京觀！後蠻蜓望見，輒大哭……」（《北史》卷九五〈蠻獠傳〉）然此風固已自北魏開之，北周乃師承其餘虐而已。

「景明三年（五〇二），魯陽蠻魯北燕等，聚眾攻逼。頻詔左衛將軍李崇討平之。徙萬餘家於河北諸州及六鎮。尋叛，南走；所在追討；比及河，殺之皆盡！」（《魏書》卷一〇一〈蠻獠傳〉）

魯陽蠻之南叛，乃水土不習之故。巴蜀蠻之附梁，乃依戀華夏之情。前者並無辠辜，後者忠志可嘉，乃觸魏周之深怒，必盡殺之而後快。（殺魯陽蠻「萬餘家」，當亦有五六萬口。）蓋前此之虐殺華族也，其兇毒已有逾於此者矣；則此時土芥魚肉之待蠻族，殆不足道矣。

而南朝之撫字弱小未開化之群蠻，其態度迥異於是。第一，於賦稅方面，仍秦漢以來傳統之舊貫，至為輕微。較漢族齊民，實享優異之特權，至今漢人側目歆羨。「荊雍州蠻，槃瓠之後也……種落布在諸郡縣……蠻民順附者，一戶輸穀數斛，其餘無雜調。而宋民賦役嚴苦，貧者不復堪命，多逃亡入蠻。蠻無徭役，強者又不供官稅。」（《宋書》卷九七〈夷蠻傳〉）

若有地方官吏，私自賦役，致令蠻叛者，則受上司免職之處分！如宗僑之之例是也。「天門漢中令宗僑之，徭賦過重，蠻不堪命，元嘉十八年（四四一），蠻田向求等為寇，破漊中。荊州刺史衡陽王義季破之……免僑之官。」（《宋書》卷九七〈夷蠻傳〉）

此與北周中樞命令地方官每歲俘虜獠民以為賤隸者相較。距離何其遠乎。南朝對群蠻，既寬仁為政，故南朝地方官，往往群蠻即擁戴以為王。例如桓溫、桓玄父子，對司馬氏固為逆臣，然世鎮荊襄，撫育群蠻，必有恩澤。故桓玄滅族以後，獨有太陽蠻眾，擁載其少子桓誕為王，桓氏遂世為太陽蠻焉。

「延興中（四七三），太陽蠻首桓誕，擁河水以北，溠葉以南，八萬餘落遣使內屬。孝文嘉之。拜誕……東荊州刺史襄陽王。誕……桓玄之子也。初玄西奔，至枚迴洲被殺，誕時年數歲，流竄太陽蠻中……及長，為群蠻所歸。誕卒，子暉襲……暉卒，正始四年（五〇七），東荊州太守桓叔興，前後招慰太陽蠻歸附者一萬七百戶。……叔興，即暉弟也……正光中（五二二），叔興擁所部南叛……」（按叔興之南叛，乃反正歸梁也。《北史》卷九五〈蠻獠傳〉）

又如爨氏之為白蠻酋王。今雲南昭通縣先後發見爨寶子碑，及宋爨龍顏碑，皆尚為其地之太守，而《新唐書．兩爨蠻傳》則云：「西爨白蠻……東爨烏蠻。……西爨自云：本安邑人。七世祖晉南寧太守。（按：當即爨寶子）……中國亂，遂王蠻中……」（《新唐書》卷二二二下《南蠻傳》）又如大業之末（六一六），巴陵群蠻猶奉西梁後裔羅川令蕭銑以為帝，是皆南朝持寬厚之政以撫字邊裔所收穫之果也。

雖然，由南北朝政府所持之治邊政術言之，固有「仁」、「酷」巨大之不同；而以民族言之。則無論南北，皆華族之同胞也。故山嶽嶮阻區域開化較遲之幼弟民族，其親睦此華族同胞，慕化而內向也，亦無間於南北。其請求內附歸化於北朝，不能認為臣僕於拓跋氏，或宇文氏，實乃自願同化於中原之華族同胞耳。此其意義至為淺顯，而吾儕必須認清。故荊雍蠻及豫州蠻，請求就近同化於北朝者頗多：「泰常八年（四二三），蠻王梅安率渠帥數千朝京師。興光中（四五四），蠻王文武龍請降。太和十七年（四九三），蠻首田益宗，牽部曲四千餘戶內屬。襄陽蠻首雷婆思等十一人，率戶千餘內徙。景明初（五〇〇），太陽蠻首田育丘等二萬八千戶內附。正光中（五二二）蠻首成龍強，率戶數千內附。蠻帥田牛生，率戶二千內徙。大統五年（五三九），蔡陽蠻王魯超明內屬。廢帝初（五五二），蠻首樊舍，舉落內附。恭帝二年（五五五），蠻酋宜人王田興彥、梅季昌等，相繼款附……」（並《北史》卷九五〈蠻獠傳〉）

此皆自願同化於華族而歸附，非媚附於鮮卑族也。故「徙之六鎮」，則無有不叛者，魯陽蠻及其酋魯北燕之叛，為徙之六鎮故；田超秀部下西郢蠻之叛，亦為徙之六鎮故也。此為蠻自願同化漢族而絕不願依附鮮卑族之鐵證，幾無可置辯也。

至群蠻之請求內屬於南朝者，史亦問記之而不詳。如云：「宋少帝景平二年（四二四），宜都蠻帥石寧等一百二十三人。詣闕上獻。元嘉六年（四二九），建平蠻張雝之等五十人，宜都蠻田生等一百一十三人，並詣闕獻見……」（《宋書》卷九七〈夷蠻傳〉）

甚至宋世宗初即位時（四五四），西陽蠻田益之、田義之、成邪財、田光興，助帝起義兵討賊。而內附蠻戶，至立為兩郡：「……又以蠻戶立宋安、光城二郡。以田義之為宋安太守。田光興為光城太守……」（《宋書》卷九七〈豫州蠻傳〉）則其時同化蠻戶，人口之多可想，特南朝史官記之過略耳。

八

臨殿，復以吳晉六朝郡縣安南而守護之，開發之之史實，以結束我文。以見雖當叔世偏安微弱之朝，其於安南也，猶能兢兢業業固守祖先之遺地而不敢稍怠棄其責守！則吾國過去之於安南也，割祖宗之腹地以貽遠人，其罪惡愈益彰，痛疚彌滋深矣！

「交趾」，名見於《堯典》、《大戴禮記》、《韓非子》等書，自秦始皇帝以來即為吾華族之郡縣，其人民乃為吾浙江之移殖，更屬同懷而共祖。秦亂而冀人（真定）趙佗守護之。漢孝武皇帝又復郡縣而衣覆之；由是直至五代宋初，一千一百八十年（公元前二一四—九六五）間，子孫縱號不肖，從未敢棄「交州」者也。魏晉南北朝，乃我民族退嬰時期，其邊政殆一無可取，獨於守護交州，不敢怠忽一事，則吾儕今日對之，將無顏以為生，無地以自容也！

三國海內幅裂，然江東孫氏，祖孫相繼，保守越南勿敢墜，且繼之以教化。如吳大帝（孫權）時：「……交州刺史呂岱，遣從事南宣國化……扶南、林邑、堂明諸王，各遣使貢奉。」（《三國志．吳志》卷一五〈呂岱傳〉）「赤烏十一年（二四八），林邑以兵侵交阯九真，攻沒城邑……以韓胤為交州刺史安南校尉。胤入南界，喻以恩信……」（《三國志．吳志》卷一六〈韓胤傳〉）林邑乃息兵。終孫權之世，拳拳守土不敢少忽。即至其孫皓時，雖暴戾兇悖，而於交州則選任才能，得如陶璜其人，故雖際喪亂，而邊境安固，以傳於晉。

「吳既平……璜上言曰：交土荒裔，斗絕一方。連帶山海，外距林邑，纔七百里。夷帥范熊，世為逋寇……且連接扶南，種類猥多。朋黨相倚，負險不賓。往隸吳時，數生寇逆；攻破郡縣，殺害吏民，臣以尫駑，昔為故國所採，編戍在南，十有餘年……前後征討，翦其魁桀。又臣所統之卒，本七千餘人。南土溫溼，多有氣毒。加累年征討，死亡滅耗，其現在者，二千四百二十人。今四海混同，無思不服，當卷甲消刃，禮樂是務……」（《晉書》卷五七〈陶璜傳〉）

讀此疏，可以見易代之際，陶璜艱苦卓絕，沈著守土之情況。稍後，中原雖淪陷於五胡。而交阯獨安謐如恆。東晉以迄梁陳，皆衛守此土維謹。縱有中華雄傑之移民，浮海而南，為蠻夷大長老，肆其無饜之饕，妄思侵蝕祖國邊土以自肥者，亦終必為南疆守土將吏所誅滅。前有林邑王范文，後有越南王李賁，皆其實例也。

「范文，本揚州人。少被掠為奴……年十五六，遇罪當得杖，畏怖因逃，隨林邑賈人渡海。於時紀元前三一五年（建興三年）也。林邑王愛信之……」（馬司帛洛G. Maspero《占婆史》）

「林邑王死，文自立。永和三年（三四七），文率其眾攻陷日南。遣使告交州刺史朱藩，願以日南北境橫山為界。藩不許。又遣陶瑗，李衢討之。五年（三四九）文死，子佛立。征西將軍桓溫，遣督護滕畯、九真太守灌邃，帥交廣之兵討之……佛眾驚潰奔走，邃追至林邑，佛乃請降……」（《梁書》卷五十四〈海內諸國傳〉）

稍後交州李賁之叛，雖以敝屣萬乘，二次捨身之梁武帝，猶不敢放棄交州寸土。終能上下僇力，靖亂固圉，使金甌無闕焉。「李賁，七世祖中國人。徙居太平。」（見M. L. Cadiere撰《越南歷朝世系》。）其始叛以迄撲滅，《梁書》均扼要紀之：

「大同七年（五四一）。交州土民李賁，攻刺史蕭諮，諮輸賂，得還越州。」

「八年（五四二），遣越州刺史陳侯，羅州刺史寧巨，安州刺史李智，愛州刺史阮漢，同征李賁於交州。」

「九年（五四三）林邑王破德州，攻李賁。賁將范脩又破林邑王於九德。林邑王敗走。」

「十年（五四四）春正月，李賁於交阯竊位號，署置百官。」

「中大同元年（五四六），正月癸丑，交州刺史楊瞟，剋交趾嘉寧城，李賁竄入獠洞。交州平。」

「太清二年（五四八）三月，屈獠洞斬李賁，傳首京師。」（以上並《梁書》卷三〈武帝本紀〉）

此後安南復歸於平靖，由梁迄陳，守護勿怠。陳武帝雖跼蹐於蹙削褊淺之隅，而融任歐陽頠為交州刺史，故終陳之世，南疆之國防完固，以於統一之隋。入隋以後，不僅僅以消極守圉為務，且更積極而轉變為「以開拓為防禦」。

仁壽末（六〇四），「尋授劉方驩州道行軍總管，以尚書右丞李綱為司馬，經略林邑。方遣欽州刺史寧長真，驩州刺史李暈，上開府秦雄，以步騎出越常，方親率大將軍張愻，司馬李綱，舟師趣比景。……大業元年（六〇五）正月，軍次海口。林邑王梵志遣兵守險，方擊走之。師次闍黎江……王師力戰……前後逢賊，每戰必擒。進至大緣江……又擊破之。逕馬援銅柱，南行八日，襲其國都……刻石紀功而還。」（《隋書》卷五三〈劉方傳〉）

此役以後，不但確保交州，且進而平定林邑，納其地為郡縣，同列於中華內地而開發之。煬帝以是分林邑為三州十二縣：

（一）蕩州　後改為比景郡　統：比景，朱吾，壽冷，西捲四縣。

（二）農州　後改為海陰郡　統：新容，真龍，多農，安樂四縣。

（三）沖州　後改為林邑郡　統：象浦，金山，交江，南極四縣。

自魏至隋，乃中華整個民族史程上最黑暗，最危急之時期，安南人民因與華夏為同懷之兄弟，「血濃於水」，故患難相共，備歷顛頓艱苦而團結愈堅。中間只有李賁一叛，以視中原內省，叛亂如痲，愈足以證南交人民之傾心中樞，愛護祖國，不言之熱誠。故至唐時，交趾人姜公輔，遂至為帝國之首相。故自秦迄於北宋，交趾與中央之連繫，日趨緊密，使我祖先知亡清時之子孫，割安南如棄敝屣，則雖殘暴昏亂如孫皓，猶將怒吼痛斥為截手足以餧餓虎！然亡清不肖！已成既形，彼已並其宗社而殞喪，豈但安南。我儕今日，猶坐視我同胞骨肉，轉被敵寇蹂躪，是可忍也，孰不可忍！被髮攖冠而救，當不惜任何代價，必使重復舊狀而後已。不然，我恐四肢既截，其全軀生命，亦未必能保也。

中華民國三十一年八月二十七日先聖誕辰脫稿。越人吳其昌寫。

（原載《邊政公論》第一卷十一、十二合期，第二卷三、四、五合期。）

隋唐邊政之借鑑

一

中華民族之歷史，至隋唐而一大轉變。故欲明瞭隋唐邊政之形質，必先須透切瞭解隋唐時代整個亞細亞洲之國際形勢。且其深切瞭然之程度，必須如吾人重生於此時代，或此時代重映於今日者然。蓋若吾人今日而不明瞭世界之形勢，則吾人之邊政固亦無所措手也。

然則隋唐時代整個亞細亞洲之國際形勢，果何如乎？先言其宗子重心所在之中華。斯時中華已由漫漫長夜而重見熹微之晨光。自五胡開始亂華（西晉惠帝永興元年即公元三〇四，匈奴劉淵始叛），混亂，分裂，屠殺，二百七十七年之久，血腥塗遍神州，異族充塞中原，然而因文化之反征服，及血統之新融合之故，經二百七十七年而瓜熟蒂落，「漢文化之民族性型」熔鑄統一各民族，至開皇元年（五八一）重由漢族領導而大中華民族屹然中興，蓬勃重榮，不但神州全土，再現統一，且稍後而壯茁放光，燦燦爛輝煌，進而為全亞洲之宗主焉。

北方，則斯時大帝國之芮芮（蠕蠕）已衰，六世紀初葉，芮芮與高車之爭，互勝互負，而最後卒歸失敗，又復內亂分裂。其兩主：阿那瓌與婆羅門，先後奔魏，時元魏雖亦已衰弱，然尚可少紓北圉之憂。而新興勁敵突厥出焉。痛殲芮芮殘餘勢力，竟使芮芮遺民鼠竄四散，南竄則併入「桃花石」Taugas（即中華。此為中古時期波斯及大食史家對於我國之稱），東竄則併入靺鞨（以上均見中Theophylacte Simocatta之記載）。而其大部分西竄者，則為歐洲史上之Avares（阿瓦爾族）。此西魏恭帝二年（五五五）事也。新興之巨強突厥阿史那Assana氏，則分為東西兩大帝國。東突厥之始祖布民可汗（即土門，伊利可汗）則滅芮芮，逐高車，而全有昔日匈奴之故地，佔領今日蒙古、新疆之全部。西突厥之始祖伊斯脫密可汗（即室點密可汗），則臣服中亞細亞全部，與東羅馬皇帝Justin II及Tibarius II通使，歐史中稱之為Dizaboul，而威脅日就衰亡之波斯薩珊王朝。

西伯利亞方面，則丁零餘部，為東突厥迫逐擊散者，其部落流散而為袁紇（即回鶻）、薛延陀、契苾羽、都播、骨利幹、多覽葛、僕骨、拔野古、同羅、渾、思結、斛薛、奚結、阿跌、白霫等十五部，皆羈靡臣屬於突厥。後稍為最強大之薛延陀所統屬，然此為七世紀初大唐貞觀間之事矣。

東北方面，則朝鮮半島上新羅、百濟、高句麗三國鼎立，立國各已八九百年，皆日漸開化強大。小邦已不能自存。新羅真興王於梁中大通五年（五三三）併吞加羅國。又於陳天嘉三年（五六二）併吞任那國。且與百濟共同灌輸中華之文化及華化之佛教於日本，而恭恪以事祖國。惟高麗則初因被慕容皝破滅殘殺過甚，不免與鮮卑族有隙。而至隋唐之際，又適值逆臣泉蓋蘇文弒君戮官，挾制全國之時，故對祖國則桀敖，對鄰邦則侵略，且阻礙新羅朝貢於中樞。

其居於黑、吉兩省及陷俄之阿穆兒省境者，則為靺鞨與室韋兩大族。溯其源則靺鞨出於古代之「貊」族，因古音入聲有收聲，「貊」之音讀為mark，「靺鞨」正其對音也。室韋疑出於古代之「濊」族？「濊」亦作「薉」（見《漢書》卷六〈武帝本紀〉），既皆從「歲（歲）」得聲，「室韋」亦正得聲於「歲」字也。室韋散居於今額爾古納河及興安嶺內外，而靺鞨則散居於今吉林、阿穆爾二省及朝鮮北部。靺鞨部分七大部，為：粟末（最南）、伯咄、安車骨、拂捏、號室、白山、黑水（最北）。周末隋初時，黑水靺鞨最蠻強，然無文化，不知政治與團結。稍後粟末靺鞨因學習中華之文化，迅速進步，而建立渤海國。此唐中宗聖曆元年（六九八）之事也。室韋族則在當時進化尤遲，其族至分析成二十餘部而絕無組織。在額爾古納河及呼倫淖爾之東，此時有一顯微鏡下之小部落曰蒙兀室韋（《舊唐書》）或蒙瓦室韋（《新唐書》）者，即此後威震全球，征服歐亞之蒙古民族也。至於在今熱河境內游牧於西喇木倫河流域者，則有奚、契丹二大部。契丹此時已較強，因所居較南，較接近漢文化，故隋唐時開化已甚可觀，時對中華朝貢或寇盜，其政策永遠以「向南」「向內」為發展之指針，故自唐末卒建成遼國（九〇七）。奚族則根本反是。因居於契丹北，且時受契丹之壓迫，而中華無法救援，故遂效法往昔匈奴、懨怛、芮芮、突厥等族之習慣，率其全族徙於黑海至裏海附近，禿納河及烏拉河流域。易其名曰欽察（即《元秘史》之乞卜察克）。因其在中國時又名曰「庫莫奚」之故，西史上遂稱其族為庫蠻。並遂名其所居之區，至今猶稱曰庫班焉。

東面，則日本尚在「大化革新」以前。此時倭王名多利思比孤，即推古女王，與其親兄敏達（渟名倉大珠敷）結婚，其所生子女，又親兄妹為婚，其猿狉之程度可想。在東亞民族之際，絕無地位。臺灣（當時名琉求）之猿狉，與日本略同或更下，然不久為煬帝所收服。

西北方面，則高昌麴氏之建國已歷百年，傳六世，雖屹然為內西域漢族文明之堡壘，然因文勝而武備不修，已日就虛弱矣。高昌以南，則鄯善之地，已入於吐谷渾。高昌以西，則焉耆之龍氏、龜茲之白氏、疏勒之裴氏、于闐之尉遲氏……等，則皆蜷伏呻息，於屈服和平下，求其生存。苻秦強則降苻秦，突厥興則附突厥，中華重光則歸復祖國，吐蕃肆暴則羈困吐蕃，故得永遠苟延其殘喘。外西域方面，則「恩斯勤斯」於中亞古月氏之故地，為昭武九姓之國群，所謂康國、安國、東安、東曹、西曹、中曹、石國、米國、何國、火尋、史國、那色波國、烏那曷國、穆國……等。彼輩實為甘肅小月氏遺種，原居於張掖縣西北之昭武城者，大約於五胡亂華後，中原鼎沸之時，西遷於中央亞細亞者（其西遷確定時間不可考）。歷元魏而至於隋唐，永遠不忘中華祖宗之故地，故皆以「昭武」為姓，和平生息於中華、印度、波斯之間，一遇祖國使者之來臨，則歡然依附如投於母懷焉。

昭武群國之南，則為嚈噠，西史或稱之曰白匈奴White Huns，本居高昌車師前王庭故地，名為滑國。曾從班勇征討。約於四世紀西遷，入阿姆河Oxus流域，佔領北印度之彭扎布Punjab為根據地，至五世紀而特強，產生名王Akschounwar，於四八四年大敗波斯薩珊王朝，殺波斯王。五〇〇年又征服乾陀羅Ghandhara，逐漸盡佔印度中部，其版圖西起波斯，東迄中國，東西數萬里，威震一時，然其奉事祖國甚恭。在Mihiragula王時，曾於天監十五年（五一六）、普通元年（五二〇）、七年（五二六）……等屢屢朝貢於梁武帝。但西突厥興，嚈噠遂被其破滅。陳宣帝太建二年（五七〇）嚈噠全滅，其地大部入西突厥，小部分則為印度笈多王朝Gupta所恢復。又隋唐之際之乾陀羅國，自脫離嚈噠之羈絆後，又已為迦畢試國所吞併矣。

復次，西面氐羌之族，在後漢魏晉之世，順逆降寇，不可究詰者，至北魏北周之末，所有仇池氐楊氏、臨渭氏苻氏、略陽氐呂氏、燒當羌姚氏、宕昌羌梁氏、白水羌象氏，以及先零、白蘭等羌，經四百年斷續流血之代價，及統一文字之同化，已融合於漢族而不復可分別。惟黨項羌此後尚須有五百年之「孽債」，然隋唐初時尚微弱不足道也。若鮮卑慕容氏西遷於今青海省境內之吐谷渾國，因其僻處遐陬，不與鄰爭，而又歸心中朝（見上文）之故，獨能弈世久長。此時雖已力弱，而國土龐然如故。吐谷渾之南，則為吐蕃。吐蕃者，其民則羌（康），其統治之君則南涼禿髮氏之後也。利鹿孤既亡，孽子樊尼，深入羌之後方高原無人之境而王之。六七傳後，人物漸庶，國勢漸盛，至南北朝之末，而產名王棄宗弄贊（松贊崗博），在位至六十九年（開皇元年五八一立—永徽元年六五〇卒），遂乃交聘中夏，婚尚皇室。因文成公主之降，至於洗面革心，竭力華化，並恭盡壻臣之禮。故其時兵力日強，更南之泥婆羅Nepal國，已所為役屬矣。

至若印度，則摩揭陀Magadha境內之戒日王朝Empiro of Harsha方在全盛之時。名王Siladitiya II正與唐太宗同時，逐次統轄中、北、東、西四印度，而臣事於唐。波斯薩珊王朝已日就衰頹；而大食Tazi（Arabes）方面，則正當摩罕默德Muhammad強力傳教之時（六一二—六三二）。此又遠西方面之國際形勢也。

西南方隅復何如乎？巴蜀湘鄂間之百蠻與華人錯居者，《隋書》所謂曰蜑、曰獽、曰獠、曰俚、曰㐌，雖尚有甚多異名之部落（如《新唐書·南蠻傳》之所敘）然其實均已「浸以微弱，稍屬於中國，皆列為郡縣，同之齊民」矣。此無煩猥述。描其輪廓，則貴州此時尚未開發，中原之人，目其酋長為「鬼主」，名其土地曰「充州」。雲南東部之土著，自分為烏、白蠻。晉時河東人爨肅，為南寧太守，值五胡亂華，遂世世王於蠻中。進退阻絕，世無與爭故，爨氏安然王於蠻中者垂四百五十年（約二九九—七四八）。乃至蠻族改名爨族，烏白蠻改名為兩爨蠻焉。六朝之末，儼然為滇東黔西之一大邦。其居於今之滇西以迄緬東者，則為哀牢夷後裔之詔族。詔族者，因此族方言呼王為「詔」而得名。然考呼王為「詔」乃苻堅及桓溫部下之舊稱（其昌另有詳考），可證此詔族血統中，實含有大量由中原而南移之民族血液在也。魏隋之際，此詔族初分為六詔：一蒙巂詔。二越析詔。三浪穹詔。四邆睒詔。五施浪詔。六蒙舍詔。蒙舍詔居最南，故省稱南詔。南詔稍後獨強，至皮邏閣（七二八—七四八）時，盡滅五詔，拓建大國。此則以後開元、天寶間事也，緬甸西南部，則為驃國。六七世紀時，部落多至二百九十有八，實未嘗能組識成一國也。南詔役屬之。

至於越南，則自漢以來均為中國內地郡縣，以陳後主之微弱，猶安然牧守無缺，以入於隋唐。此為中華國土之南境，且未為群盜所割據。當時吾祖先視之，固遠在今日雲南、貴州之上也。

最後，應顧及於南洋，阿刺伯、波斯之海舶，經南洋而入中國東南沿海諸港貿易者，自東晉以迄隋唐固未嘗間斷。吾人鑑於西游留學高僧，及東來傳教古德，往往經由海道商船以利達，即可以證矣。隋煬帝愛江都之繁華，而不思北歸，亦正因此時江都為中西貿易商舶之吐納口岸故耳。因之，南洋群島上之原始邦國與部落，其企仰中華也久矣。觀於齊梁之世，南洋海邦朝貢之頻繁，往往有王子親來者，表文詞藻粹美者，則自此時南洋群島海邦，已盡為中華之保護國，原甚合於事實也。中間又經宋文帝遣檀和之、宗慤討平中南半島最南端之林邑（元嘉二十三年，四四六）；隋煬帝遣朱寬、陳稜收服流求（臺灣，大業二年，六〇六）；遣常駿降服赤土（大業六年，六一〇）以後，整個南洋震懾天威。於是若馬來亞區域之狼牙修、丹眉流、盤盤、箇羅等國，蘇門答臘區域之室利佛、末羅瑜、婆魯師等國，爪哇區域之闍婆（社婆）、訶陵、訶羅單等國，婆羅洲區域之渤泥、婆利、多茸補羅、丹丹等國……直至南印度之師子國（今錫蘭島）、干支佛國等，皆梯航譯鞮，群集象闕，朝貢效順。以中華鎮撫力之安定，故各島國皆熙攘和平相處，以推進其貿易之發展。以故此時太平洋及印度洋上，海不揚波，浪花靜寂，惟見裝貨如山之海舶，穿梭往來於白鷗碧濤之間而已。

貴霜王朝，繼於五〇〇年，滅乾陀羅，以彭恰布為中心，逐漸征服印度中部，所有Mlava Valadhi等小邦，咸臣服朝貢惟謹。至Mihiragula王時，其疆土西起波斯，東抵中華，廣袤萬里，以哈烈Herat及巴兒黑Balkh為其兩都。斯時印度笈多王朝Guptas兢兢伏處於摩揭陀，不啻嚈噠之一附庸國耳。據《梁書》、《北史》及《宋雲行紀》所述，則東起龜茲、焉耆、于闐、姑墨、疏勒，渡越蔥嶺，以及朱居波、湯盤陀、缽和、賒彌，並中亞之康居、安息……等三十餘國，皆役屬之。實為北匈奴Attila帝國衰後東方民族在蔥嶺以西重建統一之大國。繼嚈噠族而西征者，似為小月氏遺族留居甘肅張掖附近昭武城之殘部，所謂「昭武九姓」？此族但勤謹經營其農牧，而從不發展其政治及武力，故絕無史料垂世。其西遷確時不可考。西遷後，亦但和平溫馴，安居樂業於中亞布哈爾（即安國）、塔什干（即石國）、撒馬爾干（即康國）……等地，不欲爭霸而惟務久保其生存。更繼此而西遷者，則為不得志於元魏，而又受新興勁敵突厥所殘破之芮芮（即蠕蠕）。芮芮在蔥嶺以西者以阿華爾族Avares名。當此族未被突厥殘破時，部民見西徙之有利也，已有絡繹西徙並擊敗他族以自固者。東羅馬史家Priscus曾記之云：「四六一年至四六五年之間（按即北魏文成帝和平二年至六年），阿華爾族Avares驅逐Sabires族。而此族復與東羅馬鄰近之其他種族相戰爭。」後為突厥所顛覆（五五二—五五五），其殘部乃舉族西遷，雖延續其游牧生活，未能定居而建邦，然橫行於歐亞之邊境，其聲威且遠播於歐洲西部之高盧焉。此外尚有鐵勒族中之烏羅、渾二種，亦於六世紀中出入於高加索、黑海之間，與阿蘭人相勾結，而於五五八年（陳武帝永定二年）出現於歐洲。此中古時期大中華民族由東西流之潮汐，至西突厥興，而成為洶湧澎拜之怒濤，壓伏所有以前先進之移民，摧破所有以前先建之僑邦，而將龐大無比之亞洲中部及西部盡塗以突厥之色彩。波斯薩珊王朝已近於「臨終待盡」。君士坦丁之東羅馬帝國亦已如「尸居餘氣」。阿剌伯尚在成長之中途。印度戒日王朝祇能困守於摩揭陀一隅。伊室點密可汗（或Dizaboul）誠為天之驕子，所敬畏而服事者，惟有中華宗子——隋文帝父子、唐太宗父子——耳。自伊室點密可汗五傳而至統葉護可汗（五六七—六二八）六十餘年間皆繼續保持此強大之優勢。統葉護被弒，而西突厥開始分裂內亂矣。民族西移之洪流，至是而稍低其潮汎，此後則入於又一時代之驛站矣。

其二，則中華之領導威力在全亞洲之普遍樹立也。西突厥於貞觀二年（五二八）分裂。而較其更強之東突厥，則於貞觀四年（五三〇）為唐太宗所滅亡。萬里廣土，全入於中華。西伯利亞各族，統一於薛延陀真珠可汗，可汗卒而內亂。貞觀二十年（六四六），太宗滅平之，西伯利亞全土入唐。於是西突厥北、東兩面，皆受直接之威脅。此時吐蕃首出之君松贊崗博（即棄宗弄贊），得尚文成公主，方執壻禮事唐甚恭，貞觀二十年，王玄策、蔣師仁偕其軍以滅亡摩羯陀國之篡王阿羅那順Arjuna，唐之威德震懾於全印度，西突厥乃三面被圍，不得不降為天唐之保護國矣。可汗賀魯，乃諂事太宗，借唐力以勉強控制其國內。及聞太宗崩，忽負恩而叛（六四九）！顯慶二年（六五七），卒為高宗所徹底擊滅，賀魯及晊運父子駢俘，西突厥全亡。大唐領土驟拓數萬里，乃西接於波斯。中央亞細亞昭武九姓之國群，亦如新疆方面昔日之高昌、龜茲者然，成為國境以內之小封君矣。

此時波斯之薩珊王朝，西受大食（Tazi=Arabes）、東受大唐兩面之威脅，彼覺大食可畏而大唐可親，大食或可禦而大唐不可抗，故其末主卑路斯Peroz乃決計降唐。於高宗龍朔元年（六六一）上表稱臣，自列藩屬。但越十二年，卒為阿剌伯所逐，於咸亨四年（六七三）薩珊朝皇族，隨末帝卑路斯舉族入唐，為長安之寓公。

其三，則亞洲大陸之普遍中華內地化也。向大唐天可汗滅印度叛國，平東西突厥，降波斯為藩以後，中華皇威，白日中天，於是將亞洲整個大陸（除阿剌伯、印度半島以外），悉以郡縣組織之，使漸比於內地，以促進其趨向一型之同化。據《新唐書・地理志》所統計，當時號稱「羈縻府州」，總數多至八百五十有上。但據《舊唐書・地理志》統計，則內地州府（包括安南）總數只三百二十有八。外西域之府州反較之多至二倍以上者，蓋因外西域之面積，亦較之內地廣袤二倍以上也。此類「羈縻府州」，第一步，但先施以政制組織之華化，而不劇施以人事更迭，寬裕賦予以內政之自治權，故即以其當地之國王或首長為中樞任命之都督。彼等感德畏威，無不樂從。此種創格之政治設計，其規模之宏大，與含意之深微，策劃之悠遠，使我人今日猶不能不歎仰也。

今日猶可約記此黃金時代中華大版圖之概況：

北庭都護府所統轄者，共二十三府。州未詳。

（一）匐延都督府，本處木昆部。約當今之Tarbagatai，首府名咽城。

（二）嗢鹿都督府，本索葛莫賀部。約當今伊犁河西熱海東Kouna-char。

（三）潔山都督府，本阿利施部。約當今伊犁河西Semiretchie省。

（四）雙河都督府，本攝舍提暾部。約當今Borotla水及Ebi-nor一帶。

（五）鷹娑都督府，本鼠尼施部。約當今之Youldouz流域。

（六）鹽泊都督府，本胡祿屋闕部。約當今Kour-Kara-Oussou及Ayar-nar一帶。

（七）陰山都督府，本葛邏祿謀落部。約當今Dsaisaug湖及Ouroungou之間。

（八）大漠都督府，本葛邏祿熾俟部。約當今Ouroungou湖之西。

（九）玄池都督府，本葛邏祿踏實力部。約當今Tarbagatai。

（十）金附都督府，析大漠都督府置。

（十一）輪臺都督府，今新疆迪化附近。

（十二）金滿都督府，本處月部。約當今「古城」附近。在巴里坤湖以西。

（十三）咽麵都督府，本三姓咽麵部。約當今Ala-taou-dzoungar之北。

（十四）鹽祿都督府，未詳本末。

（十五）哥係都督府，未詳本末。

（十六）孤舒都督府，似本為突騎施之哥舒部。

（十七）西鹽州都督府，未詳本末。

（十八）東鹽州都督府，未詳本末。

（十九）叱勒都督府，未詳本末。

（二〇）迦瑟都督府，未詳本末。

（二一）憑洛都督府，約當今巴里坤湖西，古城、迪化之間。

（二二）沙陀都督府，約當今巴里坤湖以東。

（二三）答爛都督府，未詳本末。

安西都護府（在今庫車）所統轄者，共十六府。州之有名可考者約七十餘。

（一）月支都督府，本吐火羅全境。以活國為中心。首城名阿緩。領州二十六（或作二十四）：A監氏州本鉢勃城。B大夏州本縛叱城。C漢樓州本俱祿犍城。D弗敵州本烏羅氈城。E沙律州本咄城。F嬀水州本劫城。即劫國，今之Tchitral。G盤越州本忽婆城。H伍密州本烏羅渾城。I伽倍州本摩彥城。J粟特州本阿捺獵。K鉢羅州本蘭城，今之Baghlan城，在Koundauz水右岸。L雙泉州本悉計密悉帝城。即大食名之Skmicht城。今地圖名之為Rschkamysch城。在Baghlan城之東。M祀惟州本昏磨城。即Khoulm城也。N遲散州本悉密言城。即大食名Simidjan城。今Khoulm水上之Haibak城。O富樓州本乞施巘城。P丁零州本泥射城。Q薄知州本析面城。R桃槐州本阿臘城。S大檀州本頰厥伊城，屬且闞達官部落。T伏盧州本播薩城。U身毒州本乞澀職城。V西戎州本突厥施怛駃城。W蔑頡州本騎失帝城。X疊仗州本發部城。Y苑湯州本拔特山城。即巴達克山Badakchan區也。

（二）大汗都督府，本嚈噠故土。首府為落活路城，似在今地Balkh。領州十五：A附墨州本弩那成。B奄蔡州本胡路城。C依耐州本婆多楞薩達犍城。D犁州本少俱部落。E楡令州本烏模言城。F安屋州本遮瑟多城。G罽陵州本數始城。H碣石州本迦沙紛遮城。I波知州本羯勞支城。約在今Tchitral地方。J烏丹州本烏捺斯城。K諾色州本速利城。L迷密州本順問城。M盼頓州本乍城。N宿利州本頌施谷部落。O賀那州本汗曜部落。

（三）條支都督府，本訶達羅支（疑當作訶羅連支）Krojhanadj國伏寶瑟顛（疑當作俗寶瑟點）城。此國希臘文作Arachosie，阿刺伯文作Zaboulistan。《大唐西域記》名漕矩吒。首府為鶴悉那。領州九：A細柳州本護聞城。此城經考訂，或以謂即《西域記》之護苾那，地當今之Houpian。或以謂其地當今之Kaboul。B虞泉州本贊候瑟顛城。C犁蘄州本據瑟部落。D崦嵫州本遏忽部落。E巨雀州本烏離難城。F遺州本遺蘭部落。G西海州本郝隆大城。H鎮西州本活恨部落。I乾陀州本縛狼部落。

（四）天馬都督府，本解蘇國（《西域記》作「奚素突厥」）數瞞城（《西域記》作「愉慢」）。阿刺伯著作中名Schoumon國，在烏滸河北Kafirnagan之上流。領州二：A洛那州本忽論城。阿刺伯著作中名此城為Kharom或Akhroun。其地在Schonman國之南。B東離州本達利薄紇城。

（五）高附都督府，本骨咄施之沃沙城（《西域記》作鑊沙）。阿刺伯文作Wakhah，約當今地Kourghan-tjube之北一日程。領州二：A五翕州本葛邏犍城。B休密州本烏斯城。

（六）脩鮮都督府，本罽賓國遏紇城。領州十：A毗舍州本邏漫城。B陰米州本賤那城。C彼羅州本和藍城。D龍池州本遺恨城。E烏弋州本塞奔你邏斯城。即《西域記》醬蔽多伐刺祠城。在罽賓國城南四十餘里。F羅羅州本濫犍城。《西域記》作濫波。約當今地之Lamghan。G檀特州本半製城。半製原名應為Panjher今在Panjshir河上尚有城名Panjshir也。H烏利州本勃逸城。I漠州本鶻換城。J懸度州本布路犍城。

（七）寫鳳都督府，本帆延國羅爛城。《西域記》作梵延那。即今地之巴米羊也。領州四：A蟹谷州本肙捺城。B冷淪州本俟麟城。C悉萬州本溥時伏城。D鉗敦州本末臘薩旦城。

（八）悅般州都督府，本石汗那國豔城。領雙靡州（即賒彌、商彌）。本俱藍城。或作俱羅弩、屈浪拏，古地原名Kourana，在Kokcha水上流。

（九）奇沙州都督府，本護時犍國遏密城。此國阿刺伯著述中名Djouzdjan，在Balkh及Metw-cv-roudh之間。領州二：A沛隸州本漫山城。B大秦州本叡密城。此城，伊逢柯達比Ibn-Khurdadhbih名為Joumathao。在Djonzdjan城之東。

（十）姑墨州都督府，本怛沒國怛沒城。即烏滸河上之Tirmith也。領粟弋州本弩羯城。又名琴室羯城，即Noujhat也。

（十一）旅獒州都督府，本烏拉曷國摩竭城。此國即《隋書》之烏那曷國。

（十二）崑墟州都督府，本多勒建國低寶那城。此國至今其地尚名Talekan。在Koundonz之東。

（十三）至拔州都督府，本俱密國楮瑟城。此國Ptolemce地志作Koumcdh。阿刺伯Ibn Rousta地志作Kumedh。即今地之Karategin也。

（十四）烏飛州都督府，本護密多國摸逵城。此國又名護密、即Wakhan也。領鉢和州本娑勒色訶城。又名沙勒，即今地Sarhad。在Pandj水上。

（十五）王庭州都督府，本久越得犍國步師城。此國原名Qowadhiyan。此名亦作Qobadhiyan。在烏滸河北Kafirnagan水下流。

（十六）波斯都督府，本波斯國疾陵城。此城應為Sedjestan首府Zarang城。一說疑即今之德黑蘭。

以上均為北庭、安西兩都護府所統轄，而列入於《新唐書》卷四十三〈地理志〉者，但在中亞昭武九姓國群之地，唐高宗亦嘗予以郡縣組織而漢化之，此則唐書〈地理志〉所漏列，須考之各列傳以補足者。計：

（一）康居都督府，本康國。

（二）大宛都督府，本石國瞰羯城。A南謐州，本米國。B佉沙州，本史國，即今地名Chahr-sahz。C安息州，本安國阿濫城。D貴霜州，本何國。E休循州，本拔汗那國渴塞城。F木鹿州，本東安國喝汗城。

綜觀上述三項史績，即可見五、六、七世紀時亞洲大陸舞臺上民族活動之史劇，初則為民族由中華境內西移之洪流，此可目為「流動期」。繼則為中華祖國復興中心勢力之建樹，此可目為「凝固期」。終則為整個大陸逐漸融納於中華型之文化，此可目為「融合期」。如是持續者達百年之久，使高仙芝不暴忽用事，不致有天寶九載（七五〇）怛羅斯城之敗，則方興未艾之同化效果，殊未可限量。此為「中華文化」與「阿刺伯文化」在中亞大陸消長之樞鍵。使無此逆轉，則唐宋以後中亞大陸之文化與歷史，必將全部改觀；或不致如後來之全部「回教化」，而可能為逐漸全部「儒教化」，如朝鮮、日本者然，皆可以想像之焉。惜不幸罹此惡機，衹將中華之「造紙工藝」，傳播於世界；而未能使西方友族早一千年吸飲中華文化之精醇，惜哉！

三

上述兩章，已將魏周隋唐之際，亞洲全部國際「靜的形勢」以及民族「動的史蹟」概括闡明。必須對於此形勢、此史蹟瞭若指掌，透徹於心目，始能進而研求隋、唐二代邊政之內容，而獲得正確之解晰，公正之批評。不然，聚蚊成雷，雜說鬨囂，正如印度群盲之捫象爾。後世迂儒對於隋代之謾罵，何其陋而蠢也。

後世冬烘儒家，對於秦、隋二代，惟知破口謾罵，從不剖析、瞭解，可悲亦復可憤！平心而論，若煬帝晚年之留戀江都，荒淫逸樂（但《迷樓記》、《開河記》……等皆唐人惡意偽造之小說，絕不可信），以致政事叢脞，民生疾苦，最後饑民暴動，群盜蜂起；斯誠可予以譴斥，垂戒萬世！但此乃煬帝個人之罪過，不等於隋朝一代之政制。即以煬帝個人論，亦為其晚年將亡時短期之惡政，不等於其全部在位時施政之大端。綜煬帝一生功罪而論，可謂功蓋其過。犖犖大者，如運河巨大工程之完成，圖書文獻之重集與保存，皆可謂「民到於今受其賜」！今姑不論個人，而統論有隋一代對於中華民族整部歷史洪流上之貢獻，則其功勳之最巨大者，厥為下列兩大事：

第一，則為重行恢復華族復興的自信力。

第二，則為再度啟發華族向外的擴展力。

今分別述之。關於第一，則華族不幸，自東漢時民族道德最高之頂峯，遭曹魏、司馬晉等奸惡帝皇一再破壞而墮落，以致劉淵於離石一呼，而五胡遂集中環攻，吞噬神州。計自永興元年（三〇四）匈奴發難，中原遂陸沉於群胡鐵蹄，直至開皇元年（五八一）隋文帝正位，始重歸華夏。中間長夜漫漫，我炎黃神胄無辜被屠殺者，前後當以千萬計！黑暗，混戰，率獸食人之事，盈溢史籍。如此國亡種滅之危機，延續至二百七十七年（三〇四—五八一）之久。在此長期國亡種滅之警號聲中，如有人焉，宣於眾曰：「我華族尚有中興之望，中原尚有光復之日，神州尚有統一之期」，則舉世之人，必將斥以為癡，謚以為狂，掩耳搖頭不欲聞之矣。事實上，恐當時亦絕無一人敢作如此荒唐之幻夢。何也？以曾受二百七十七年刀鋸之壓迫，整個華族，自其腦液以至骨髓，自信之力，已乾涸無餘瀝也久矣。所充塞而代替此「自信力」者，「奴根性」是已！姑舉一例以作三隅之反。山東，孔孟之聖地，禮義之邦也。北齊高氏，本蓨縣漢族，非鮮卑種也。而北齊之宦官韓鳳（昌黎漢人）則「瞋目張拳，有啖人之勢。每咤曰：恨不得剉「漢狗」飼馬！又曰，刀止可刈「賊漢」頭，不可刈草……尤嫉人士……崔季舒等冤酷，皆鳳所為……朝士諮事，莫敢仰視，動致呵叱，輒詈云：「狗漢」大不可耐，唯須殺卻！」（《北史》卷九十二〈韓鳳傳〉）

宦官，韓鳳本不足齒。但山東之士大夫則何如？曾有於大庭廣坐之中公然宣言命其兒子學「奴事夷狄」以為光榮者矣！

「齊朝有一士大夫，嘗謂吾曰：「我有一兒，年已十七，頗曉書疏，教其學鮮卑語，及彈琵琶，以此伏事公卿，無不寵愛，亦要事也。」」（《顏氏家訓》卷上〈教子篇〉）

觀此則當時吾華族「心死」之狀態，其嚴重為何如乎？所以不即於國亡而種滅者，在下層，則有賴於大多數耕織工作之勞苦同胞，不識不知，埋頭勞作，至死奮鬥而不息。在上層，則有賴於祖宗傳貽之文化與文字，已戰勝一切，由北魏之「高度漢化」而強國，更由北周之「徹底漢化」而統一中原，於是乎水到渠成，並政治權亦成熟而重歸於漢族楊氏，並統一中國。昔時荒唐之幻夢亦所不敢出現者：「華族中興，中原光復，神州統一」，今皆一一見諸於事實！斯時吾炎黃神胄血液之興奮而沸騰可知也。此則有隋一代對於民族萬世之大業上之巨功，而隋文帝領導應用之績，亦不可沒也。

「奴根性」之毒菌，播植於民族血液內者達二百七十七年之久，而始為「自信力」與「自尊性」之新血球所吞噬而殲滅，以比近世自庚子拳亂以至神聖抗戰（一九〇〇—一九三七），民族之「奴根性」作出示，祇三十七年者，可八倍之。自開皇以後，全民族之物質生產，與精神邁進，皆日益趨於康壯茂健之境。故《隋書・食貨志》記煬帝即位之初，有司奏「天下戶籍歲增，府庫皆盈。」而士大夫之心理，亦渙然丕變。《資治通鑑》卷一百九十三，記魏徵、封德彝二人，辯論於唐太宗御前，封德彝以為大亂以後，民德久壞，不易化之於善。而魏徵堅決自信，強調大亂重興，民心丕變，更易導之為善。最後唐太宗評判，是魏徵而非封氏。魏徵與唐太宗之思想，代表隋後新興民族「自信力」之偉大，故君臣孜孜戮力，卒以造成貞觀之郅治焉。

此就政治一面言之也。至若中華民族固有之武德，自戰國末葉以至秦始皇時已發揚至高舉。中國元氣彫喪，稍形降低，但至漢武孝皇而重行恢復。其擊匈奴也幾於未嘗遇敗，而匈奴卒以夷滅。自此以後，民族之武德，更英勇而輝光。陳湯、班超之流，孑身異域，提烏合之孤軍，深入數萬之胡地，而誅暴滅叛，破群敵數十萬眾如摧枯拉朽，控制百蠻，揚威四海。斯時民族武德之高，可想見也。

但自魏晉以後，民族之實力與武德，亦急劇下降。所以維持中華之尊嚴者，紙糊之表面耳。逮永嘉喪敗，此紙糊之表面全毀，於是在此二百七十七年長夜之中，漢族之遇異族，幾於每戰必敗，苻堅淝水偶挫而卒亡其國者乃亡於內潰也。桓溫虎視中原而終遭枋頭之敗。中間惟數宋武帝劉裕，挺起草莽，滅南燕，斬慕容超，平蜀，滅譙縱；更進而滅大國後秦，擒偽帝姚泓正法；克服兩京，掃蕩中原，稍稍表揚我民族之武德。其子文帝，又遣青年壯士「願乘長風破萬里浪」之宗慤，隨宿將檀和之經略南海，討林邑之叛（四四六），降服全邦，揚漢威德於南洋。四十年後（四八四），扶南王闍耶跋摩上表猶云：「林邑者昔為檀和之所破，久已歸化。天威所被，四海彌伏。」（見《南齊書》卷五十八）惜南朝齊梁以後，復墮入於「金粉文明」，而民族之武德，又為「□靡風流」所淹溺。

除宋武帝父子，短期振作，於此民族之武德，稍樹薄弱之基，而不久即毀外，則漫長黑暗之期，盡為我華族敗北被屠之日。雖「屢戰屢敗，亦屢敗屢戰」，艱苦支撐至二百七十七年之久而不致傾覆，卒乃復興！自可證明我漢民族「堅韌力」、「潛伏力」、「忍耐力」、「沉著力」之偉強，超絕等倫；然鐵騎蹂躪，刀俎魚肉之慘，亦臻於遍體鱗傷矣。斯時，奴根性較重者，殆已自降為「忍痛挨打」之劣族。直至北周復《周禮・載師》之兵制，改徵兵廢募兵，所謂「府兵」之制行，而我漢族絕大多數之農村民眾，始得再度發揚其英武天才之機會，所向無敵，由是而平北齊，一中州。隋文帝承之而加強焉，平陳，一中國。再進而揚威德於四夷，使向日之侵侮我者，今反畏我而愛我，仰我以生存。於是民族自信力之屬於武德方面者，至是亦完全恢復而壯茁。至唐而遂光照寰宇，如日中天矣。

關於第二，「再度啟發華族向外之發展力」者，民族武德之基礎既已重建，而且繼長增高焉，自然更易促成民族向外發展之成績。但我中華民族向外發展之偉力，本為無可抵禦之怒潮，即無政府武力之援助，甚且反受政府武力之摧殘，而涓涓滴滴，向外移殖之信潮，未嘗因任何阻力，任何困難而間斷。如華南民族之自動移殖南洋也，即其一例。觀於東漢末葉，中州士大夫避地交趾者之眾，法顯之一再附商人大舶以歸國，及南朝時南海各邦貢使之頻，即不難揆想隋唐以前華南漢族移殖於中南半島及南洋群島之盛況。

雖然，我民族本具有向外拓展之優越天才，而無需乎政府武力之保護及扶持，是固然矣。然而為帝皇者，食億兆之脂膏，作億兆之君師，亦嘗自省其神聖之天職，最重大者為何事乎？豈非謀民族全體之生存與發展之久遠計乎？但自東漢和帝時竇憲（九二）、班超（一〇二）相繼逝世以後，此嚴重而神聖之天職，已被為帝皇者所遺忘如糞苴也久矣。宦官宮妾，則誘惑以荒淫之「享樂主義」；奸雄權臣，則實施其險詐之「殘民政策」；昏庸儒生，則高唱其無恥之「退伏議論」；官僚貴族，則延宕其自私之「偷安惰性」。對於民族全體生存與發展之幸福，不但絕無實際之計劃，並亦絕無希冀之機運。此機運之重啟，直至隋代漢民族中興時肇始。

隋代一統，民族之經濟，既因培養而壯茁；民族之武德，亦已建立而樹基，於是帝皇扶援民眾，共同向外發展之機運，乃獲重啟。民族生存之空間乃寬，文化之教導乃普。關於此點，舉其實際功績之大者，如：

（一）交趾自古安謐，忽於隋初突出群盜李賁、李佛子之流抗命自立。仁壽二年（六〇二），為劉方所滅，交州復隸於內地之郡縣。

（二）林邑王范梵志抗命。仁壽四年（六〇四），文帝遣劉方、李綱等討之。越一年，平其全國，分其國為三州（一蕩州，二農州，三沖州）十二縣，亦隸於中國之郡縣。

（三）臺灣（明以前皆名流球）近在中國之肘腋，而南北朝以前竟無經營之者，至煬帝大業二年（六〇六）始遣朱寬、陳稜，撫剿兼施，收入中華版圖，於是臺灣始得合理之地位。

（四）馬來亞半島南端，或Kra海峽地帶之赤土國，大業三年（六〇七），煬帝遣常駿、王君政使之，遂自動降服，為中華之藩國。其王曰：「今是大中國人，非復赤土國矣。」且遣太子入侍。

（五）突厥沙鉢略可汗，控弦四十萬，悉眾為寇。武威、天水、安定、金城、上郡、弘化、延安七郡，六畜咸盡。隋文帝震怒，開皇三年（五八三）下詔討之。沙鉢略率阿波、貪汗二可汗拒戰，大敗，遠遁。突厥乃降服。其後沙鉢略西征，而阿拔國叛於後，文帝又為平其內亂，沙鉢略乃死心歸命。

（六）文帝又撫立啟民可汗，以為東突厥主。啟民感激。大業三年，至上表請求舉國華化，表文略云：「……臣今非是突厥可汗，臣即是至尊臣民！至尊憐臣時，乞依大國服飾法，用一同華夏。今率部落敢以上聞。伏願天慈，不違所請。」以今日觀點視之，此乃同化融合之捷徑。惜煬帝無識，竟不之許。

（七）吐谷渾呂夸可汗，於周隋之際，數數寇盜中國。仁壽四年（六〇四），煬帝遣楊雄、宇文述等會合鐵勒滅其國。分其地為鄯善、且末、西海、河源四郡，縣若干。

（八）高昌王麴伯雅，於大業八年（六一二）朝隋歸國，下令：「……先者以國處邊荒……被髮左衽。今大隋統御，宇宙平一，普天率土，莫不齊向。孤既沐浴和風，庶均大化。其庶人以上，皆宜解辮削衽。」於是高昌除文字完全漢化外，至是並外貌亦全部華夏化矣，徹底完成漢族國家在西域之特色。

（九）西域與華夏情愫聯絡之重續。上文已述西域各邦多數皆發源於祖國境內「大中華民族」之西移。然自三國以後，與祖地之聯絡久斷。雖有間關偶至者，國人漠不關心，任其自來自去，自存自亡。《北史・西域傳》序云：「……東西魏時，中國方擾，及於齊周，不聞有事西域……隋開皇、仁壽之間，尚未之經略。煬帝時乃遣韋節、杜行滿使於西藩諸國，至罽賓、王舍城、史國而還。帝復令裴矩於武威、張掖間往來以引致之……大業中，相率而來朝者四十餘國。帝因置西戎校尉以應接之。」

（十）至於高麗之三征，雖因國賊楊玄感之反而功敗垂成。然其國防政策，則固毫未錯誤。後人不得以成敗論人之陋識，亂發橫議，沒其功而反視為罪也。

民族向外發展之偉力，固為全民族之潛能，而非領導者個人之單力。然自東漢和帝以還，中華帝皇者之腦中，亦曾有一瞬之餘晷，思考及為民族全體謀生存發展之百年大計乎？有之，我恐自隋文帝父子始矣。

四

及此民族向外發展之機運，既已重啟。因而民族向時潛伏之天才，加速發揮。配合以民族壯茁之經濟力，及日益邁進之武德，而又得如唐太宗古今無倫英勇賢明之帝皇以為之領導，於是我「大中華民族」遂升登於黃金之頂峯。舉亞洲之全土，除阿剌伯半島及印度南半島外，悉為中華之藩附。宋史臣論之曰：

「唐之德大矣，際天所覆，悉臣而屬之。薄海內外，無不州縣。遂尊天子曰天可汗！三王以來，未有以過之。至荒區君長，待唐璽纛乃能國。一為不賓，隨輒夷縛。故蠻琛夷寶，踵相逮於廷……」

（《新唐書》卷二百十九〈論贊〉）

斯固不易之確論。然我人應知，其所以能致此盛業者，非偶然倖致也。實因全民族之中興活力，培養有時，勢可充溢，而得英賢神武之帝皇，作合理之領導，蓄銳而不用，精練而益精，待時而後發，仁義之師，故無敵於天下也。

試舉當時漢民族戰鬥力一事以為例，當時我華族英勇無畏之武德，及唐太宗精益求精之訓練，其成績為何如。《冊府元龜》卷九百七十八記一事云：「貞觀十六年（六四二），薛延陀真珠可汗來請婚……帝謂群臣曰：君等進計皆非也。君等知古而不知今。昔漢家匈奴強而中國弱，所以厚飾子女，嫁於單于。今時中國強而北狄弱，漢兵一千，堪擊其數萬！延陀所以匍匐稽顙，恣我所為……彼同羅、僕固等十餘部落，兵數萬，並力足制延陀，所以不敢發者，延陀為我所立，懼中國也。」觀於太宗皇帝一生之威加四海，無征而不服，無摧而不破，則知其所率之軍，「漢兵一千，堪擊夷狄數萬」之自述，決非虛語或誇詞。我「漢兵」在歷史上如此光榮之令譽，今日尚有存焉者乎！

蓋唐承北周府兵之制，至太宗皇帝，益嚴密組織而精練之。全漢族皆「兵民合一」。分中國為六百三十四折衝府。府以戶口分三等，每府上等徵兵一千二百人，中等徵兵一千人，下等徵兵八百人。故平均每府徵兵只精選一千人耳。太宗皇帝時，全國之常備精兵，不過六十四萬人耳。以唐代全國之之人口數四千五百餘萬計（此據《冊府元龜》。《唐書・地理志》作四千八百餘萬），抵七十分之一耳。況從未全軍出征乎。故討伏全亞，而民不加病也。觀於頡利可汗控弦百萬之眾，而李靖只率十餘萬擊之，滅其國而擒其主，則唐初漢兵「一當數十」之準，殆不誣也。

是故唐太宗時代中華之威德，實為民族開化以來所未有，餘光照及於高宗，神武不減其皇考。今試綜合史籍，將此黃金時代之偉功，簡單統計，按先後為年表，則吾儕為子孫者，於此汗牛充棟之戰史，素厭苦其紛繁者，當得一清晰扼要之概念矣。

唐太宗、高宗兩朝，主宰全亞洲之綜合大事年表：

（一）貞觀二年（六二八）靺鞨酋長突地稽率全部內附，賜姓李。

（二）同年，真臘王剎利氏臣貢。

（三）貞觀三年（六二九），霫（與白霫不同）臣服。

（四）同年，室韋臣服。

（五）同年，黨項大酋細封步賴舉部內屬，分其地置五州。

（六）同年，牂柯蠻大酋謝龍羽臣屬，以其地為牂州。

（七）同年，東謝蠻大酋謝元深臣屬，以其地為應州。

（八）同年，南謝蠻大酋謝疆臣屬，以其地為莊州。

（九）同年，西趙蠻大酋趙磨臣屬，以其地為明州。

（十）貞觀四年（六三〇），滅東突厥，俘頡利可汗。

（十一）同年，朱俱波國（今Pamir區）臣附。

（十二）同年，伊吾（今Hami）酋長舉七城降，以其地為西伊州。

（十三）貞觀五年（六三一），蒙瓦（即蒙古祖先）臣服。

（十四）同年，康國臣附。顯慶五年（六五九），以其地為康居都督府。

（十五）林邑國王范頭黎臣貢。

（十六）同年，婆利（Bali今Borneo）國王護路那婆臣貢。

（十七）同年，羅刹（？）國（亦在今Borneo洲上）臣貢。

（十八）貞觀六年（六三二），烏羅渾（黑海區）臣服。

（十九）同年，契苾羽大酋何力尚經，舉部來歸，內徙甘、涼。

（二〇）同年，安國臣附。

（二一）同年，西羌族多彌國臣附。

（二二）貞觀七年（六三三）以後，陸續討平龔州、巫州、夔州諸叛獠。

（二三）貞觀八年（六三四），破土蕃兵。十五年（六四一），以文成公主降棄宗弄贊，是由吐蕃恭敬臣服。

（二四）同年，諭降南平獠叛酋，南方遂定。

（二五）貞觀九年（六三五），滅吐谷渾，可汗伏允自殺。更立其子，臣服。

（二六）同年，疏勒王裴阿摩支臣屬，以其地為西域四鎮之一。

（二七）同年，湯盤陀國（今Pamir區）臣附。

（二八）同年，盤盤國（南洋）臣貢。

（二九）貞觀十二年（六三八），闍婆（即爪哇）國臣貢。

（三〇）同年，墮和羅國臣貢。

（三一）同年，墮婆登（？）國臣貢。

（三二）貞觀十四年（六四〇），流鬼國（約在今堪察加半島）臣服。

（三三）同年，滅高昌，擒其王麴智盛。分其國設三郡五縣。

（三四）同年，訶陵國（在爪哇）臣貢。

（三五）貞觀十五年（六四一），印度戒日王朝Harsha英主尸羅迭多Siladitiya，自動上表臣附。

（三六）貞觀十六年（六四二），烏萇國王達摩因陀訶斯臣附。

（三七）同年，罽賓國王曷擷支臣附。顯慶三年（六五八）以其地為脩鮮都督府。

（三八）同年，俱密國臣附。

（三九）貞觀十八年（六四四），親征高麗，垂克，因事班師。

（四〇）同年，滅焉耆，俘王龍突騎支，更立其弟。以其地為西域四鎮之一。

（四一）同年，陀洹（?）國（馬來亞區）王察利臣貢。

（四二）貞觀二十年（六四六），滅薛延陀。

（四三）同年，俱蘭國王忽提婆臣附。

（四四）同年，識匿國臣附。

（四五）同年，似沒（?）國臣附。役槃（?）國臣附。（皆在Pamir區。）

（四六）同年，戒日王之逆臣阿羅那順Arjuna篡位，自為摩揭陀國王。唐使王玄策等滅其國，俘其王及王族全體。

（四七）貞觀二十一年（六四七），拔野古大酋屈利失，舉部內屬。

（四八）同年，僕骨大酋歌濫拔延，舉部內屬。

（四九）同年，同羅大酋時鍵啜，舉部內屬。

（五〇）同年，渾大酋汪，及阿貪支，舉部內屬。

（五一）同年，多覽葛大酋多覽葛末，舉部內屬。

（五二）同年，阿趺（即阿跋）大酋舉部內屬。

（五三）同年，都播（?）臣屬。

（五四）同年，骨利幹（地已近北極圈）舉部內屬。以其地為玄闕州。

（五五）同年，白霫（與霫不同）內屬，地為真顏州。
（五六）同年，奚結部內屬，地為鷄鹿州。
（五七）同年，思結部內屬，地為盧山都督府。
（五八）同年，斛薛部內屬，地為高闕州。
（五九）同年，鐵勒十一部，歸命內屬。尊帝為天可汗。分今西伯利亞及外蒙北部地置七都督府六州。
（六〇）同年，回紇大酋吐迷度，舉部內屬。
（六一）同年，滅龜茲國，俘王訶黎失畢。下五大城七十餘小城。更立王弟。地為安西都護府，並為西域四鎮之一。
（六二）同年，降于闐國，擒其王伏闍信（伏闍亦譯尉遲）。以其地為西域四鎮之一。
（六三）同年，泥婆羅（今Nepal）國王那陵提婆臣附。
（六四）貞觀二十二年（六四八），契丹大酋窟哥，舉部內屬。分其地為一府十州。
（六五）同年，庫莫奚大酋可度者，舉部內屬。分其地為五州。
（六六）同年，立西突厥可汗阿史那賀魯。
（六七）同年，黠戛斯內屬，大酋失鉢屈阿棧親身入朝。以其地為堅昆府。
（六八）同年，討平松外蠻叛酋雙舍，諭降七十餘部。

（六九）同年，西洱河蠻酋楊盛、東洱河蠻楊斂，率十餘部降附。後分其地為四州。
（七〇）貞觀二十三年（六四九），新羅（久已降服）真德女王親獻巨唐太平頌。
（七一）同年，拔悉密臣屬。
（七二）同年，西爨蠻主爨弘達，率領徒莫祇蠻、儉望蠻等群部內屬。分其地為五州。
（七三）高宗永徽元年（六五〇），滅東突厥餘孽，俘車鼻可汗。
（七四）同年，葛邏祿之謀落、熾俟、踏實力三族，舉部內屬。分其地為四州。
（七五）同年，吐火羅臣附。顯慶三年（六五八），以其京為月氏都督府，析其地為二十四州。
（七六）永徽二年（六五一），滅處月、處密二部沙陀突厥，分其地為二州。
（七七）顯慶元年（六五六），拔汗那國臣屬。後以其地為休循州。
（七八）顯慶二年（六五七），滅西突厥，俘其可汗叛臣阿史那賀魯父子。分其地為八都督府。
（七九）顯慶三年（六五八），突騎施黃黑二部同臣屬，分其地為二都督府。
（八〇）同年，臣石國，以其地為大宛都督府。
（八一）同年，臣米國，以其地為南謐州。
（八二）同年，臣何國，以其地為貴霜州。
（八三）同年，臣史國，以其地為佉沙州。
（八四）同年，臣梵延那國，以其地為寫鳳都督府。

（八五）同年，臣護密國，以其地為鳥飛州。

（八六）顯慶四年（六五九），臣東安國，分其地為二州。

（八七）顯慶五年（六六〇），滅百濟，俘其王義慈，分其地為五府，三十七郡。

（八八）龍朔元年（六六一），儋羅（即耽羅）臣服。

（八九）同年，波斯薩珊Sassan王朝末主卑路斯Peroz上表臣附，以其國為波斯都督府。

（九〇）龍朔三年（六六三），敗日本，於朝鮮白村江口覆其全軍。

（九一）同年，昆明蠻全部絡繹內附，分其地為四十餘州。

（九二）乾封初（六六六），南海單單國臣貢。

（九三）乾封三年（六六八），滅高麗，俘其王藏。分其國為九府，四十二州。

（九四）咸亨初（六七〇—），室利佛逝國（在今蘇門答臘）臣貢。

（九五）咸亨五年（六七四），討平永昌蠻之叛。

（九六）調露元年（六七九）滅東突厥餘孽，斬其酋阿史那泥熟匐。

（九七）同年，滅西突厥餘孽，俘其酋阿史那都支。

（九八）永隆元年（六八〇），滅東突厥餘孽，斬其酋阿史那伏念。

前人未有專集唐初全盛時巍巍之武功而擷綱以記述者，覩於此表或可心目瞭然，得一具體之印象。前人恒黜稱太宗削平內亂之功而忽視其向外拓展之神烈，此真無識者本末顛倒之謬論也。隋末群盜，不過餓民暴動，一二魁桀土匪及野心官僚從而利用之操縱之耳，曷嘗有鞏固組織、中心維繫之力存乎其間。太宗以整訓受教之師，破之如燎羽沃雪，此乃事理之必然，中人之材，亦能奏功。豈足能見太宗蓋世之大能乎。惟其為華族則謀百年進展之大計，負全世領導之責任，為亞洲則謀中心正義之樹立，公正和平之保障，斯則功在宇宙，永不磨滅者爾。

五

太宗之神武偉烈，既如上述。擁有「一當數十」無敵之鐵軍，駕馭李靖、徐勣……蓋世之名將；意者，太宗生平，必為一窮兵黷武，以戰爭為遊戲，以滅國為娛樂，以殺人為競賽，以屍骨為京觀，如今日倭賊之所自我稱豪者乎？是真病狂心喪者之見矣。不知如此其人，方乃至懦至弱徹骨失敗之劣軍也。至強至剛之精軍乃不忍妄殺一螻蟻！考太宗生平，仁恕慈愛，實古今帝皇所罕見。彼曾擒蝗蟲而生吞之：「可食朕腑臟，毋食民禾稼！」（見《貞觀政要》及《朱子綱目》）吾人忍想像其為玩火弄兵之人乎？況愈善用兵者，愈不肯輕用兵。孫子所謂「兵者不得已而用之」，「不戰而屈人之兵，善之善者也。」太宗，千古之仁君也，凡可以愛民之道，無不力行；亦不世之名將也，於孫子之最高原理，無不洞悉。從道德立場或學理原則各點觀測，皆可見太宗為一止戈慎兵之帝。

今更以史實證之：「貞觀元年（六二七）……高州首領馮暄、談殿據南越州反……阻兵相掠，群臣請擊之。太宗不許。遣員外散騎常侍韋叔諧、員外散騎侍郎李公淹持節宣諭，暄等與溪洞首領皆降。南方遂定。」（《新唐書》卷二百二十二下〈南平獠傳〉）此太宗初即帝位時，即採用魏徵「修文德，不耀兵威」之明證也。蓋「太宗嘗語大臣曰：朕始即位，或言天子欲耀兵，振服四夷。惟魏徵勸我修文德，安中夏；中夏安，遠人伏矣。今天下大安。四夷君長皆來獻，此徵之力也。」（《新唐書》卷二百二十一上〈罽賓傳〉）

太宗信奉此義，又兼以其仁愛之本懷，及積極為民父母之責任心，故遇事皆採感化、保教之政策，如：約貞觀六年（六二二），「益州獠亦反，都督竇軌請擊之，太宗報曰：獠依山險，當拊以恩信，脅之以兵威，豈為民父母意耶！」藹然仁言，至今如猶聞其聲，此時東突厥頡利百萬之軍，方身擒國滅，正全亞振懾大威之時，欲殲益獠，何異獅虎之搏狐兔，而太宗偏以恩信撫之，作之父母。此至強則不欺弱者之道，亦古今主邊政者之所當其法者也。

又如：「貞觀時，環王范頭黎遣使與婆利、羅剎二國使者偕來。林邑〔使者〕其言不恭，群臣請問罪。太宗曰：昔苻堅欲吞晉，眾百萬，一戰而亡！隋取高麗，歲調發，人與為怨，乃死匹夫手！朕敢妄議發兵耶？赦不問。」（《新唐書》卷二百二十二下〈環王傳〉）以《舊唐書・南蠻傳》考之，此事在貞觀五年，正亦在東突厥已滅，全勝之威在握之時。太宗之不願耀弄勝威，其誠意固昭昭若揭矣。其所以如此有全勝之勢亦決不願乘機利用者，跡其最大原因，實出於愛育中夏百姓之故。此蓋有甚多史實足資證明者也。例如：貞觀五年（六三一），康國請臣。「太宗曰：朕惡取虛名，害百姓。且康臣我，緩急當同其憂；師行萬里，寧朕志耶？」（《新唐書》卷二百二十一下〈康國傳〉）蓋Samakand亦震懾東突厥之滅而請為保護國者。是時西突厥方強，昭武國群，生存咸感威脅，太宗之待藩邦最重信義（詳下文），一諾保護，或將與友好之強鄰開釁，則中華百姓勞矣。是太宗不但慎兵於將發，且時時杜絕可能發兵之源也。

其對付薛延陀也，嘗躊躇考慮二策，甲為一舉滅之，謀百年安，乙為暫與和親，謀三十年安。以問群臣。

「……司空房玄齡對曰：今大亂之後，瘡痍未復。且兵兇戰危，聖人所慎。和親之策，實天下幸甚。太宗曰：朕為蒼生父母，苟可以利之，豈惜一女。遂許以新興公主妻之。因徵夷男（即真珠可汗）備親迎之禮……」（《新唐書》卷一百九十九下〈鐵勒傳〉）

太宗因處處不忘本身為蒼生父母之責任，故雖有勝兵不用，而寧願涵忍委屈以求和。其苦心為何如乎！

其對付東突厥也，其初願亦何嘗不如此，有戰則必勝之自信，因愛惜蒼生之故，而寧願不戰。

「……蕭瑀進曰：『初頡利之未和也，謀臣猛將多請戰，而陛下不納……既而虜自退，其策安在？』上（太宗）曰：『我觀突厥之兵，雖眾而不整，君臣之計，唯財利是視。可汗獨在水西，酋帥皆來謁我，我因而襲擊其眾，勢同拉朽。且我已令（長孫）無忌、李靖設伏於幽州以待之，虜若奔還，伏兵邀其前，大軍躡其後，覆之如反掌矣。我所以不戰者，即位日淺，為國之道，安靜為務；一與虜戰，必有死傷。又彼一敗，或當懼而修德，結怨於我，為患不細……』」（《舊唐書》卷一百九十四上〈突厥傳〉）

其後頡利兇悖，太宗恕忍再三，而怙惡不悛，乃自取滅亡耳。

其對付高麗也，逆惡泉蓋蘇文，手刃其君，戮官虐民。太宗為天下之大君，自有其樹正義，振綱紀，肅倫常，護藩邦之神聖天職。本即欲發兵矣，仍因顧念中華人民之勞苦，而遲徊卻顧，隱忍含蓄者久之。且與大臣作鄭重之計議，而卒暫止戈。

「……陳大德使高麗還奏……帝曰：高麗地止四郡，我發卒數萬攻遼東諸城，必救。我以舟師自東萊颿海趨平壤，固易，然天下甫平，不欲勞人（民）耳。」（凡「民」字史臣因避諱均為「人」字）

「……帝曰：蓋蘇文弒君攘國，朕取之易耳。不願勞人（民），若何？房玄齡曰：陛下士勇而力有餘，戢不用，所謂止戈為武者。長孫無忌曰：高麗無一介告難，宜賜書安慰之，隱其患，撫其存，彼當聽命。帝曰：善。」（《新唐書》卷二百二十《高麗傳》）

此事已在太宗之晚年，可見帝愛民戢兵之願，自壯至老，一貫而未變也。

復次太宗之慎兵也，既戒慎於未發之前，尤儆懼於既勝之後。未發兵之先，初因愛民而不願戰；既勝敵之後，終因持滿而不敢驕。故能永奠弘基，長保泰業也。史稱：貞觀十三年（六三九），「疏勒貢方物……太宗謂房玄齡等曰：曩之一天下，克勝四夷，惟秦皇、漢武耳。朕提三尺劍，定四海，遠夷率服，不減二君者。然彼末路不自保，公等宜相輔弼，毋進諛言，置朕於危亡也。」（《新唐書》卷二百二十一上〈疏勒傳〉）是則太宗不但以戒慎恐懼自警警人，且欲人之時時警己也。此義亦前後貫徹太宗之一生，自其初即位時以迄於晚年，蓋莫不如此。

「貞觀三年，突利表請入朝。上謂侍臣曰：朕觀前代為國者，勞心以憂萬姓，世祚乃長。役人以奉其身，社稷必滅。今北蕃百姓喪亡，誠由其君不君之故也。至使突利情願入朝，若非困迫，何以致此？夷狄弱則邊境無虞，亦甚為慰。然見其顛沛，又不能不懼；所以然者，慮己有不逮，恐禍變亦爾。朕今視不能遠見，聽不能遠聞，唯藉公等盡忠匡弼，無得惰於諫諍也。」（《舊唐書》卷一百九十四上〈突厥傳〉）

直至太宗臨崩之前年，王玄策、蔣師仁以赤手空拳，借藩邦之精兵，指揮力戰討北印度叛臣，竟能滅國縛王。獻俘京師之日，太宗猶諄諄告誡，同礪全國。

「（玄策、師仁）俘阿羅那順以歸。二十二年（六四八）至京師，太宗命有司告宗廟。謂群臣曰：夫人耳目玩於聲色，口鼻耽於臭味，此乃敗德之源。若婆羅門不劫掠我使人，豈為俘虜耶。昔中山以貪寶取斃，蜀侯以金牛致滅，莫不由之……」（《舊唐書》卷一百九十八〈天竺傳〉）

古聖人安不忘危之訓，太宗不但深切知之，而實心體而力行之。詩人杜甫之詠：「煌煌太宗業，樹立甚弘達。」孰知所以致此者，非偶然也。

六

或曰：如子所述，則巍巍太宗之神武功業，又何自而立乎？太宗之愛民慎兵也如此，又何能建全亞之威信，為當日人類之大君乎？

釋之曰：太宗之不得已而用兵也，惟基於下列二項之基本意義。是真孟子所謂「王者之師」，故能無敵於天下也。此二項基本意義：

（甲）為中華民族謀百年之生存、久安、發展之大計。

（乙）為世界人類謀公同之和平、教化、進步之保障。

凡犯此二原則者，往往斷然發兵，施以雷霆之閃擊，故無敵不摧，無堅不破也。其在平時惟在嚴持紀綱，整繕守備而已。是故孟子所謂「一怒而諸侯懼，安居而天下平」之王者，我於太宗始實見之焉。

核以史實，其基於第一項原則者，例如斷然滅薛延陀是也。

薛延陀可汗夷男，貞觀十六年來請婚，「獻馬三千匹。太宗謂侍臣曰：北狄世為寇亂，今延陀崛強，須早為之所。朕熟思之，惟有二策。選徒十萬，擊而虜之，滅除兇醜，百年無事。此一策也。若遂其來請，結以婚姻，緩轡羈縻，亦足三十年安靜。此亦一策也。未知何者為先？」（《舊唐書》卷一百九十九下〈鐵勒傳〉）

以此徵詢群臣。第一策為治本，謀民族子孫之永安。第二策為治標，姑卹人民一時之疲勞。其出發於仁愛萬民之本懷則一也，然而有大小久暫之不同。房玄齡以姑息為小惠，太宗雖一時從之，及至夷男既卒，諸子混亂屠殺，延陀生民乃如倒懸，太宗乃一舉而平之，中國生民從此不再罹延陀之兵刃，而延陀人民亦得自拔於水火。故支王小酋，絡繹奔赴靈州謁帝，自動上表臣屬，尊帝為天可汗者多至數千人也。

帝之親征高麗也，蓋亦「思之熟矣」。無他，基於第一原則，為子孫謀永弭兵革之計也。初時周諮於大臣，褚遂良以「書生之膽識」，對曰：

「陛下之兵，度遼而克，固善。萬分一不得逞，且再用師。再用師，安危不可億。」（《新唐書》卷二百二十〈高麗傳〉）

此殆所謂厭苦一時之暫勞，而投遺子孫以大艱者歟？何其忍也。

「……李勣曰：不然。曩薛延陀盜邊，陛下欲追擊，魏徵苦諫而止。向若擊之，一馬不生還。後復叛擾，至今以為恨！」

「帝曰：誠然。但一慮之失而尤之，後誰為我計者。」（並同上）

魏徵乃道家者流，不瞭解暫時之流血，正所以制止以後子孫無窮之流血，乃苦痛鍼灸而不肯療終生痼習者之類矣。惟太宗則為子孫弭兵計，不辭勞已以完成之；

貞觀十九年，「帝自洛陽次定州，謂左右曰：「今天下大定，唯遼東未賓。後嗣因士馬強盛，謀臣導以征討，喪亂方始！朕故自取之，不遺後世憂也。」」（《新唐書》卷二百二十〈高麗傳〉）

是則太宗之為華族子子孫孫謀國防上永久之安全計劃，亦至矣。不但欲保障四夷之無力以侵我，且欲保障我子孫雖有力而不侵人。使其國防精軍，雖無敵於天下，而子孫無機會藉口利用之以為窮兵黷武之工具。不然，惟有自毀其國防精軍，而誨盜來侵。再不然，盜既來侵，子孫以精軍應戰而勝，殊難阻止其勒馬於懸崖。太宗此種深心苦慮，決非淺妄之書生所能窺，非因自述，誰復知之？

尚有一事，太宗不能公佈其密意，致使當時儒臣發「隔靴搔癢」之苦諫。即至一千三百年後之今日（六四〇—一九四三），亦從未有人揭知太宗當日真意之所在者，即滅高昌一事是也。高昌與唐，不但同文同種，且為西域漢文化之堡壘，且朝唐最早，事唐最恭，然只因二事：（一）挑撥唐與薛延陀之感情。（二）阻礙西域各國對唐之臣貢。太宗即絕不躊躇，斷然興師滅之！此一可疑也。太宗之滅強敵，不絕其嗣，仍立其子孫為藩屬，不但吐谷渾如此，西域各國如此，即如東突厥之死敵，亦復如此。獨於高昌同種之國，反斷然收為郡縣，不立其嗣。此二可疑也。於是魏徵、褚遂良二人不瞭其義，反覆苦諫。太宗對於此二直臣，無不從諫如流，獨於此事之苦諫，則「不納」！「不省」！亦終不宣佈何以「不納」「不省」之理由。此三可疑也。

貞觀十四年，滅高昌，所部皆州縣之。「……魏徵諫曰：陛下即位，高昌最先朝謁。俄以掠商胡，遏貢獻，故王誅加焉。文泰死，罪止矣。撫其人，立其子，伐罪弔民道也。今利其土，屯守常千人，屯士數年一易，辦資裝，離親戚，不十年，隴右且空。陛下終不得高昌圭粒、咫帛，助中國費。所謂散有用，事無用。不納……」

「……褚遂良諫曰：古者先函夏，後夷狄，務廣德化，不爭荒逖。今高昌誅滅，威動四夷。然自王師始征，河西供役，飛米轉芻。十室九匱，五年未可復。今又歲遣屯戍，行李萬里。去者資裝，使自營辦。費菽粟，傾機杼……所遣復有亡命，官司逮捕，株蔓相牽。有如張掖、酒泉，塵飛烽舉，豈得高昌一乘一卒及事乎，必發隴右、河西耳。然則河西為我腹心，高昌他人手足也！（荒唐夢囈！試問此

「他人」為何人？）何必耗中華，事無用。昔陛下平頡利、吐谷渾，皆為立君，蓋罪而征之，伏而立之，百蠻所以畏威慕德也。今宜擇高昌可立者立之，召首領悉還本土，（荒唐夢囈！彼輩本土乃中華也。）長為藩翰，中華不擾。書聞，不省。」（並《新唐書》卷二百二十一上〈高昌傳〉）

於此諫詞，可證明魏、褚二人但秉性剛直耳，其知識實屬淺薄，彼但能死讀經卷，搬運古典，而對於其本身當時之世界形勢、國際動態，中華地位，未來安危，瞢然如在甕中。平心論之，魏征諫詞上半，雖極隔膜，表面似尚有「適可而止」之理由；褚氏諫詞上半，則幼稚有類村童開筆作策論耳！此皆小疵可恕。最可恨者，不圖魏、褚千古名臣，乃有此卑鄙污穢之市儈買賣思想。二人之根本用意相同，皆著眼於「利」！同抱市儈「賺錢即幹，賠本即不幹」之拜金主義，而估算郡縣高昌，絕對賠本，決不能得「高昌圭粒咫帛，助中國費」！決不能利用「高昌一乘一卒」，何必「散有用」之本錢，「事無用」之賠本——好一把老奸巨滑的算盤，我為在聖廟兩廡之魏、褚一哭！

以視太宗，人之度量之相越，豈不遠哉。太宗所以一笑而不卹答辯此種鄙論汙思也。然則太宗秘而不宣之真意，果何在乎？此有關當時之國防秘密，故不能告人也。今日若能對於本文上述一、二兩章瞭然，則當隋唐之際，今亞洲國際「靜」的形勢、全亞洲民族「動」的史流，以及中華祖國中心主力之建立、領導地位之責任，皆可如指諸掌，則太宗當日之密意，自然豁達顯露矣。此但一語可以道破耳，即高昌之地點，適在中華與全部西域交通之咽喉。中華與西部亞洲文化之交流，此為大動脈之總血管。何得與吐谷渾及東突厥思摩之不當大道者可比乎。此咽喉，此總血脈，操於中華之手，則中華領導教化之主力，可以閚通無疑，網布泗流，灌輸於全亞洲，則全亞洲之僑民及土民，皆得受公正和平進步之保障及幸福！否則此總血管不幸一旦為北狄強蠻所切斷，則西部亞洲所有之國家或民族，皆將宛轉呻吟，奴役於蠻族之鐵蹄下以偷生。不特此也，中國之咽喉為強蠻所扼制，則炎黃華冑之生存亦將不久矣。此漢武以後所以不惜任何困難與代價，以堅決保鞏西河、玉門、陽關、伊吾之驛道也。此亦太宗皇帝為華族子孫謀百年生存、發展、久安之大計也。

又有一事，太宗之真意，亦始終因國防關係，密而未宣，今日始能略窺其涯涘者，則東突厥滅亡之後，其巨大部族之處置問題，太宗召開「廷議」以公決之，最後乃採溫彥博之建議也。

「頡利之亡，其下或走薛延陀，或入西域，而來降者，尚十餘萬。詔議所宜。

「咸言：突厥擾中國久，今天喪之，非慕義自歸，請悉藉降俘納兗、豫閑處，使習耕織。百萬之虜，可化為齊人（民）。是中國有加戶，而漠北遂空也。

「中書令溫彥博，請如漢建武時置降匈奴，留五原塞，全其部落，以為扞蔽；不革其俗，因而撫之。實空虛之地，且示無所猜。若納兗、豫，則乖本性，非函育之道。

「秘書監魏徵建言：突厥世為中國仇，今其來降，不即誅滅，當遣還河北。彼鳥獸野心，非我族類，弱則伏，強則叛，其天性也。且秦漢以銳師猛將，擊取河南地為郡縣者，以不欲使近中國也。陛下奈何以河南居之！且降者十萬，若令數年，孳息略倍，而近在畿甸，心腹疾也。

「彥博曰：不然。天子於四夷，若天地養萬物，覆載全安之。今突厥破滅，餘種歸命，不加哀憐而棄之，非天地蒙覆之義，而有阻四夷之嫌。臣謂處於河南，蓋死而生之，亡而存之，彼世將懷德，何叛之為？

「徵曰：魏時有胡落，分處近郡。晉已平吳，郭欽、江統，勸武帝逐出之；不能用。劉、石之亂，卒傾中夏。陛下必欲引突厥居河南，所謂養虎自遺患者也。

「彥博曰：聖人之道無不通，故曰有教無類。彼瘡殘之餘，以窮歸我；我援護之，收處內地，將教以禮法，職以耕農。又選酋長入宿衛，何患之卹。且光武置南單于，卒無叛亡。

「於是中書侍郎顏師古、給事中杜楚客、禮部侍郎李百藥等皆勸帝不如使處河北，樹首長，俾統部落；視地多少，令不相臣。國小權分，終不得抗衡中國，長轡遠馭之道也。

「帝主彥博語，卒度朔方地，自幽州屬靈州，建：順、祐、化、長四州，為都督府，剖頡利故地，左置定襄都督，右置雲中都督二府以統之。」（以上並《新唐書》二百十五上〈突厥傳〉）

此事，若單純就表面之理由言，則魏徵之建議，雖胸襟稍狹（如「非我族類」「禽獸野心」等語）而語重心長，不失為最正確、切實、合理，而有歷史事實根據之貢獻。即群臣最初建議，處於兗、豫，教以華化，加速同化為一族，仍不失為高明之上策，後世滿族駐防營同化於漢族而無跡，即其明證。而溫彥博之議論，實最膚淺而幼稚，質言之，不越秀才考棚之套調。然而以唐太宗之英鑑，乃反獨取溫彥博之腐論者何歟？蓋溫彥博之建議則是，而其所持之理由則非。太宗經詳密考慮之後，採其建議；至溫氏之理由，則不啻視為彩色之煙幕而已。

今日始得略窺當日太宗不言之密意，蓋其國防政策重心之所在，仍一貫以謀華族子孫百年久安之大計為基本。太宗深心之所思，不在於東突厥，而在於薛延陀。此正猶元魏末葉之所患，不在於蠕蠕，而在於突厥；有漢一代之所患，不在於南單于，而在於北匈奴也。蓋自唐代以前，中國之勁敵，不在於蒙古區域，而在於西伯利亞區域。居處較南者，不能不濡染漢族之文化，不能不由游牧生產進化至半農耕生產。漬漸既久，不能不應用中華之文字，對中華生景仰敬慕之心。此後世韃靼之所以有「生」「熟」之別也。居處愈北者，則生產愈困難，物資愈貧乏，因而其剽悍之性愈烈，劫掠之慾愈熾！且進化愈遲緩，永遠以馬上為豪，來去飄忽，對文化愈無瞭解，故其為中華之患也，直如洪水與猛獸。唐太宗對於此點，認識透切，觀其大政措施，即可證明。於東突厥則雖滅其國，而仍立其酋。於薛延陀則斷然滅之，絕其宗祀，毫不假借。此微意之可見也。故此次廷議獨採用溫彥博之議者，非因其可笑之理由也，實因其議，偶然暗合其深微不可宣佈之密意耳。蓋太宗正欲稍稍繁息思摩所統之部落，使之為薛延陀（北狄代表）與中華間之緩衝，萬一後世北狄鐵騎南下時，得延遲阻礙其時間，俾中華獲準備反擊之機會，不致有措手不及之厄耳。如或者竟能阻止北狄之南侵，如南單于之反攻北匈奴然，使東漢一代無胡患，則更中華子孫之福矣。

太宗胸中，絕不存「非我族類」之芥蒂，以慈母愛赤子之真誠，推心置腹，以含育思摩。凡屬人類，略有氣血，定當真摯感動。此非虛偽之空論所能奏效。古聖人所謂「誠能格物」，如漢宣、元二帝推食解衣，以卵翼南單于後，直至三國之末三百二十餘年均折節恭服，即其明驗。太宗於此把握甚強。姑以最少期限言之，亦自信五十年內，其對突厥之恩德不昧。

「……思摩出塞，思慕中國。見使者，必流涕，求入侍，許之。殘眾稍稍南渡，分處勝、夏二州。帝伐遼，或言突厥處河南，邇京師，請帝毋東。帝曰：「夫為君者，豈有猜貳哉。湯武化桀紂之民，無不遷善。有隋無道，舉天下皆叛，非止夷狄也。朕憫突厥之亡，納河南以振贍之；彼不近走延陀，而遠歸我，懷我深矣。朕策五十年，中國無突厥患。」」（《新唐書》卷二百十五上〈突厥傳〉）

是太宗一切國防政策之中心意義，皆在謀中華子孫之安全，其深心於不覺中流露矣。果也，自貞觀四年東突厥滅後，經五十三年（六三〇—六八二）至高宗永淳元年，北突厥餘孽骨咄祿，始於故薛延陀之地，稍稍起而為盜。而在內徙之東突厥餘部，則終唐之世不復叛，正如南匈奴然，且已同化於唐矣。

又太宗預策後世中國之邊患，不在蒙古部分，而在西伯利亞部分，亦得事實之完全證明。薛延陀既滅，而北突厥默啜帝國繼起。及默啜既斬，默棘連臣服，北突厥衰亡（七四四）以後，而回紇遂強，其患果皆在今西伯利亞區域，太宗所謂「北狄」者是也。

七

太宗之基於第二項原則，而斷然出兵者，其目的不但著眼於「為我主義」，祇求中華後世之安全，而兼謀「人我之共利」，亦所以保障四裔鄰族子孫之安全。其意義尤崇高，其責任尤神聖，其事業尤弘大，其負荷尤艱巨，而亦更為淺人迂儒之所不能瞭解。百世之下，惟清聖祖知之。清聖祖嘗言：三代聖王「柔遠能邇」之道，惟唐太宗庶幾能解。彼不主「柔遠」者，試問何能「安邇」？儒生但發空論，偷姑息，此太宗後所以中國邊患永無已時也。

太宗對於崇高偉大之神聖天職，曾一再詳盡宣示於天下。貞觀九年（六三五）滅吐谷渾以後，嘗昭示萬邦：「……（伏允）自縊而死……乃詔曰：吐谷渾擅將君長，竊據荒裔；志在兇德，政出權門……長惡不悛，野心彌熾……草竊疆埸，割虐兆庶。積惡既稔，天亡有徵。朕君臨四海，含育萬類。一物失所，責深在予！所以悉命六軍，申茲九伐。義存活國，情非黷武……」主義既宣，同時即表現於事實，昭信王者之無虛言。故詔書又曰：「……其子慕容順……志懷明悟，幸慕華風……爰見時機，深識順逆……翻然改轍，代父歸罪。忠孝之美，深有可嘉……既往之釁，特宜原免。且其建國西鄙，已歷年代，即從廢絕，情所未忍。繼其宗祀，允歸命胤。可封順為西平郡王，仍授趉胡呂烏甘豆可汗。」（《舊唐書》卷一百九十八〈吐谷渾傳〉）

但其時吐蕃已強，吐谷渾之生存時受威脅，太宗又恐慕容順無力以靜其國，仍遣李大亮率精兵數千為其聲援。此可見太宗「義存活國」之宣言，出於誠意而絕非虛文。而中華有維持國際正義，保障群邦安全之責任，亦於此實踐其諸言。

又如重立阿史那思摩之時，賜薛延陀之璽書，其昭示此義，尤為明白：

「……思摩等咸憚薛延陀，不肯出塞。太宗……賜延陀璽書曰：突厥頡利可汗未破以前，自恃強盛，抄掠中國，百姓被其殺者，不可勝紀。我發兵擊破之，諸部落悉歸化。我略其舊過，嘉其從善，並授官爵，同我百寮。所有部落，愛之如子，與我百姓不異。但中國禮義，不滅人國。前破突厥，止為頡利一人為百姓之害，所以廢而黜之，實不貪其土地，利其人馬也。自廢黜頡利以後，恒欲更立可汗，是以所降部落等，並處河南，任其放牧。今戶口羊馬，日向滋多；元許冊立，不可失信。即欲遣突厥渡河，復其田土。我冊爾延陀，日月在前，今突厥居後。後者為小，前者為大，爾在磧北，突厥居磧南。各守土境，鎮撫部落。若其逾越，故相抄掠，我即將兵，各問其罪。此約既定，非但有便爾身，貽厥子孫，長守富貴也。」（《舊唐書》卷一百九十四上〈突厥傳〉）

為天下之大君，作四海之宗子，自當人我無別。愛我百姓，亦應愛人之百姓；為我子孫謀，亦應為人之子孫謀。太宗皇帝此種言行，竊以為即垂訓萬世，亦無不可也。然其方法則何如，則在持正義，肅紀綱，秉大公，嚴制裁四端而已。敢有甘為戎首，侵略他國，毀逆倫常，破壞紀律者，則應不惜犧牲，不辭勞瘁，斷然除此初生之毒菌，以保全體之壽命。太宗之決然伐高麗，即此神聖責任心之驅使也。

「新羅數請援……於是帝欲自將討之。召長安耆老勞曰：『遼東故中國地，而莫離支（即泉蓋蘇文）賊殺其主，朕將自行經略之。故與父老約：子若孫從我行者，我能拊循之，毋庸卹也。』」

「帝曰：『莫離支弒君，虐用其下如獲穽，怨痛溢道，我出師無名哉！』」

「群臣皆勸帝毋行。帝曰：『我知之矣，去本而就末，舍高以取下，釋近而之遠，三者為不祥，

伐高麗是也。然蓋蘇文弒君，又戮大臣以逞，一國之人延頸待救，議者顧未亮耳。』」（以上並《新唐書》卷二百二十〈高麗傳〉）

蓋「為民父母」「作之君師」者，又兼為天下之大君群邦之領帥，其「戢暴安良」「弔民伐罪」之勞役，乃為責無旁貸之義務。猶法律對於殺人越貨之盜匪，弒父殺兄之梟獍，不論其如何強悍與兇惡，必冒險逮捕之以正法也。自私偷安之群臣，勸帝毋征高麗者，使為地方治安官，必將縱容盜匪逆子賊害良民父老而不問，自解曰：「此強悍兇險之人，捕之必將遭己身生命之危也！」竊謂此等「怕死」「愛錢」之奸臣，當盡戮之，乃正為萬姓造福耳。

太宗之興廢繼絕，立四裔新君也，莫不根據於謀人我雙方子孫共同之利益，如上文所述者外，又如分封突厥突利可汗時之訓誥：「貞觀四年，授突利北平郡王……率部落還蕃。太宗謂曰：昔爾祖啟民，亡失兵馬，一身歸隋。隋家翼立，遂至強盛。荷隋之恩，未嘗報德。至爾父始畢，遂為隋家之患！自爾以後，無歲不侵擾中國。天實禍淫，大降災變，爾眾散亂，死亡略盡。既事窮後，乃來投我。我所以不立爾為可汗者，正為啟民前事故也。改變前法，欲中國久安，爾宗族永固。是以授爾都督。當須依我國法，整齊所部，不得妄相侵略。如有所違，當獲重罪。」（《舊唐書》卷一百九十四上〈突厥傳〉）

薛延陀既滅，西伯利亞底平；鐵勒十一部酋長數千人之來降者，太宗更對之明白宣示：為大君者，絕對一視同仁，不分種族，為所有人類謀幸福與進步：「貞觀二十年，薛延陀滅……帝幸靈州，節度諸將。於是鐵勒十一部，皆歸命天子，請吏內屬……回鶻諸酋所遣使，踵及帝行在，凡數千人，上言：『天至尊為可汗，世世以奴事，死不恨。』帝剖其地為州縣，北荒遂平。有來朝者，帝勞曰：『爾來，若鼠得穴，魚得泉，我為爾深廣之。』又曰：『我在，天下四夷，有不安，安之；不樂，樂之。如驥尾受蒼蠅，可使日千里也。』」（《新唐書》卷二百十七下〈回鶻傳〉）

故使數千異族酋長，狂歡高呼，稱帝為「天可汗」，非偶然也。程子曰：「仁者，以天地萬物為一體。」又曰：「仁者，浩然與物同體，痛癢相關。」唐太宗之仁愛，殆出於天性，故不分族類，含煦滋育之愛，流露於真誠。

其重立東突厥遺孽之思摩也：「……思摩將行，帝為置酒，引思摩前曰：『蒔一草一木，見其滋廡以為喜，況我養爾部人，息爾馬羊，不減昔乎。爾父母墳墓在河北，今復舊廷，故宴以慰行。』思摩泣下，奉觴上萬歲壽，且言：『破亡之餘，陛下使存骨舊鄉，願子孫世世事唐，以報厚德。』」「思摩帥眾十餘萬，勝兵四萬，馬九萬匹，始渡河，牙於故定襄城。其地南大河，北白道，畜牧廣衍，龍荒之最壤，故突厥爭利之。思摩遣使謝曰：『蒙恩立為部落長，實望世世為國一犬，守吠天子北門，有如延陀侵逼，願入保長城。』詔許之。」（《新唐書》卷二百十五上〈突厥傳〉）

此種擁有無敵之精兵，戢而不用，乃反推赤心，置人腹，真誠坦白，謀人我雙方子孫共同之幸福；以致感動摯切，敵人亦以熱淚赤心相報者，此真可謂百世邊政之示範者也。以較異時，平日絕無國防與精兵，夷狄之未侵，則宴安淫樂，驕然自大，宦官獻子女之尤物，儒生唱干羽之童論。一旦夷狄來侵，則萬里無煙，兆民塗炭，百官鼠竄，奸逆接踵之「癆病皇朝」。或偶爾小勝，則必質侍子，詛鬼神，咒祖宗，飲牲血，以妖盟。爾虞我詐，笑面藏刀；墨瀋未乾而血流成渠之「陰毒外交」。相去何啻天淵雲泥而已耶。

以父母教養赤子之態度，為中華領導四鄰幼弟民族之原則。故過則必懲，無人議其虐；改則必原，天下戴其愛。當薛延陀之未滅時，太宗待之固如此也。

「貞觀十六年（六四二），十月庚子，宴諸蕃使於兩儀殿。帝謂沙鉢羅俟斤曰：「延陀本一部落。俟斤本我所立。始十餘年，自算如何頡利之眾？而侵我邊疆！我才發甲騎，傾其部落。今見爾遣使謝罪，捨爾前過，情好如初。」宴罷，賜帛各有差。」（《冊府元龜》卷九百七十四）

嗟乎，為天下君，為群族父者，其胸懷氣量，不當坦白公正，豁達大度如此耶。

八

基於上述三章所闡明之原則，則太宗當日之國防秘策，用兵原則，對己對人之政治中心意義，滅強護弱之最高指導原理，皆可瞭於心目矣。太宗皇帝之所以戰無不克，攻無不摧者，豈徒以其「一當數十」之雄師哉，亦因其發兵之動機，以「信」、「愛」為基準，所謂王者之師，莫之能抗也。太宗既以「謀人我雙方公同永久之幸福」而用兵，故愛其「死敵」東突厥之人民，「與我百姓不異」，

「一物失所，責深在予！」孟子所述古聖王之「一人饑，曰我饑之！一人寒，曰我寒之」，「一夫不得其所，若撻之市朝」者庶幾見之。

是故，太宗之對於四鄰幼弟民族之態度，一切皆亦「信」、「愛」二字為基本。「信」則可使善者安心，而惡者畏威；「愛」則可使普天之下，莫不感德。其守信也，如對其死敵頡利，遭罹天災人禍，有立亡之危機，寧願以守信故，犧牲此事半功倍，戰略上最佳之良機而不用。

「貞觀元年……（突厥）大雪，平地數尺，羊馬皆死，人大饑。乃懼我師出乘其弊，引兵入朔州，揚言會獵，實設備焉。侍臣咸曰：『夷狄無信，先自猜疑，盟後將名，忽踐疆境。可……數以背約，因而討之。』太宗曰：『匹夫一言，尚須存信，何況天下主乎。豈有親與之和，利其災禍，而乘危迫險，以滅之耶……縱突厥部落叛盡，六畜皆死，朕終示以信，不妄討之，待其無禮，方擒取耳。』」（《舊唐書》卷一百九十四上〈突厥傳〉）

此固信者之言，亦仁者之言，強者之言也。惟至強者決不侮人之弱。及至四年以後，頡利之強力恢復，「無禮」重寇，而唐太宗之擒取之也，仍如探囊取物耳。

其待東突厥一國之守信固如此，即待西突厥一孤身亡命來歸之可汗，亦主守大信於天下而不畏強鄰之挑釁。

「（曷薩那可汗）先與始畢（東突厥可汗）有隙。及在京師，始畢遣使請殺之，高祖不許。群臣諫曰：『今若不與，則是存一人而失一國也，後必為患。』太宗曰：『人窮來歸我，殺之不義！』驟諫於高

祖，由是遲徊者久之。」（《舊唐書》一百九十四下〈西突厥傳〉）

若以豪俠義舉，以頌贊「秦王」此事，尤為淺之乎視太宗也。為天下之大君者，嚴紀鋼，肅倫常，一秉大公至正，但是公理之曲直，不計利害之大小。豈得以煌煌昭示天下共守之大信，受淫威之迫辱，而乃自毀綱常之尊嚴乎。惟「秦王」有君臨天下之德量與膽識，此時已可以見之。

及「秦王」即帝位而自御天下也，則絕對不許任何淫威之迫害公理與大信，態度公正、堅決而嚴肅。如保護契丹酋長摩會之安全，而譴責頡利可汗強蠻之無理是也。

「貞觀二年，其（契丹）君摩會，率其部落來降。突厥頡利遣使，請以梁師都易契丹。太宗謂曰：『契丹、突厥，本是別類，今來降我，何故索之！師都本中國人，據我州城，以為盜竊。突厥無故容納之，我師往討，便來救援！計不久自當擒滅。縱其不得，終不以契丹易之。』」（《舊唐書》卷一百九十九下〈契丹傳〉）果也，威聲所播，梁師都盜竊朔方延安者十年餘（六一七—六二八），即至是年而降服矣。若屈於淫威，自毀大信，而犧牲契丹，則四夷解體，而梁師都必不可得，徒博天下之譁笑耳。

孔子曰：「勇者不懼」，守大信，持公理者謂之勇，故不懼。所謂泰山崩於前而不瞬也。

「武德九年七月，頡利自將十萬餘騎，進寇武功，京師戒嚴！進寇高陵……頡利遣其心腹執失思力入朝為覘，因張形勢云：『二可汗總兵百萬，今已至矣。』太宗謂之曰：『我與突厥面自和親，汝則背之，我實無愧。又義軍入京之初，爾父子並親從我，賜汝玉帛，前後極多，何故輒將兵入我畿縣！爾雖突厥，亦須頗有人心，何故全忘大恩，自誇強盛！我當先戮爾矣。』思力懼而請命，（蕭瑀、封德彝諫帝不如禮遣之。）太宗不許，繫之門下省。「太宗與侍中高士廉、中書令房玄齡、將軍周範馳六騎，幸渭水之上，與頡利隔津而語，責以負約。其酋帥大驚，皆下馬羅拜。」（《舊唐書》卷一百九十四上〈突厥傳〉）

是年，頡利乘唐之有內難而入寇；但即在明年，頡利受天災人禍，國本動搖，而太宗守大信，不乘其危以為報復之良機，可謂「以直報怨」者矣。對照相比，則此二強最後勝利之屬誰，不待筮龜而決矣。

太宗對於四鄰幼弟民族，其第二基本態度，則為「愛」。凡恃力強暴，侵略他人者，決然擊伏之，殲蹙之，及其既已潰破擒縶，生死惟我所命，不能再施其惡之時，則太宗義不淩弱，雖如其死敵頡利，罪惡等身，實該萬死者，亦垂憫而赦之：「貞觀四年，擒頡利至京師，告俘太廟……吏執可汗至。帝曰：『而罪有五：而父國破，賴隋以安，不以一鏃力助之，使其廟社不血食，一也。與我鄰而棄信擾邊，二也。恃兵不戢，部落攜怨，三也。賊華民，暴禾稼，四也。許和親而遷延自遁，五也。朕殺爾非無名，顧渭上盟未之忘，故不窮責也。』乃悉還其家屬，館以太僕，稟食之。」（《新唐書》卷二百十五上〈突厥傳〉）

其後高宗既擒西突厥可汗忘恩負義之賀魯父子，卒憫而赦之，即肯構其皇考之作風也。太宗對於敵人中罪魁禍首之個人，且仁愛而不殺，則對於所征討之國，其無辜千萬之民眾，自更必仁愛而不虐，將不待言也。故其征高麗也，乃至出皇室之庫財，以贖頑抗之降敵：

「進攻白崖城……虜酋孫伐音潛請降……初，遼東之陷也，伐音乞降；既而中悔。帝怒其反覆，許以城中人物，分賜戰士。及是悉降，李勣言於帝曰：「戰士奮厲爭先，不顧矢石者，貪虜獲耳。今城垂拔，奈何更許其降，無乃辜將士之心乎？」帝曰：「將軍言是也。然縱兵殺戮，虜其妻孥，朕所不忍也。將軍麾下有功者，朕以庫物賞之。庶因將軍，贖此一城。」遂受降。」（《舊唐書》卷一百九十九上〈高麗傳〉）

或者乃謂太宗征高麗，所以終不能迅滅其國者，正坐不許兵士擄掠劫奪之故耳。不知太宗以王者之師，以救高麗「延頸」之民，師出以律，斯可以肅紀綱而正萬邦。故太宗如真因此而不克，我以為其光榮尊嚴之收穫，乃遠在滅高麗之上也。

及返蹕幽州，則又出皇室庫藏之私財以贖遼東頑抗之俘虜，令其骨肉重獲團聚。

「初，攻陷遼東城，其中抗拒王師，應沒為奴婢者，一萬四千人。並遣先集幽州，將分賞將士，太宗愍其其父母妻子，一朝分散，令有司準其值，以布帛贖之，赦為百姓。其眾歡呼之聲，三日不絕。」（《舊唐書》卷一百九十九上〈高麗傳〉）

蓋太宗對於敵國東突厥之人民，視之「與我百姓不異」，則其對於藩邦高麗之人民，自更不異內邑之華族矣。孟子曰：「天下烏乎定？曰定於一。孰能一之？曰不嗜殺人者能一之。」若唐太宗者可謂不嗜殺人者矣。故能「四海寧一」，君臨百邦，為天下共主，是殆「信義」與「仁愛」所感召之效歟。

更有二事，性質雖小，而意義相等，且頗富趣味：

「貞觀五年，（新羅）遣使獻女樂二人，皆鬒髮美色。太宗謂侍臣曰：「朕聞聲色之娛，不如好德。且山川阻遠，懷土可知。近日林邑獻白鸚鵡，尚解思鄉，訴請還國；鳥猶如此，況人情乎。朕愍其遠來，必思親戚。宜付使者，聽遣還家。」」（《舊唐書》卷一百九十九上〈新羅傳〉）

越十五年後，而又有同類之趣事；太宗赦高麗班師之後：

「（貞觀）二十年，高麗遣使來謝罪，並獻二美女。太宗謂其使曰：『歸謂爾主，美色者，人之所重；爾之所獻，信為美麗。憫其離父母兄弟於本國，留其身而忘其親，愛其色而傷其心，我不取也。』並還之。」（《舊唐書》同上卷〈高麗傳〉）

此二佳話，剖析之，含有下列諸義：（一）太宗之不好色，始於一貫。（二）藩邦獻美女，乃故意以荒君德，亂國政，如褒姒是也。（三）美女可為暗殺之兇手，如Attila遭西羅馬之毒手是也。（四）以試太宗之真態，探國家之秘密。此四項者，太宗皆深切明白，絕對不近其香餌，故堅決直截退還之。但此等屬於利害之意義皆非甚大；太宗更宣示偉大之意義：為民父母者，當撫愛一切人類如赤子，不得無故破人之天倫，離人之骨肉，是也。「不好色」猶小德耳，此則大慈大仁之帝德也。

太宗既一貫以「昭大信」「施大愛」為感召，誠能格物，故四鄰民族之應之也，亦淪浹肌膚，推心以報，故不僅萬歲之歡呼三日而已。有如薛延陀真珠可汗夷男，太宗許其和親，並約其相會於靈州：「夷男大悅，謂其國中曰：「我本鐵勒之小帥也。天子立我為可汗，今復嫁我公主，車駕親至靈州，斯亦足矣！」……或說夷男曰：「我薛延陀可汗與大唐天子，俱一國主，何有自往朝謁。如或拘留，悔之無及！」夷男曰：「我聞大唐天子，聖德遠被，日月所照，皆來賓服。我歸心委質，冀得親天顏，死無所恨……我志決矣，勿復多言。」於是言者遂止。」（《舊唐書》卷一百九十九下〈鐵勒傳〉）

此種心悅誠服之報答，可謂道德國防、精神國防之最成功者。故太宗能以一紙璽書，堅制兩國死讎之互鬥也。如東突厥與薛延陀為世仇，東突厥強時，奴役薛延陀；薛延陀強後，叛攻東突厥。怨仇固結極深不解，及太宗重立思摩，以璽書禁止雙方尋仇報復。在思摩流涕頓首，匍匐聽命，無論矣。而薛延陀兵威方盛，亦不敢不俯首聽命。

「薛延陀聞突厥之北……度磧勒兵以待。及〔璽書〕至，乃謝曰：『天子詔毋相侵，謹頓首奉詔。然突厥酣亂反覆，其未亡時，殺中國人如麻。陛下滅其國，謂宜收種落，皆為奴婢，以償唐人。乃饕之如子，而結社率竟反，此不可信明甚。後有亂，請終為陛下誅之。』」（《新唐書》卷二百十五〈突厥傳〉）

誠以帝之寬度、大信，即薛延陀亦意外驚服之故也。此種寬弘厚澤，感人之深摯，不徒使人信服於生前，亦且使人反省涕零，感激於其崩後。如西突厥之叛恩可汗賀魯，良心發現懺悔自咎之語，其明證也。蕭嗣業既擒賀魯，「賀魯謂嗣業曰：『我破亡虜耳，先帝厚我，而我背之！今日之敗，天怒我也。舊聞漢法，殺人皆於都市；至京殺我，請向昭陵，使得謝罪於先帝，是本願也！』高宗聞而愍之……特免死。」（《舊唐書》卷一百九十四下〈突厥傳〉）

必有能使四裔「死而甘心」之德化，然後可稱中華精神國防之完成，然後可稱中華大君「領導表帥」責任之無忝。如太宗皇帝，則在今日與將來之持邊政、籌國防者雖百世猶可為良師與明鑑也。

中華民國三十二年九月五日，脫稿於盟軍在意大利登陸之時

海寧吳其昌扶疾寫於川南嘉定炸餘小樓上

（原載《邊政公論》第三卷五期，八期，第四卷二、三合期，四、五、六合期，一九四四—一九四五年。）

編者附言：原印稿紙質次，字跡多處模糊，難以準確辨認；亦有疑誤植、漏植處，未敢更動。部分西文，實難辨識，刪去，敬請鑒諒。

血歷史218　PC1047

新銳文創
INDEPENDENT & UNIQUE

吳其昌文存

原　　著　　吳其昌
主　　編　　蔡登山
責任編輯　　陳彥儒、夏天安
圖文排版　　蔡忠翰
封面設計　　劉肇昇

出版策劃　　新銳文創
發 行 人　　宋政坤
法律顧問　　毛國樑　律師
製作發行　　秀威資訊科技股份有限公司
114 台北市內湖區瑞光路76巷65號1樓
電話：+886-2-2796-3638　傳真：+886-2-2796-1377
服務信箱：service@showwe.com.tw
http://www.showwe.com.tw
郵政劃撥　　19563868　戶名：秀威資訊科技股份有限公司
展售門市　　國家書店【松江門市】
104 台北市中山區松江路209號1樓
電話：+886-2-2518-0207　傳真：+886-2-2518-0778
網路訂購　　秀威網路書店：https://www.bodbooks.com.tw
國家網路書店：https://www.govbooks.com.tw

出版日期　　2022年5月　BOD一版
定　　價　　350元

讀者回函卡

Printed in Taiwan

國家圖書館出版品預行編目

吳其昌文存 / 吳其昌原著 ; 蔡登山主編. -- 一
版. -- 臺北市 : 新銳文創, 2022.05
面 ;　公分. -- (血歷史 ; 218)
BOD版
ISBN 978-626-7128-06-0(平裝)

848.7　　111004338